The Little Sister

Raymond Chandler

リトル・シスター

レイモンド・チャンドラー

村上春樹［訳］

早川書房

リトル・シスター

THE LITTLE SISTER

by

Raymond Chandler

Translated by

Haruki Murakami

Published 2010 in Japan by

Hayakawa Publishing, Inc.

This book is published in Japan by

arrangement with

Raymond Chandler Limited, a Chorion group company

through Timo Associates, Inc.

目次

登場人物

フィリップ・マーロウ……………………私立探偵
オーファメイ・クエスト…………………依頼人
オリン・P・クエスト……………………オーファメイの兄
レスター・B・クローゼン………………簡易アパートメントの管理人
ジョージ・W・ヒックス…………………同アパートメントの宿泊客
フラック……………………………………ホテルの保安係
クリスティー・フレンチ…………………ロサンジェルス市警の警部補
フレッド・ビーファス……………………同刑事
メイヴィス・ウェルド
ドロレス・ゴンザレス　}……………………映画女優
スティールグレイブ………………………〈ダンサーズ〉のオーナー
モー・スタイン……………………………殺されたギャング
ジョセフ・P・トード……………………ギャング
アルフレッド………………………………トードの甥
シェリダン（シェリー）・バルウ……映画俳優のエージェント
モス・スピンク……………………………バルウの部下
ジュールズ（ジュリアス）・
　　　　　オッペンハイマー……映画会社の社長
ヴィンセント・ラガーディー……………医師
スーウェル・エンディコット……………地方検事
リー・ファレル……………………………弁護士
モーゼズ・マグラシャン…………………ベイ・シティー警察の警部補

1

粒立ちガラスのドア・パネルには、「フィリップ・マーロウ探偵調査」と黒い字で書かれている。字は剝げかけている。そこそこうらぶれた廊下の突き当たりの、そこそこうらぶれたドア。総タイル張りの洗面所が文明の基盤とされるようになった時代には、その建物もぴかぴかの新築だったのだろうが。ドアは施錠されている。しかしそのひとつ隣りの、同じ名前が掲げられたドアには鍵がかかっていない。誰でもご自由にお入り下さい――私と肥ったアオバエしかここにはおりませんが、というわけだ。ただし、カンザス州マンハッタンからお越しの方はその限りにあらず。

早春のカリフォルニアによくある、明るく晴れた、夏を思わせる朝だった。霧が高く昇る前に、そんないっときが訪れる。雨期が終わり、丘陵はいまだ緑をたたえ、ハリウッドの丘の向こうの谷間には、雪をかぶった高い山々が見える。毛皮を扱う店は恒例の季末セールをしている。十六歳の処女を売り物にする売春宿は、不動産登記庁顔負けのにぎわいを見せている。ベヴァリー・ヒルズではノウゼンカズラがまさに花開こうとしている。

私はアオバエをもう五分間追い回し、そいつがどこかに腰を据えてくれるのを待っていた。しかしそいつは簡単には落ち着こうとしなかった。急上昇反転飛行を続けながら、『道化師《パリアッチ》』の序曲を歌い続けていた。私は蝿たたきを宙に構え、準備万端整えていた。机の隅に小さな日だまりがあり、蝿はいつか必ずやそこに舞い降りるはずだ。しかし実際にそいつがそこに舞い降りたとき、うっかりよそ見をしていた。ぶーんという羽音が止まり、はっと気づいたとき、蝿は既にそこにいた。そのとき電話のベルが鳴った。

私はそろそろと時間をかけて電話機に左手を伸ばした。静かに受話器を取り上げ、小声で言った。「少しだけ、そのままお待ち下さい」

受話器を、机の茶色の下敷きの上にそっと置いた。蝿はまだじっとしていた。鮮やかに輝く青緑色の、罪深いまでにでっぷりしたやつだ。私は深く息を吸い込み、腕をさっと振り下ろした。そいつの身体の半分は部屋の真ん中まで飛んで、絨毯の上に落ちた。私はそこに行って、しっかり残った羽をつまんで拾い上げ、ごみ箱に捨てた。

「お待たせして申し訳ありません」、受話器に向かってそう言った。

「マーロウさんですか、私立探偵の?」、いくぶんせかせかした、少女っぽい小さな声だ。そのとおりだと私は言った。私立探偵のマーロウ。「それで調査費用はどれくらい請求なさるのでしょう、マーロウさん?」

「どのようなことを求めておられるのですか?」

声は少し鋭くなった。「電話ではちょっと申し上げにくいことです。それは、あの、とても内密のことなんです。オフィスにうかがって時間を無駄にするより、電話でおおよそのことをうかがった方が良いかと思って――」

「一日四十ドル、プラス経費。定額報酬がふさわしい仕事でなければですが」

「それはあまりに高すぎます」と小さな声は言った。「その、そうすると何百ドルもかかるかもしれませんし、私のもらっている僅かなサラリーでは――」

「今どこにいるのですか?」

「その、ドラッグストアです。おたくのオフィスのある建物の隣りにあるお店」

「五セントを無駄にすることはない。エレベーターは無料だ」

「ええと――よくわかりませんが」

私は同じことを繰り返した。「ここに来ればいい。顔を合わせて話しましょう」と私は言葉を足した。「もしあなたの抱えている問題が、こちらの専門とするところなら、相談の余地もあるだろうし――」

「あなたのことがもっとよくわからないと」とその小さな声はとても頑《かたく》なに言った。「とてもデリケートな問題なんです。とても個人的なことです。誰それかまわず話せることじゃありません」

「それほどデリケートなことなら、婦人探偵に相談した方がいいかもしれない」と私は言った。

「まあ、そんな人がいるなんて知りませんでした」、そこでやや間があった。「でも私のお願いすることは、女性の探偵にはちょっとできそうにありません。だってオリンはとんでもなく品の悪い地域に住んでいたんですもの、マーロウさん。少なくとも私には品が悪いとしか思えません。下宿屋の主人ときたら、なにしろ感じの悪い人です。お酒の匂いをぷんぷんさせていました。お酒は飲まれますか、マーロウさん?」

「そう訊かれれば、決して嫌いなほうでは――」

「お酒と名のつくものを口にするような人を私、探偵として雇いたくありません。煙草ですら許せないのです」

「オレンジの皮を剝《む》くのはかまいませんか？」

電話の向こうで、はっと息を呑む声が聞こえた。「少しは紳士らしい口の利き方をなさったら」と彼女は言った。

「大学社交クラブを試してごらんなさい」と私は言った。「紳士の残り在庫がまだ少しあると耳にしました。あなたにまわしてくれるかどうかまではわからないが」。そして電話を切った。

それは正しい方向への一歩だった。でも踏み出し方が足りなかった。私はドアをロックし、机の下に隠れるべきだったのだ。

2

五分後に待合室の戸口のブザーが鳴った。私は控え部屋を待合室として使っている。やがてドアの閉まる音が聞こえた。そのあと音はまったく聞こえなかった。オフィスと待合室を仕切るドアは半分開いている。しばらく耳を澄ませたが、きっと誰かが間違えてドアを開け、中に入らず立ち去ったのだろうと思った。しかしそのうちにこつこつと小さく木を叩く音がした。それと同じ目的を持つ咳らしきものも聞こえた。私は机に載せていた両脚を下ろして立ち上がり、そちらをのぞいてみた。そこには彼女がいた。たとえ声を出さなくても、誰であるかは一目でわかった。これくらいマクベス夫人からほど遠い外見の女はまたといるまい。小柄で身ぎれいで、堅苦しい見かけの娘だ。艶やかに整えられた茶色の髪に、縁なし眼鏡、茶色の男物仕立ての服、肩には無愛想な角張ったショルダーバッグをさげている。修道女が応急薬品を詰めて怪我人のもとに走っていきそうな鞄だ。滑らかな茶色の髪の上には、まだ育ち切らぬうちに親元から引き離されたような帽子がちょこんと載っていた。メーキャップもなし、口紅もなし、装身具もなし。縁なし眼鏡は彼女を図書館員のように見せていた。

「なんですか、電話でのあのしゃべり方は」と彼女はきつい声で言った。「あなたは恥を知るべきです」

「心中ひそかに自らを恥じるたちでね」と私は言った。「お入りなさい」。私はドアを開けて手で押さえた。それから彼女のためにうしろにまわって椅子を引いた。

彼女は先端五センチばかりのところに腰を下ろした。「もし私がドクター・ザグスミスの患者さんにそんな口のききかたをしたら、即座に職を失うでしょう。患者さんへの口のきき方には先生はとても細かいのです。相手がどれほどむずかしい人であっても」

「先生は元気にしておられるかな？　ガレージの屋根から落ちて以来、お目にかかっていないもので」

彼女は驚いたようだった。真剣な顔になった。「だってあなたがドクター・ザグスミスをご存じのはずはないわ」、貧血気味の舌先が唇のあいだからのぞき、ちらちらと探るようにあてもなく動いた。

「私が知っているのは、サンタ・ローザのドクター・ジョージ・ザグスミスですが」と私は言った。

「いいえ、そうじゃありません。私が話しているのは、マンハッタンのドクター・アルフレッド・ザグスミスです。カンザス州マンハッタンの。だからその、ニューヨークのマンハッタンじゃなくて」

「じゃあ、きっと別のドクター・ザグスミスに違いない」と私は言った。「それであなたの名前は？」

「教える必要はないかもしれません」

「ただのウィンドウ・ショッピングということかな？」

「そう思っていただいてけっこうです。もし自分の家族の内情をあかの他人に話さなくてはならないとしたら、少なくとも私には相手が信頼に足る人かどうか、見定める権利があるはずです」

「誰かにこれまで、キュートだって言われたことは？」

縁なし眼鏡の奥で目がきらりと光った。「そんなこと言われるいわれがありません」

私はパイプを手にとり、煙草を詰めた。「いいわれはよかったな」と私は言った。「その帽子をやめて、縁に色のついたくねっとした眼鏡をかけるといい。ほら、今はやりのやぶにらみっぽく、東洋風の――」

「ドクター・ザグスミスはそんなもの許可なさいません」と彼女は早口で言った。それからやや間を置き、「本当にそう思うの？」と尋ねた。頰がわずかに赤らんだ。

私はパイプにマッチを寄せ、デスク越しに煙を送った。娘は身を後ろに反らせた。

「もし君が私を雇うとすれば」と私は言った。「雇われるのは、ありのままの私だ。ここにいる、見違えようのないこの私だ。この業界で日曜説教師を見つけようと思っても、そいつは無駄というものだ。私は不躾《ぶしつけ》にこちらから電話を切った。にもかかわらず君はここまでやってきた。つまり何らかの手助けを必要としているということだ。君の名前と、トラブルの内容を聞かせていただきたい」

彼女はただまっすぐ私を見ていた。

「いいかい」と私は言った。「君はカンザス州マンハッタンからやってきた。この前に年鑑を暗記したときの記憶をたどれば、トピーカからそれほど遠くないところにある小さな町で、人口は一万二千というあたりだ。君はドクター・ザグスミスのところで働いていて、オリンという男を捜している。マンハッタンは小さな町だ。そうに決まっている。カンザス州で『小さな町』と呼べそうにないのは、せいぜい半ダースくらいのものだ。だから私は既に、家族の歴史を丸ごとたどれそうなくらい、君についての情報を得ていることになる」

「でもなぜ、あなたはそんなこと知りたがるの？」と彼女は戸惑ったように尋ねた。

「私が？」と私は言った。「べつに知りたがってなんかいないよ。私は来歴を述べたてる人々にうんざりしている。私がここに座っているのはただ、ほかに行くべきところがないからだ。仕事なんかしたくない。何もほしくない」

「あなたはしゃべりすぎるわ」

「そのとおり」と私は言った。「私はしゃべりすぎる。孤独な人間はいつもしゃべりすぎる。しゃべりすぎるか全然しゃべらないか、どちらかだ。そろそろビジネスの話にとりかかろうじゃないか。君は私立探偵のところに行くタイプには見えない。とくに見ず知らずの私立探偵のところには」

「わかっています」と彼女は静かな声で言った。「このことを知ったらオリンはそれこそかんかんになるわ。母だって激怒するはずです。私は電話帳からあなたの名前を適当に選んで――」

「どういう基準で？」と私は尋ねた。「目は閉じて、それとも開けて？」

　彼女は少しのあいだ私をじっと見ていた。まるで気の触れた人間でも見るみたいに。「七と十三」と彼女は静かに言った。

「どういうことかな？」

「マーロウ（Marlowe）は七文字」と彼女は言った。「フィリップ・マーロウ（Philip Marlowe）は十三文字。七と十三を足すと――」

「君の名前は？」と私はほとんど吐き出すように言った。

「オーファメイ・クエスト」、彼女は今にも泣き出しそうな様子で目をそばめた。そしてOrfamayという綴りを教えてくれた。ひとつながりのファーストネームだ。「母と二人で暮らしているの」と彼女は続けた。声は次第に速くなっていた。まるで時間で料金がかさむのを心配しているみたいに。

「父は医師だったけど、四年前に亡くなった。兄のオリンも外科医になる予定だったのだけど、二年ばかり医学を学んでから志望を変更して、エンジニアリングの方面に進んだ。そして一年前にベイ・シティーにあるカル・ウェスタン航空機会社に就職し、こちらに移ってきた。移ってくる必要はなかったのよ。兄はウィチタで良い仕事に就いていたから。きっとカリフォルニアに来たかっただけね。かなり誰もがそうしたがっているみたいだから」

「ほとんど誰もが」と私は言い直した。「そんな縁なし眼鏡をかけて生きていくつもりなら、少なくとも言葉遣いはそれらしく正確にしないと」

彼女はくすくす笑い、視線を落として、デスクの上に指先で一本の線を引いた。「東洋人みたいに見える、あのつりあがった眼鏡のことをあなたは言っているの？」

「まあね。さてオリンのことだ。彼はカリフォルニアにやってきた。それもベイ・シティーに。彼がどうしたのだろう？」

娘は少し考え、眉をひそめた。心を決めかねるように私の顔をじっと見ていた。それから堰《せき》を切ったみたいに言葉があふれ出した。「定期的に手紙を寄越さないのは、オリンらしくないわ。この半年のあいだに兄から届いた手紙といえば、母に二通、私に三通、それだけ。そして最後の手紙を受け取ったのは何カ月も前よ。母も私も心配しています。それで休暇がとれたので、私が出向いてくることになったの。兄はそれまで一度もカンザスから出たことがなかったわ」、そこで話をやめた。「メモはとらないの？」

私は曖昧にうなった。

「探偵はみんないつも、小さな手帳にメモをするものだと思っていたけど」

「茶々を入れるのは私の役だ」と私は言った。「君はただ話をしてればいい。君は休暇を利用してこちらにやってきた。それで？」

「こちらに出て来ることを手紙でオリンに知らせた。でも返事はなし。ソルト・レーク・シティーから電報も打った。それも梨のつぶて。だから彼の住まいに直接行ってみたの。ずいぶん遠くだった。

バスで行ったのよ。ベイ・シティーのアイダホ・ストリート、四四九番地」

　彼女はまたそこで話をやめ、住所を繰り返した。私はやはりメモを取らなかった。私はそこに座って、彼女の眼鏡と、艶やかな茶色の髪と、ちっぽけな愚かしい帽子と、色のつかない爪と、口紅のつかない口と、青ざめた唇の隙間に見え隠れする小さな舌先を眺めていた。

「ベイ・シティーのことはご存じないかもしれませんね、ミスタ・マーロウ」

「笑えるな」と私は言った。「ベイ・シティーについて私が知っているのは、そこに行くたびに頭を新しく買い換えなくちゃならないということくらいだ。君の代わりに話を続けてあげようか」

「な、なんですって?」、彼女はとても大きく目を見開いたので、その目は眼鏡のレンズのせいで、水族館の深海魚の水槽で見かける代物みたいになった。

「お兄さんは引っ越していた」と私は言った。「転居先は不明。そして君は案じている。彼がリージェンシー・タワーズのペントハウスで、罪深い生活を送っているのではないかと。長いミンクのコートを着て、そそられる香水をつけた女性とともに」

「まったく、なんてことを!」

「何か不適切なことを言っただろうか?」

「よして下さい、ミスタ・マーロウ」、彼女はやっとそう言った。「私はオリンについてそんなことを心配しているわけじゃないわ。オリンの前でそんなことを言ったら、ただじゃすまないわよ。兄は切れると、ずいぶん荒っぽくなるの。きっと何かが兄の身に起こったのよ。私にはわかります。そこはずいぶん安っぽい下宿屋で、管理人は感じの悪い男だった。見るからにいかがわしい種類の人間よ。オリンは数週間前に出て行って、どこに行ったかは知らないし、知りたくもない、と言われた。その人の頭にあるのはジンを食らうことだけだった。オリンがそんないかがわしいところに暮らしていたなんて、とても信じられないわ」

「ジンを食らうって？」と私は言った。

彼女は顔を赤らめた。「管理人の使った言葉を、そのまま使っただけよ」

「けっこう」と私は言った。「続けて」

「オリンが働いていた会社に電話をかけてみた。カル・ウェスタン航空機会社。多くの従業員が解雇されて、オリンもその一人だった、それ以上のことはわからない、と言われたわ。そこで郵便局に行って、オリンが転居届けを出していないか調べようとしたのだけど、個人情報だから教えられないと言われた。局の規則に反することなんだと。私が細かく事情を説明すると、まあ妹さんということならちょっと見てきましょうと男の人が言ってくれた。それで調べてもらった結果、住所変更届けは出ていないことがわかった。そこで私はちょっと怖くなってきたの。兄は事故とか、そんな何かに遭遇したのかもしれないと」

「警察に問い合わせることは考えなかった？」

「警察に届けるなんて論外です。そんなことをしたらオリンは私を赦してくれないわ。だいたいが気むずかしい性格なの。うちの家族は――」、彼女は迷ったように口をつぐんだ。瞼《まぶた》の奥に何かがあった。それは彼女ができるだけ表に出したくない種類のものだった。それで息継ぎもせずに彼女は話を続けた。「うちの家族は、そういう種類の家族では――」

「ちょっと待って」と私は疲れた声で言った。「私は何もスリを働く人間について話しているわけじゃない。車にはねられたり、記憶を失ったり、口も利けないくらい重い怪我をしたかもしれない人間について話をしているんだよ」

彼女は冷めた目で私を見た。とくに私に感心しているのでもないようだ。「もしそんなことが起こってたら、私たちに知らされているはずよ」と彼女は言った。「誰だってポケットに身元を示すものくらい入れてるでしょう」

「ある場合には、ポケットしか残っていないということだってある」

「私を怯えさせようとしてるのかしら、ミスタ・マーロウ？」

「もしそうなら、私は時間の無駄づかいをしていることになりそうだ。それで、いったいどんなことが起こったかもしれないと、君は考えているのかな？」

彼女はほっそりした人差し指を唇にあて、舌の先をとても注意深くそれにつけた。「それがわかっていたら、わざわざここに来ないわ。兄をみつけるのに、どれほど請求なさるのかしら？」

私はしばらく返事をしなかった。それから言った。「私ひとりで、ほかに話をまわさずに？」

「そう。あなたひとりで、ほかには話をまわさずに」

「そうだな、そいつは状況による。規定料金のことはさっき言ったね」

彼女はデスクのへりで両手を組み、しっかりと握りあわせた。これほど意味不明のジェスチャーを次々に繰り出す相手を、生まれてこのかた目にしたことがなかった。「あなたはなにしろ探偵だから、すぐにも兄を見つけて下さると思っていたの」と彼女は言った。「二十ドル以上お支払いすることはできません。食事もとらなくてはならないし、ホテル代もあるし、帰りの汽車賃もとっておかなくてはならないわ。ホテル代は目が飛び出るほど高いし、汽車で出す食事ときたら——」

「どこのホテルに泊まっている？」

「あの、その、できれば教えたくないの」

「どういう理由で？」

「とにかく教えたくありません。オリンが癇癪《かんしゃく》を起こすのがとても怖いし。それに、ええと、用事があればこちらから連絡をするわ」

「なるほど。オリンの癇癪のほかに、君は何を怖がっているのだろう、ミス・クエスト?」、パイプの火が消えていたので、私はマッチを擦って火皿にあてた。そしてパイプ越しに娘を眺めた。

「パイプを吸うのは、すごく忌まわしい習慣じゃないこと?」と彼女は尋ねた。

「そうかもしれない」と私は言った。「しかしその習慣をやめさせるには、二十ドルじゃ足りないね。それから私の質問をはぐらかさないでもらいたい」

「そんな口のきき方はよして」と彼女はかっとして言った。「パイプを吸うのはまさに忌まわしい習慣よ。家の中で父がパイプを吸うのを、母は決して許さなかった。父が卒中をおこしてから死ぬまでの二年のあいだもよ。父はときどき火のついていないパイプをくわえて座っていたものよ。でも母は、何があろうと父にパイプを吸わせなかった。私たちには多くの借金があったし、煙草みたいな無益なものにお金を使わせるわけにはいかないと母は言ってました。父が必要とするよりは、教会の方がもっとお金を必要としてるんだと」

「だんだんわかってきた」と私はゆっくりと言った。「おたくのようなうちでは、家族の誰かがはみ出しものにならざるを得ない」

　彼女は勢いよく立ち上がり、例の救急箱を身体にぎゅっと押しつけた。「あなたはいけ好かない人よ」と彼女は言った。「あなたを雇う気にはなれないわ。もしオリンが何か良からぬことに手を染めていると仄《ほの》めかしているのなら、これだけは言わせてもらいます。家族の中の黒い羊《ブラック・シープ》はオリンじゃありません」

　私はまつげ一本動かさなかった。彼女は急に振り向いて勢いよくドアまで行き、ノブに手をかけた。それからもう一度こちらをさっと振り向き、また勢いよく戻ってくると、唐突に泣き出した。それに対する私の反応は、剝製の魚が釣り餌に向かって見せる程度のものだった。娘は小さなハンカチを取り出し、目の端を軽く押さえた。

「それであなたはこれから、け、警察に電話するんでしょう」、彼女は声をつまらせて言った。「そうしたら、マンハッタンの、し、新聞がそれを聞きつけて、きっと私たちについて、あ、あることないことを書くんだわ」

「心にもないことを言うのはどうかよしてくれ。お互い疲れるだけだ。お兄さんの写真を見せてくれないか」

彼女は急いでハンカチを片づけ、バッグの中に手を突っ込んで何かほかのものを探した。それをデスク越しにこちらに差し出した。薄い封筒だった。スナップショットの二枚くらいは入っていそうだ。私は中を見なかった。

「彼の容貌を、君の見たまま描写してもらいたい」と私は言った。

彼女は気持ちを集中した。それは眉を活躍させる機会を彼女に与えた。「この三月で二十八歳になった。淡い茶色の髪。私も茶色だけれど、それよりもずっと淡い色合いよ。瞳の青ももっと淡い。髪はまっすぐ後ろに撫でつけている。とても背が高くて、百八十センチは超えているんだけど、体重は六十五キロもないの。やせっぽちといってもいいくらい。以前は小さなブロンドの口ひげをはやしていたんだけど、母がやめさせたわ。母が言うには――」

「わかってるよ。牧師さんが、クッションの詰め物にほしがったんだろう」

「母のことをからかうのは許しません」と彼女は甲高い声で叫んだ。怒りで顔が青ざめていた。

「妙な芝居はよしなさい。君について私が知らないことは数多くある。しかし今ここでイースターの白百合のふりをしても始まらない。オリンには何か目につく特徴はないかな？　ほくろとか傷跡とか。

あるいは胸に『詩篇第二十三章』を入れ墨しているとか。おっと、お願いだから顔を赤くしないで」

「何よ、偉そうに。自分で写真を見れば済むことでしょう」

「どうせ服を着た写真だろう。なんといっても君は身内だし、細かいところまでいろいろ知っているはずだ」

「とりたてて言うほどの特徴はないわ。左手に小さな傷があるだけ。表皮嚢包を取ったときに残ったものよ」

「何か習慣にしていることは？　気晴らしに何をする？　煙草も酒もやらず、女の子とデートしないことは別にして」

「なぜ――どうしてあなたにそんなことがわかるの？」

「おたくのお母さんから聞いたよ」

彼女は微笑んだ。この娘は微笑みというものを持ち合わせているのだろうかと、いささか疑い始めたところだった。並びの良い白い歯を彼女は持っていた。ありがたいことに、いちいち歯茎をうねらせたりもしなかった。「あなたっておかしな人ね」と彼女は言った。「勉強をするのが好きで、すごく高価なカメラを持っている。それを使って、人が気づかないときにこそっとスナップを撮るのが趣味なの。それで腹を立てる人もいるけれど。オリンはこう言ってたわ、人は自らのありのままの姿を見るべきなんだって」

「御本人がそんな目にあってないことを祈ろう」と私は言った。「どんなカメラなんだね？」

「すごく高性能なレンズがついた小型カメラ。ほとんどどんな明るさでもスナップが撮れる。ライカ」

私は封筒を開け、二枚の小さなプリントを取り出した。とても鮮明だ。「これはそういうカメラで写されたものじゃないね」

「違います。それを撮ったのはフィリップ・アンダーソン。私が短いあいだつきあっていた人」、彼女は口をつぐみ、ため息をついた。「実は私がここに来たのはそのせいなの、ミスタ・マーロウ。あなたの名前が同じフィリップだったから」

私はただ「なるほど」と言った。しかし遠回しにではあるが、いくらか心は動かされた。「それでフィリップ・アンダーソンはどうなったのだろう？」

「でもこれはオリンの話で――」

「それはわかっている」と私は口をはさんだ。「しかしフィリップ・アンダーソンはどうしたんだい？」

「まだマンハッタンにいます」と言って彼女は顔を背けた。「母は彼のことがあまり気に入らないの。そういうのって、ほら、わかるでしょう」

「ああ」と私は言った。「だいたいの見当はつくよ。泣きたければ泣いていい。そのことで君をとがめたりはしない。私だって図体こそ大きいものの、これでけっこう涙もろいセンチな男でね」

私は二枚のプリントを見た。一枚はうつむいているもので、あまり役には立たない。もう一枚はなかなかよく撮れていた。ごつごつとしたひょろ長い鳥のような男で、目と目のあいだが狭く、口は薄くまっすぐで、顎の先が尖っていた。こんな風だろうと踏んでいたとおりの顔立ちだ。靴についた泥をひとつ拭き忘れていたら、注意してくれそうな若者だ。私は写真をわきにやり、オーファメイ・クエストを見た。そして、ほんの少しでもいいから、その青年に似たところを彼女の顔の中に見いだそうと努めた。でも見つけられなかった。肉親らしき相似性は微塵《みじん》もうかがえない。しかしもちろんそんなことには何の意味もない。まったく意味はない。

「よろしい」と私は言った。「そこに出向いて、様子を見てくるとしよう。しかし君は君で、オリンの身に何が起こったか、予測くらいつけておくべきだ。彼はこの都市ではよそものだ。そして一時はけっこうな金を稼いでいた。おそらくこれまで手にしたこともないような額の金をね。そしてこれまでに会ったこともないような人々と出会った。そしてここはカンザス州マンハッタンとは似ても似つかない街だ。そいつは承知しておいた方がいい。私はベイ・シティーがどんなところかよく知っている。お兄さんはここで新しい訓練にとりかかったばかりで、家族にそういうことは知られたくない。彼はそのうちに立ち直るよ」

彼女は何も言わず、しばらくただ私をじっと見ていた。それから首を振った。「いいえ、オリンはそういうタイプじゃありません、ミスタ・マーロウ」

「どんなタイプだってそうなり得るんだ」と私は言った。「とりわけオリンのような人間はね。小さな町で信心深く育った青年、常に母親がしっかり背後に控え、牧師さんに手を取られて育ってきた。ここでは彼は一人ぼっちだ。金も手にしている。ちょっとした安楽や光輝くものも欲しくなる。光輝くものといっても、教会の東の窓から差し込んでくるようなやつじゃないよ。私は何もそういうのを軽んじているわけじゃない。私が言いたいのはただ、その手の輝きなら彼はもう十分すぎるほど受け取ってきたということだ。そうじゃないか？」

彼女は黙って肯いた。

「彼はゲームを始める」と私は続けた。「でもまだ遊び方を知らない。それにもまた経験が必要なんだ。どこかの身持ちの悪い女や、安酒にひっかかって、痛い目にあった。本人にしてみれば、僧正様のズボンを盗んだのと同じくらいやましいことだ。とはいえ、もうそろそろ二十九歳になろうかという男だ。どこかのどぶで転げ回りたいと思うのなら、そいつは本人の問題だ。そのうちに責めを負わせるべき誰かを見つけるだろう」

「ずいぶんなことをおっしゃるのね、ミスタ・マーロウ」と彼女はゆっくりと言った。「私としては母のためにも――」

「二十ドルがどうこうと言ったね」と私は口をはさんだ。

彼女はショックを受けたようだった。「今お支払いしなくちゃならないのですか？」

「カンザス州マンハッタンではどのような習慣になっているのだろう？」

「マンハッタンには私立探偵なんていません。普通の警察があるだけです。ええと、おそらくいないと思いますが」

彼女はもう一度道具箱の中をごそごそと探り、赤いがま口を引っ張り出すと、そこから何枚かの紙幣を出した。一枚一枚きれいに巻かれていた。五ドル札が三枚、一ドル札が五枚。残りはあまり多くないようだ。彼女はそのがま口をじっと手に持っていた。それがどれくらい薄くなったかを私に見せつけるように。それからデスクの上で紙幣をまっすぐに伸ばし、一枚ずつ重ね、こちらに押して寄越した。まるでお気に入りの子猫を溺死させるときのように、すごくつらそうに時間をかけて。

「領収書を書こう」と私は言った。

「領収書なんていりません、ミスタ・マーロウ」

「私には必要だ。名前も住所ももらえないのなら、君の名前が書かれたものがほしい」

「何のために？」

「君の依頼を受けているという証明にね」、私は領収書簿を取り上げ、領収書を作成し、複写のサインをもらうために彼女にまわした。彼女はサインなんかしたくないと言った。それでも最後にはとうとう、ボールペンを手にとって「オーファメイ・クエスト」とそこに署名した。いかにも秘書らしい堅苦しい字だった。

「まだ住所はなし」と私は尋ねた。

「教えたくないの」

「それでは、いつでも私に電話をかけてかまわない。自宅の電話番号は電話帳に載っている。ブリストル・アパートメントの四二八号室だ」

「おたくにお邪魔する見込みはなさそうだけど」と彼女は冷ややかに言った。

「まだ招待してもいないよ」と私は言った。「よかったら今日の四時頃に電話をかけてくれないか。何か判明したことがあるかもしれない。うまくいけばだが」

彼女は立ち上がった。「私が間違ったことをしたと母が考えなければいいのだけれど」、淡い色の爪で唇をつまみながらそう言った。「つまり、私がここに来たことで」

「君のお母さんが良い顔をしないものごとについて、これ以上私の前で口にしないでもらいたい」と私は言った。「その部分は省いて話をしよう」

「まあ、なんてことを!」

「それから『まあ、なんてことを』と言うのもやめてほしいね」

「あなたはずいぶん失礼な人だと思います」と彼女は言った。

「違うな。君はそんなこと思っちゃいない。私を魅力的だと思っている。そして見たところ、君はとんでもないいかまととの嘘つきだ。たかが二十ドルぽっちのために、私がこんな仕事を引き受けてると、まさか本気で考えているんじゃあるまいね」

彼女はまっすぐ私を見た。目が急に冷たくなった。「じゃあ何のためかしら?」

私が返事しないでいると、彼女は付け足すように言った。「春の気配があたりに満ちているからかしら？」

それでも私は返事をしなかった。彼女は少し赤くなった。それから忍び笑いをした。

何もしないで暇をつぶしているのに飽きただけなのだとは、私もさすがに言えなかった。それにたしかに季節は春だった。そして彼女の瞳には、カンザス州マンハッタンなんかよりももっと古くさいものがあった。

「あなたってずいぶん良い人なのね、ほんとは」と彼女は柔らかな声で言った。それからくるりと身を翻し、ほとんど駆けるようにオフィスを出て行った。廊下を歩き去っていく彼女の小さな足音は鋭く、きつく響いた。夕食の席で父親が二切れめのパイに手を伸ばしたとき、母親がテーブルの端をこつこつと叩いていたしなめる音のようだ。父親にはもう稼ぎはない。なんにもない。カンザス州マンハッタンの玄関ポーチに座り、中身のないパイプを手に揺り椅子に座っているだけ。ポーチでそっと静かに椅子を揺すっている。脳卒中をおこすと、何ごともそっと静かにやらなくてはならない。そして次の卒中が訪れるのを待つ。口には空っぽのパイプ。煙草はなし。待つほかになすべきことはない。

私はオーファメイの虎の子の二十ドルを封筒に入れ、彼女の名前を書き、机の抽斗《ひきだし》に放り込んだ。そんな大金をポケットに入れて外をうろつくのは気が進まなかった。

3

アイダホ・ストリート知らずとも、ベイ・シティーを旧知の街とするのに不都合はない。また四四九番地を知らずとも、アイダホ・ストリートを知るのにさして不都合はない。ブロックの舗装は崩れて、道路はほとんどもとあった土の地面に戻りかけていた。その向かいにあるひび割れた歩道と材木置き場は、たわんだ塀で仕切られている。半ブロックばかり先で引き込み線の錆びたレールが、鎖錠された木製扉の中に消えていた。両開きの扉は、かれこれ二十年は開かれたことがなさそうだ。子供たちがその扉や塀に、端から端まで隙間なくチョークで絵を描き、落書きをしていた。

四四九番地の建物には、塗装のはげた低い玄関ポーチがあり、木と籐《とう》でできた揺り椅子が五脚、だらしなく置かれていた。揺り椅子は針金とべたついた海風によって、ひとつに結び合わされている。家の一階の窓についた緑色の日除けは、三分の二ばかり下ろされ、ひびだらけになっていた。玄関のドアのわきには、「空室なし」と印刷された大きな看板がかかっていた。ずいぶん長いあいだそこに出しっぱなしになっているらしく、色が褪せ、蠅のしみがついていた。ドアを開けると長い廊下があり、奥の三分の一は上に向かう階段になっている。右手には細長い棚があり、脇には鎖をつけられた鉛筆が下がっていた。書いた字が消えないようになっている鉛筆だ。プッシュボタンがあり、その上に「管理人」と書かれた黄色と黒の札が不揃いな三つの画鋲でとめられていた。反対側の壁には公衆電話がある。

ボタンを押した。近くでベルの鳴る音が聞こえたが、反応はなかった。もう一度ボタンを押した。やはり返事はない。「管理人」という白黒の金属の札がついたドアに行って、ノックした。それからドアを蹴飛ばしてみた。蹴飛ばそうが何をしようが、誰も気にしないようだった。

私はもう一度外に出て脇にまわり、勝手口に通じるコンクリートの狭い通路に入った。いかにも管理人の住居がありそうなところだ。家のほかの部分はみんな客部屋になっているのだろう。小さなポーチには汚いゴミ缶ひとつと、酒瓶が詰まった木箱が置いてあった。網戸の奥のドアは開かれ、中は薄暗かった。私は顔を網戸にあてて奥をのぞき込んだ。内側のドアの先にはちょっとしたスペースがあり、その奥に背のまっすぐな椅子が置かれていた。椅子の背には上着がかかり、椅子には帽子をかぶったシャツ姿の男が座っていた。小柄な男だ。何をしているのかはよく見えなかったが、どうやら朝食用コーナーの簡易テーブルの前に男は座っているらしかった。

私は網戸のドアをどんどんと叩いた。男は知らん顔をしていた。私はもっと強くドアを叩いた。今度は彼は少し椅子を後ろに傾け、青白い顔をこちらに向けた。口に煙草をくわえていた。「なんの用だ?」、彼は怒鳴るように言った。

「管理人か?」

「いねえよ」

「あんたは誰なんだ?」

「それがなんだっていうんだ?」

「部屋を探している」

「空室はない。でかい字でそう書いてあるだろうが」

「それとは違う話を小耳にはさんだ」

「そうかい」と男は言って、その小さな青白い口から煙草を離すことなく、爪で叩いて灰を落とした。「そいつをはさみっぱなしにしているがいいや」

彼は椅子をまた前に傾け、それまでやっていた作業を続けた。

私はわざと足音を立ててポーチを降り、それから今度は足音を忍ばせて戸口に戻った。網戸のドアをそっと押してみた。掛けがねがかかっている。私はペンナイフの刃を出し、そっと掛けがねを押し開けた。かちりという小さな音がしたが、それは台所から聞こえるもっと大きなかちかちという音に消された。

私は中に入り、狭い勝手口を横切り、戸口を抜けて台所に入った。小男は作業に忙しく、私に気づかなかった。台所には三口のガスコンロがあり、べたべたした皿が並んだ数段の棚があり、あちこち欠けた冷蔵庫があり、朝食用のコーナーがあった。そのテーブルいっぱいに金が並べられていた。ほとんどは紙幣だが、硬貨も混じっていた。いろいろな大きさの硬貨で、一ドル硬貨も混じっていた。小男は硬貨を数えて積み上げ、小さなノートに金額を書き付けた。くわえた煙草をぴくりと動かすこともなく鉛筆をなめた。煙草は顔にすっかり根を下ろしているみたいだ。

テーブルの上にはおおよそ五、六百ドルあった。

「家賃の集金日かね?」と私は穏やかに尋ねた。

小男は一瞬の動作で振り向いた。しばし彼は微笑み、何も言わなかった。内心は微笑んでいない人間が浮かべる類の微笑みだ。彼は吸っていた煙草を口からむしり取り、床に捨てて足で踏んだ。シャツのポケットから新しい煙草を取り出し、顔の同じ穴にそれを突っ込み、もそもそとマッチを探した。

「はしこいやつだな」と彼は愉快そうに言った。

マッチが見つからず、彼は椅子の中で何気なく身体を回して、上着のポケットに手を突っ込んで探った。何か重いものが椅子にこつんとぶつかる音が聞こえた。その重いものがポケットから出てくる前に、私は男の手首を押さえた。彼は後ろにのけぞる姿勢になり、上着のポケットが私の方に持ち上がった。私は男の座った椅子を、勢いよく引いて払った。

彼は床にどすんと尻餅をつき、小さなテーブルの端に頭をぶっつけた。しかしそれでもなお私の股間を足で蹴ろうとした。私は男の上着をとって後ろに下がり、彼が手を突っ込んでいたポケットから、三八口径を取り出した。

「いつまで床に座り込んでいてもお友だちにはなれないぜ」と私は言った。

男は実際以上にダメージを受けた振りをしながら、床からゆっくりと立ち上がった。その手は襟の後ろをもそもそと探っていたが、腕が金属をきらりと光らせながら、私の方に素早く伸びてきた。小さいが、侮れない男だ。

手にした拳銃で顎を思い切りはたくと、男はもう一度床に尻餅をついた。私はナイフを持ったその手を足で踏みつけた。彼の顔は苦痛で歪んだが、それでも声をあげなかった。私はナイフを部屋の隅まで蹴飛ばした。長い細身のナイフで、見るからに鋭そうだった。

「ひどい話もあったもんだ」と私は言った。「ただ部屋探しをしている人間に向かって、拳銃を抜き、ナイフで襲いかかるなんてな。こんなご時世とはいえ、ちとやりすぎだぜ」

男は痛む手を膝で挟んでぎゅっと締め上げ、歯の間から口笛のようなものを吹いていた。顎に食らった一撃はさほどこたえていないらしい。「わかったよ」と彼は言った。「いいとも。今回は俺がどじったようだ。その金を持って消えちまいな。しかしこのまま俺たちから逃げおおせると思うなよ」

私はテーブルの上の小額紙幣と、それほど少額ではない紙幣と、積み上げられた硬貨の山に目をやった。

「それだけの武器を身につけているところを見ると、よほど商売上のいざこざが多いらしいな」と私は彼に言った。部屋の奥に続くドアのところに行って、開くかどうか試してみた。ドアには鍵がかかっていなかった。私は後ろを向いた。

「拳銃は帰りに郵便受けに入れていく」と私は言った。「次はどうかブザーを鳴らして下さいと頼むんだな」

男はまだ手を握りしめ、歯の隙間から静かに口笛を吹いていた。そして何かを考えるように、目を細めて私を見た。それからみすぼらしいブリーフケースに金をかき込むように詰め、留め金をかけた。帽子を脱いでかたちをなおし、頭の後ろの方に気楽そうにかぶり、静かな、無駄のない笑みを顔に浮かべた。

「銃なんかかまわん」と彼は言った。「そんなものどこででも手に入る。しかしナイフはクローゼンに預けてってくれよ。手間暇かけて誂《あつら》えたんだ」

「いろいろ重宝もしたし」

「まあな」、彼は私に向けて指をすっと振った。「そのうちにまたどこかで顔を合わせるかもしれんぜ。こちらに連れがあるときに」

「その男に清潔なシャツを着るように言っておいてくれ」と私は言った。「そしてあんたにも一枚貸してやってくれってな」

「おやおや」と小男はたしなめるように言った。「バッジひとつつければ、誰でもあっという間にタフになれるらしい」

彼はそっと私の脇を抜け、裏ポーチの木の階段を降りていった。足音は通りへと向かい、次第に遠ざかっていった。その足音は、オフィスの外の廊下に響くオーファメイのヒールの響きにとてもよく似ていた。そしてなぜかはわからないが、私はトランプの手札を数え間違えたときのような、空虚な気分になった。理由はまったくわからない。あるいはその小男が見せた、筋金入りとも見える態度のせいかもしれない。泣き言ひとつ言わず、声を荒立てるでもなく、ただ笑みを浮かべ、歯の隙間から口笛を吹いていた。軽い声音と、何ごとも忘れない目。

私は部屋の隅に行ってナイフを拾い上げた。刃は丸みを帯び、長く細かった。念入りに研磨された細やすりのように見える。柄《つか》とガードの部分は軽量のプラスチックでできていて、すべてが一体になっているようだ。私は柄の部分を持ち、テーブルに向かってさっと振ってみた。刃先が外れ、木の表面に突き刺さってぴくぴくと揺れた。

私は深く息を吸い込み、刃の根本をもう一度柄に差し込み、テーブルからやっと引き抜いた。意匠といい目的といい、まことに興味深いナイフだ。そのどちらにも賛同できないが。

私は台所の奥のドアを開け、拳銃とナイフを片手に中に入った。

そこは居間で、壁にはめ込み式のベッドがついていた。ベッドは下ろされ、寝具は乱れていた。詰め物が膨らみすぎた椅子がひとつ、肘掛けには焼けこげの穴がついている。昔風の地下貯蔵庫みたいな傾いた扉のついた、丈の高い樫材の机が、正面窓の脇の壁に向かって置かれていた。そばにベッド兼用のソファがあり、一人の男が横になっていた。灰色のくしゃくしゃの靴下を履いた両足は、ソファの端からだらんと垂れ、枕は頭から六十センチばかり離れたところにあった。しかし枕カバーの色を見ると、そんなものはない方がむしろありがたいかもしれない。彼の上半身は色のなくなったシャツと、すり切れたカーディガンに包まれていた。口は開けられ、顔は汗で光り、呼吸にあわせてヘッド・ガスケットに漏れのある古いフォードみたいな音が聞こえた。そばのテーブルには吸い殻が山になった皿があったが、吸い殻のいくつかは自分の手で巻いたもののようだ。床にはほとんど手つかずのジンの瓶があり、コーヒーが入っていたらしきカップがあった。コーヒーが入っていたのはいずれにせよ最近のことではなさそうだ。部屋はジンの匂いと濁った空気で満ちていたが、マリファナの残り香も僅かに混じっていた。

私は窓を開け、網戸に頭をつけて、いくぶんはましな空気を胸に吸い込み、表の通りに目をやった。二人の子供が貯木場の塀沿いに自転車をゆっくり走らせ、ときどき立ち止まっては、そこに描かれた便所の落書き芸術のお手本をじっくり鑑賞していた。それ以外に近辺に動きらしきものはなかった。犬一匹いない。角ではゴミが宙を舞っていた。まるで車がつい今しがた勢いよくそこを走り抜けていったみたいに。

私は机の方に行ってみた。机の中には宿泊者台帳があった。私はページを繰って遡り、「オリン・P・クエスト」という名前を見つけた。きりっと几帳面な手書きの筆跡だ。それから違う筆跡で二一四という番号が、鉛筆で書き加えられている。こちらはどのような見地からしてもきりっとしてもいないし、几帳面でもない。私は台帳を最後まで繰ってみたが、そのあとに二一四号室に誰かが入居した記録はなかった。G・W・ヒックスなる人物が二一五号室に入っていた。私は台帳を机に仕舞い、ソファのところに行った。男はいびきをかきつつもぞもぞとつぶやくのをやめ、まるでこれからスピーチでもするみたいに、右腕を身体の上にさっと置いた。私は身を屈め、親指と人差し指で男の鼻をしっかりつまみ、カーディガンをひとつかみ口の中に突っ込んだ。男はいびきをかくのをやめ、ぱっと目を見開いた。どんよりして血走った目だった。男は私の手を逃れようともがいた。じゅうぶん目覚めたことがわかると、私は彼を解放してやった。ほとんど手つかずのジンの瓶を床から拾い上げ、そのそばに転がっていたグラスに少し注いだ。そのグラスを男に差し出した。行方のわからなかった子供を迎え入れる母親のような、美しくも不安に満ちた様子で、彼はそのグラスに手を伸ばした。

私はグラスを相手の手の届かないところまで引いた。「あんたが管理人か」

彼は粘った舌で唇を舐め、「ああああ」と言った。

彼はグラスを摑もうとした。私はそれを男の前にあるテーブルに置いた。彼は両手で用心深くグラスを摑み、顔に浴びせかけるみたいにして飲んだ。それから愉しげに笑い、グラスを私に向かって投げつけた。私はなんとかそれを受け止め、逆さにしてまたテーブルの上に置いた。男は私をまじまじと眺め、いかにもいかめしい顔をしようとしたが、その試みはうまくいかなかった。

「何をしてる？」と男はしゃがれた声で言った。そこには不安が混じっていた。

「管理人か？」

彼は肯いたが、もう少しでソファから転げ落ちそうになった。「酔っぱらっちまったみたいだ」と彼は言った。「ちっとばかり、ほんの少し、酔ったみたいだ」

「そんなに悪くない」と私は言った。「まだ息をしている」

男は床に足を下ろし、なんとか立ち上がった。それから急に何か愉快なことでもあったみたいに、高い声で笑った。よろよろと三歩進み、床に四つん這いになって椅子の脚を齧ろうとした。

私はもう一度彼を起こして立たせ、肘掛けに焼け穴の開いた、詰め物の多すぎる椅子に座らせ、特効薬をもう一杯グラスに注いでやった。彼はそれを飲み、一度ぶるっと身震いをした。途端にその目は正気を取り戻し、狡猾さを浮かべた。この手の酔っぱらいは、ある時点ではっと揺らぎのない現実に立ち返る。それがいつ訪れるのか、どれだけ続くのか、誰にもわからないのだが。

「あんたいったい誰だ？」と彼はうなるように言った。

「オリン・P・クエストという男を探している人間だ」

「なんだって？」

私は繰り返した。彼は両手で顔をごしごしとこすり、素っ気なく言った。「出て行ったよ」

「いつのことだ？」

彼は手をひらひらと振った。椅子から危うく落ちそうになり、それからバランスを回復するために、逆の方向にもう一度手を振った。「もう一杯くれ」と彼は言った。

私はもう一杯ジンを注ぎ、グラスを手の届かないところに差し出した。

「いいからくれよ」と男は言った。「殺生なことはするな」

「知りたいのはオリン・P・クエストの引っ越し先だ」

「そうさなあ」と彼は小賢《こざか》しい顔で言って、私が持っているグラスを取ろうとだらしなく手を伸ばした。

私はグラスを床に置き、名刺を一枚彼に差し出した。「これで少しは意識が戻るかもしれない」と私は彼に言った。

彼はその名刺をじっと睨《にら》み、鼻で笑い、二つに折った。それからもう一度折り、手のひらに乗せてそこに唾を吐きかけ、肩越しに後ろに放った。

私は彼にジンのグラスを渡した。彼は私の健康を祈ってそれを飲み干し、重々しく肯き、それもまた肩越しに後ろに放り投げた。グラスはごろごろと床を転がり、壁の下の横板にぶつかった。それから彼は驚くほど身軽に立ち上がり、親指をぎゅっと天井に向け、それ以外の指を折り曲げ、舌と歯を使って鋭い音を立てた。

「消えちまいな」と彼は言った。「俺には仲間がいる」。壁の電話に目をやり、それから狡そうな表情を浮かべて私を見た。「お前なんか簡単に始末できる連中が二人ばかりな」、そう言って冷笑した。私は黙っていた。「おい、俺の言うことを信じてないだろう?」、彼は急に腹を立て、嚙みつくように言った。私は首を振った。

彼は電話の方に向かった。受話器をひっつかむように取り、五桁の番号を回した。私はそれを見ていた。番号は13572だった。

とりあえずそれが彼にできるすべてだった。受話器が手から落ちて壁にどすんとぶつかり、彼はその隣りの床に座り込んだ。受話器を耳に当て、壁に向かって怒鳴った。「ドクを出してくれ」。私は黙って耳を澄ませていた。「ヴィンス！　先生《ドク》だよ！」と彼は腹立ち紛れに怒鳴りつけた。そして受話器を振って投げた。両手を床につき、円を描くように這い始めた。私の姿を目にすると、驚いたような苛立ったような顔をし、再びよろよろと立ち上がって手を伸ばした。「一杯飲ませてくれ」

私はグラスを床から拾ってきて、瓶からジンを注いだ。彼はほろ酔い加減の年配の貴婦人のように威厳を持ってそれを受け取り、いかにももったいぶってぐいと飲み干した。それから物静かにソファの方に歩いていって、そこに横になり、グラスを枕がわりに頭の下に置くと、あっという間に眠ってしまった。

私は受話器をフックに戻し、台所をもう一度ちらりと見た。ソファに寝ころんだ男のポケットを探り、いくつかの鍵を取り出した。そのうちのひとつは共通の合い鍵だった。玄関に通じるドアはばね錠になっていたので、またこちらに戻れるようにしておいた。そして階段を上った。途中で歩を止め、「ドク、ヴィンス。13572」と封筒にメモした。何かの手がかりになるかもしれない。

物音ひとつしない家の中、私は階上に向かった。

4

管理人のよく使い込まれた合い鍵で、二一四号室の錠前は音もなく開いた。私はドアを押し開けた。部屋は無人ではなかった。肉付きの良い、頑健そうな男が、ベッドに置かれたスーツケースの上に屈み込んでいた。背中はドアに向けられている。シャツと靴下と下着がベッド・カバーの上に広げられ、男はそれをのんびりと、しかし注意深くスーツケースに詰めながら、低く単調なメロディーを口笛で吹いていた。

ドアの蝶番が音を立てると、男の身体がこわばった。その手はベッド上の枕に素早く伸びた。

「申し訳ない」と私は言った。「この部屋は空室だと、管理人に言われたものだから」

男の頭はグレープフルーツみたいにつるつるだった。ダークグレーのフラノのズボンをはき、青いシャツの上に透明なビニールのズボン吊りをつけている。彼の両手は枕から頭に行き、再び下に降りた。こちらを向いたとき、頭には髪があった。

それくらい自然に見えるかつらを目にしたのは初めてだった。艶やかで、茶色で、分け目はついていない。その髪の下から男はきつい目で私を睨んだ。

「ノックくらいはいつだってするもんだぜ」

太い声だった。幅の広い、油断のない顔をしていた。いろんな目にあってきた顔だ。

「空室だということだったし、ノックする必要があるとは思わなかった」

男は納得したように肯いた。ぎらついた光が目から消えた。

招き入れられたわけではないが、私は奥に進んだ。スーツケースの近くのベッドの上に、読みかけの扇情的な雑誌が伏せられていた。緑色のガラスの灰皿で、葉巻が煙をくゆらせていた。部屋は丁寧に片づけられていた。この建物としては清潔な方だ。

「もうおたくが出て行ったあとだと、管理人は思ったらしいね」と私は、真実を追求したい素朴な人間を装って言った。

「半時間のうちに出て行く」と男は言った。

「中を見せてもらってもかまわないかな」

彼はとくに面白くもなさそうに微笑んだ。「あんた、このあたりじゃ新顔だろう」

「というのは？」

「よそから来たばかりだな」

「なぜそう思う？」

「こんな近辺のこんな下宿屋が気に入ったのか？」

「気に入ったというほどでもない」と私は言った。「部屋は悪くないが」

男はにやりと笑った。陶製の歯冠がひとつ入っていたが、それはまわりの歯に比べて白すぎた。

「どれくらい前から部屋を探しているんだ？」

「探し始めたばかりだよ」と私は言った。「なぜいちいちそんなことを尋ねる？」

「あんたはまったく笑わせてくれるぜ」と男は笑う気配もなく言った。「この街でな、部屋の様子を見せてもらうなんてことはないんだ。見ずてんで選ぶしかない。なにしろ人がわんさか溢《あふ》れている街だ。今だって、空き部屋があると口利きするだけで十ドルはもらえるくらいさ」

「そいつはお生憎《あいにく》だ」と私は言った。「オリン・P・クエストという男がこの部屋のことを教えてくれた。だからおたくに十ドル進呈するわけにはいかない」

「そうかい」、目も光らないし、筋肉の小さなひきつりもない。まるで亀に向かってしゃべっているみたいだ。

「俺に向かってすごまない方がいいぜ」と男は言った。「俺は黙ってそのますますごまれている相手じゃない」

男は緑色の灰皿から葉巻を取り上げ、小さく煙を吐いた。その煙越しに冷たい灰色の目で私を見た。私は煙草を取り出し、それで顎を掻《か》いた。

「あんたにすごむ男たちにはどんなことが起こるんだろう?」と私は尋ねた。「かつらでも持たせておくのか?」

「俺のかつらにはかまうな」と彼は声を荒らげた。

「悪かった」と私は言った。

「『空室なし』という札が表に出ていたはずだ」と男は言った。「なのにあんたはここに入ってきて、空室を見つけた」

「さっき名前を言っただろう」と私は言った。「オリン・P・クエストだ」、私はスペリングを教えてやった。それでも相手は幸せな気持ちにはなれなかったようだ。しばしの深い沈黙があった。

彼は唐突に振り向いて、ハンカチの束をスーツケースに詰めた。私は少しそちらに近寄った。彼がまたこちらを向いたとき、その顔には警戒の色があった。しかしそんなことを言えば、最初からそこには警戒の色があった。

「友だちって言ったな？」と彼は何でもなさそうに尋ねた。

「幼なじみでね」と私は言った。

「物静かな男だったな」と男はさりげなく言った。「よく話をしたよ。カル・ウェスタンに勤めてるんだっけな」

「以前はね」と私は言った。

「ほう、辞めたのかい？」

「クビになったんだ」

我々はしばしお互いをじっと見つめた。しかしどちらも何かを相手の顔に読みとることはできなかった。お互いにすれっからしだ。最初からそんな奇跡は期待してもいない。

男はまた葉巻を口にくわえ、ベッドの上の開いたスーツケースの隣りに腰かけた。スーツケースの中をさりげなく見て、私はだらしなく折り畳まれたショーツのあいだから、自動拳銃の角張った銃把《じゅうは》がのぞいているのを目に留めた。

「そのクエストくんは十日ほど前にここを出て行った」とその男は考えながら言った。「なのにあいつは、この部屋がまだ空室のままになっていると思っていたのか？」

「台帳によれば、実際に空室になっているんだよ」と私は言った。

彼は馬鹿にしたように鼻を鳴らした。「下にいるあの酔っぱらいはもう一カ月くらい台帳なんぞ開いてもいないさ。おい――ちょいと待てよ」、彼の目はさっと鋭くなり、その手は開いたスーツケースの上をさりげなくさまよい、銃の近くにある何かをとんとんと物憂げに叩いていた。その手が動いたとき、拳銃の姿はもう見えなかった。

「今朝、俺の頭はちょっと働きが鈍いらしい。でなきゃ、それくらいのことはとうにわかってたはずだ」と彼は言った。「あんたはおまわりだ」

「わかった。私は警官だとしよう」

「何が狙いだ？」

「狙いなんてありゃしない。なんであんたがこの部屋にいるのか、不思議に思っているだけだ」

「俺は廊下の向かいの二一五号室から移ってきたんだ。こっちの方が良い部屋だからな。それだけのことだ。簡単だろう。わかってもらえたかな？」

「よくわかった」と私は言った。拳銃の方に手が伸びるのではないかと注意しながら。

「どこのおまわりだ？　市警か？　まだバッジを見てないぜ」

私は何も言わなかった。

「バッジを持ってないと言っても信じないぜ」

「バッジを見せたとしても、あんたのようなタイプはたぶん、そんなもの偽物だと言うだろう。というとあんたはヒックスだな」

彼は驚いたようだった。

「ジョージ・W・ヒックス」と私は言った。「台帳にそうあった。二一五号室。あんたは今、二一五号室から移ってきたと言った」、私は部屋の中をちらっと見渡した。「ここに黒板があったら、しっかり綴《つづ》りを書いてやれるんだが」

「なあ、よくよく考えるに、俺たちがここでかかり腹の探り合いをする必要はあるまい」と彼は言った。「ああ、俺はたしかにヒックスだよ。お目にかかれてなにより。それであんたの名前は？」

彼は手を差し出した。私はその手を握った。とはいえ待ちきれぬ思いで握手をしたわけではない。

「マーロウだ」と私は言った。「フィリップ・マーロウ」

「ひとつ言わせてもらえるなら」とヒックスは丁寧な口調で言った。「あんたは大嘘つきだ」

私は馬鹿にしたようにそれを笑いとばした。

「なあ、そういうおちゃらけた調子でやってたら、ろくなことにはならんぜ。いったい用向きはなんだ？」

私は札入れを出し、名刺を渡した。彼はそれを仔細に読み、それから名刺の角で陶製の歯冠をとんとんと叩いた。

「あの男は俺に何も言わずにどっかに行っちまえた」、彼は思案深げにそう言った。

「あんたの文法は」と私は言った。「かつらに劣らずゆるいんじゃないか」

「俺のかつらにかまうなと言ったはずだぞ」と彼は怒鳴った。

「取って食おうというつもりはない。そこまで腹は減っていない」

男は私の方に一歩踏み出し、右肩をぐっと落とした。顔が怒りに歪み、唇がほとんど肩と同じくらい下に落ちた。

「殴っても無駄だ。保険がかかっている」と私は言った。

「まったく口の減らないやつだな」、彼は肩をすくめ、唇をもう一度顔の中に戻した。「目当てはなんだ？」

「オリン・P・クエストの行方を捜している」

「何のために？」

私はそれには返事をしなかった。

少し間を置いて彼は言った。「オーケー、俺もやはり用心深い人間だ。だからここを出て行こうとしているのさ」

「それともマリファナの匂いが気に入らないとか」

「それもひとつあるし」と彼は気のない声で言った。「ほかにもある。それでクエストもここを出て行ったのさ。堅気のタイプだからな、俺と同じで。やくざな連中が二人ほどいて、そいつらに脅されたようだ」

「なるほど」と私は言った。「だから引っ越し先を教えずに出て行ったのかもな。でもなんで連中は彼を脅したりしたんだ?」

「あんた、マリファナの煙のことを言っただろう。あいつは警察に通報するタイプに見えないか?」

「ベイ・シティーでかね?」と私は言った。「ここでそんなものを気にしても始まらんだろう。ご意見をありがとう、ミスタ・ヒックス。遠くに移るのかい?」

「遠くには行かない」と彼は言った。「それほど遠くには行かない。必要なだけ遠くにだよ」

「どんな稼業《ラケット》なんだ?」と私は尋ねた。

「稼業?」、彼は傷つけられたような顔をした。

「ああ。どんなことをやっている? いったい何をして食っている?」

「何か思い違いしてるぜ、ブラザー。私は引退した検眼士だ」

「じゃあなぜそこに四五口径があるんだろう?」、私はスーツケースを指さした。

「べつにやましいものじゃない」と彼は不快そうに言った。「こいつはずっと前から家財道具みたいになっている」、もう一度名刺に目をやった。「私立探偵ときたね」と彼は考え深げに言った。「主にどういう仕事をしてるんだい、あんた?」

「比較的正直なことならなんでも」

彼は肯いた。「比較的というのは、いくらでも解釈が引き延ばせるってことだな。正直さも似たようなものだ」

私は意味ありげな薄ら笑いを浮かべた。「お説のとおりだ」と私は同意した。「いつか穏やかな午後に、二人でゆっくりそいつを引き延ばしてみようじゃないか」、手を伸ばして男の指のあいだから名刺を抜き取り、ポケットに入れた。「邪魔したな」

私は部屋を出てドアを閉め、そこに寄りかかるように立って、耳を澄ませた。何が聞こえるというあてがあったわけではない。いずれにせよどんな音も聞こえなかった。彼はその場に立ちすくんだまま、私が出て行ったドアを眺めているに違いない。そういう気配があった。私はわざと足音を立てて廊下を歩き、階段の降り口で足を止めた。

家の玄関前から一台の車が出て行った。どこかでドアが閉まる音が聞こえた。今度は足音を忍ばせて二一五号室に戻り、合い鍵を使って中に入った。ドアを閉め、音を立てずに鍵を掛けた。そしてドアのすぐ内側でじっと待った。

5

ジョージ・W・ヒックス氏が部屋を出るまでに、それから二分とかからなかった。彼はとても静かに出ていったので、もし私がそのような動きを予期して耳を澄ませていなかったら、きっと気がつかなかっただろう。ドアノブが回転する金属音が小さく聞こえた。それからゆっくりとした足音。とてもそっとドアが閉められる。足音が遠ざかり、遠くで階段が僅かに軋む。そして何も聞こえなくなる。私は玄関のドアが開く音を待ち受けた。しかしそれは聞こえなかった。二一五号室のドアを開け、廊下を歩いてもう一度階段の上に行った。ドアノブをまわす音が下から聞こえた。こっそりとした音だ。見下ろすと、ヒックスが管理人の部屋に入っていくところだった。ドアが彼の背後で閉められた。声が聞こえるのを待ったが、何も聞こえなかった。

私は肩をすくめ、二一五号室に戻った。

部屋には人が暮らしている形跡があった。ベッドわきのテーブルには小型ラジオがあり、寝乱れたベッドの下には靴が置かれていた。強い日差しを防ぐために下ろされた、ひび割れた緑色のシェードの上には、古びたバスローブが吊してあった。

私はそれらを何か意味のあるものを見るように、ひととおり見渡した。それから廊下に戻り、ドアをロックした。そしてもう一度二一四号室に戻った。ドアはロックされていなかった。私は丁寧に、辛抱強く部屋の中を捜索してみたが、オリン・P・クエストに結びつきそうなものは何ひとつ見つけられなかった。見つかるあてがあったわけではないが、いちおう確認しておくのが常道だ。

私は階下に行って、管理人のドアの外で耳を澄ませた。何も聞こえなかったので中に入り、机の上に合い鍵を置いた。レスター・B・クローゼンはソファの上で横向けに正体もなく寝そべっていた。顔は壁に向けられていた。私は机を探り、古い帳簿を見つけたが、そこに記してあるのは支払われた家賃と、要した経費だけで、それ以外にはまったく関心が払われていなかった。私は宿泊者台帳にもう一度目を通したが、新しい情報は書き加えられていなかった。ソファに寝ころんだ人物を見れば、それも納得できる。オリン・P・クエストはここから出ていき、誰かがそのあと彼の部屋に入った。別の誰かがヒックスの名前で登録されている部屋に入った。台所で金の勘定をしていた小柄な男は、この近辺の事情に通じているようだった。彼が拳銃とナイフを所持していたという事実は、社会的に見れば由々しき問題だが、アイダホ・ストリートにあっては特異なことではないのだろう。

私は机のわきにかかっていたベイ・シティーの小型電話帳を取った。「ドク」だか「ヴィンス」だかの名前で通っており、電話番号が13572である人物を見つけ出すのは、さして困難な作業ではあるまい。その前に私は宿泊者台帳をひととおり繰ってみた。そっちが先決だ。オリン・P・クエストの署名のあるページが破り取られていた。周到なやつだ。ジョージ・W・ヒックス。実に手抜かりがない。

私は台帳を閉じ、空気の饐《す》えたにおいと、ジンや何やかやの甘ったるいにおいに顔をしかめつつ、レスター・B・クローゼンの方をちらりと見やった。そして玄関に向かった。しかしドアの近くまで来たところで、あることにやっと気づいた。クローゼンのような酔っぱらいは、盛大にいびきをかくものだ。いろんな賑やかな騒音を取り混ぜた不揃いないびきを大音量でかきまくっているはずだ。ところがこの男はまるでしんとしている。茶色の軍隊用毛布が肩のまわりから、首の下あたりまでかけられている。ひどく心地よさそうで、ひどく静かだ。私は彼の横に立って見下ろした。首の後ろで毛布が持ち上がっていたが、それは自然な折り目には見えなかった。毛布をどかせてみた。角張った黄色の、木製の柄《つか》がレスター・B・クローゼンの首のうしろから突き出ていた。黄色い柄の横の部分には「クラムゼン金物商会謹呈」という文字がある。柄の位置は後頭部のくぼみのすぐ下だ。

アイスピックの柄……

私は時速を五十キロほどに抑えて車を運転し、その地域をあとにした。市の境界にたどり着き、あと一歩でそれを越えられるというところで、公衆電話ボックスに入って警察に電話をかけた。

「ベイ・シティー警察署。ムートだ」とくぐもった声が言った。

私は言った。「アイダホ・ストリート、四四九番地。管理人室。名前はクローゼン」

「それで」と相手は言った。「我々にどうしてほしいのかね？」

「わからない」と私は言った。「事情がよく呑み込めないんだ。しかしとにかく、その男の名前はレスター・B・クローゼンという。わかったね？」

「それがなんだっていうんだ？」とそのくぐもった声は、とくに何かを疑うでもなく言った。

「検視官が知りたがるだろう」、私はそう言って電話を切った。

6

車を運転してハリウッドに戻り、ベイ・シティーの電話帳を手にオフィスに閉じこもった。ベイ・シティー13572という電話番号を持つ人物が、ドクター・ヴィンセント・ラガーディーであると判明するまでに十五分ほどかかった。自称「神経科医」、オフィス兼自宅はワイオミング・ストリートにある。地図によれば、その通りは最高級住宅地ではないものの、それにかなり近いところに位置している。ベイ・シティーの電話帳を机の抽斗に入れて鍵を掛け、通りの角にあるドラッグストアまで行き、サンドイッチとコーヒーを注文した。そして電話ボックスに入って、ドクター・ラガーディーに電話をかけた。女が電話に出て、ドクター・ラガーディー本人につないでもらうまでに少し手間がかかった。電話に出た彼の声はいささかいらだっていた。とても忙しく、今は診察の途中なのだと彼は言った。忙しく診察中でない医師に、私はいまだ出会ったことがない。レスター・B・クローゼンという男を知っているかと私は尋ねた。そんな名前は聞いたことがないと彼は言った。なぜそんなことを尋ねるのか？

「クローゼンさんは今朝あなたに電話をかけようとした」と私は言った。「しかし酔っぱらいすぎていて、まともに話をすることができなかった」

「しかし私はそのクローゼンなる人物を知らない」と医師は冷ややかな声で言った。今ではそれほど急いでいないようだった。

「それならけっこう」と私は言った。「ただ確認しておきたかっただけです。誰かが彼の首筋にアイスピックを突き立てたもので」

短い沈黙があった。ラガーディー医師の声は今ではとってつけたような丁重ささえ含んでいた。「警察には通報したのかね?」

「当然です」と私は言った。「しかしそのことであなたが迷惑を被ることはないはずだ。アイスピックがあなたのものでなければということですが」

彼はそれには取り合わなかった。「それで、あなたはどういう方なのだろう?」と慇懃《いんぎん》に尋ねた。

「ヒックスと申します」と私は言った。「ジョージ・W・ヒックス。その現場をさっきあとにしてきたばかりです。ごたごたに巻き込まれたくなくてね。私はただちょっと思ったのです。クローゼンがあなたに電話をかけたとなると——それはもちろん彼が死ぬ前のことですが——あなたはその一件について何か関心をお持ちになるのではないかと」

「悪いが、ヒックスさん」とラガーディー医師は言った。「私はクローゼンという人を知らんのだ。そういう名前を耳にしたこともないし、いかなるかたちでもその人に関わったことはない。私は一度聞いた名前は忘れないたちだ」

「それならけっこう」と私は言った。「もうこの先あなたが彼に会うこともない。しかしなぜ彼があなたに電話をかけようとしたのか、興味を持つ人間が出てくるかもしれませんね。私がこの情報を提供するのを忘れなければ、ということですが」

どこまでも深い沈黙があった。ラガーディー医師は言った。「それについて述べるべきことは何も思いつけないな」

私は言った。「私にも思いつけない。またお電話を差し上げるかもしれません。誤解なさらないでください、ドクター・ラガーディー。脅迫をしているわけじゃありません。私は頭が混乱しているつまらない人間で、友人を求めているだけです。つまり医師を——牧師を求めるのと同じように——」

「なんなりとお役に立ててください」とドクター・ラガーディーは言った。「相談があれば遠慮なくどうぞ」

「ありがとうございます、ドクター」と私はいかにも熱烈に言った。「本当にありがとうございます」

私は電話を切った。もしドクター・ラガーディーにやましいところがないなら、今頃ベイ・シティー警察に電話をかけて、一部始終を語っているはずだ。もし電話をかけていなければ、彼には何かやましいところがあるわけだ。それを知ることはあるいは役に立つかもしれない。あるいは何の役にも立たないかもしれない。

7

四時ちょうどにデスクの上の電話が鳴った。

「オリンの行方はわかりましたか、ミスタ・マーロウ？」

「まだわからない。今どこにいるんだい？」

「ええと、隣りのドラッグストアだけど――」

「こちらに来たまえ。マタ・ハリみたいなややこしい真似はよすんだ」と私は言った。

「あなた、もう少しまともな口をきけないの？」と彼女はぴしゃりと言った。

私は電話を切り、彼女との面談に備えて力をつけるべく、オールド・フォレスターを一杯あおった。それがまだ腹に十分収まらないうちに、廊下にこつこつという足音が聞こえた。私は戸口に行って、ドアを開けた。

「こっちから入りなさい。人混みを避けられる」と私は言った。

彼女は取り澄まして腰を下ろし、待った。

「これまでにわかったことといえば」と私は言った。「アイダホ・ストリートのその安宿はリーファーの取り引き場所になっているということくらいだ。リーファーというのはマリファナ煙草のことだよ」

「まあ、なんてひどいこと」と彼女は言った。

「この世間には悪人もいれば善人もいる」と私は言った。「オリンはそのことを知って、警察に通報するぞと脅したに違いない」

「つまり」と彼女は少女のようなあどけない声で言った。「それで彼らが兄を痛めつけたとおっしゃるの？」

「まあ、最初のうちは脅しをかけるくらいで済むだろうが」

「でもオリンを怖がらせるなんて誰にもできません」と彼女はきっぱり言った。「何か指図されると、逆に片意地になる人なの」

「なるほど」と私は言った。「でも君はよくわかっていないようだ。たとえどんな人間だろうと震え上がらせることはできる。それなりの方法をとればね」

彼女はきっぱりと唇を結んだ。「いいえ、ミスタ・マーロウ、誰にもオリンを脅したりはできません」

「けっこう」と私は言った。「彼らにはオリンを脅すことはできなかった。だからただオリンの片脚を切り取って、それで彼の頭をぶちのめした。お兄さんはどうするだろう。商業改善協会に手紙でも書くのかな？」

「私を笑いものにしているのね」と彼女はあらたまった口調で言った。その声は下宿屋のスープみたいに冷え冷えとしていた。「一日かけてそれしかわからなかったの？　オリンがそこから越していて、そのあたりは柄が悪いところだったとしか。そんなことなら私にだってわかったわ、ミスタ・マーロウ。あなたは専門の探偵さんだと思っていたのに――」、彼女はそこまで言いかけてやめ、残りの言葉を空中に置き去りにした。

「ほかにもやったことはある」と私は言った。「管理人にいくらかジンを飲ませ、宿泊者台帳に目を通し、ヒックスという男と話をした。ジョージ・W・ヒックス。かつらをつけている。彼に会ったことはまだないだろう。彼はオリンのいた部屋に入っている。あるいは入っていた。だから私はこう思った。あるいは——」。今度は私が言いかけてやめる番だった。

彼女は眼鏡のレンズで拡大された淡いブルーの目で、揺らぎなく私を見ていた。口は小さく堅く、きりっとしていた。両手はデスクに置かれた角張った大きなバッグの上で握りあわされている。身体はこわばって直立し、いかにもよそよそしく、不信の色をうかべていた。

「二十ドルをお支払いしました、ミスタ・マーロウ」と彼女は冷たい声で言った。「一日分のお仕事の報酬だったと理解しています。あなたがそれに見合った仕事をなさったとは私には思えません」

「たしかにそのとおりだ」と私は言った。「しかしまだ一日は終わっていない。それから二十ドルについては心配しないように。もしよければお返しするよ。まだ手もつけていないから」

私は机の抽斗を開けて金を取り出し、それを彼女の方に差し出した。彼女はそれを見たが、触りはしなかった。ゆっくりと顔を上げ、私と目を合わせた。

「そういうつもりで言ったんじゃないわ。あなたが全力を尽くしていることはわかっています、ミスタ・マーロウ」

「乏しい事実を手に」

「でも知っていることは全部言ったわ」

「そうは思わないな」と私は言った。

「まあ、どのようにお考えになるかはあなたの自由だけど」、彼女の口ぶりには毒があった。「でももし私が自分の知りたいことを既に知っていたなら、わざわざここに来てあなたに調査を依頼したりはしません。そうじゃないこと？」

「君は自分の知りたいことをすっかり知っているとまでは言ってない」と私は言った。「私が言いたいのは、君から依頼された仕事をするために、知っておくべきことのすべてを、私は知っているわけではないということだ。そして君が教えてくれることはあまり役に立たない」

「役に立たないですって？　私は真実を言いました。私はオリンの妹だし、彼がどんな人間かはよくわかっているつもりです」

「彼はどれほどの期間カル・ウェスタンで働いていたんだね？」

「そのことも言いました。彼がカリフォルニアに来たのは一年ばかり前よ。彼はこちらに来てすぐに仕事を始めた。というのは、こちらに出てくる前に既に仕事口を見つけていたから」

「どれくらい頻繁に家に手紙を書いたのだろう？　手紙が来なくなる以前にはということだが」

「週に一度くらい。それより多かったこともあるわ。母宛てのものと、私宛てのものを交代で書いていた。もちろんどちらも同じように二人に読ませるために書かれたものなのだけど」

「どんなことについて？」

「どんなことを手紙に書いていたかということ？」

「私がほかに何を質問してると思うんだね？」

「あら、そんなにつっかからなくてもいいでしょう。仕事のことや、工場のことや、そこで働く人のこと。ときには見に行った映画のこと。あるいはカリフォルニアのあれこれについて。教会についても書いていた」

「女の子のことは書いていなかった？」

「オリンはそんなに女の子には夢中じゃなかったと思います」

「そしてずっと同じ住所に住んでいた？」

彼女は戸惑った顔つきで肯いた。

「手紙が来なくなったのはいつ頃からだろう？」

考えるのに時間がかかった。彼女はぎゅっと唇を結び、下唇の真ん中あたりに指先をあてた。「三ヵ月か四ヵ月くらい前でした」と彼女はようやく答えた。

「最後の手紙の日付はいつだった？」

「ええと、あの、確かな日付は覚えてはいません。でもそれは今も言ったように、三ヵ月か四ヵ月くらい――」

私は彼女に向けて手をひらひらと振った。「そこには何か普通ではないところはなかったかい？いつもとは違うことが書かれていたり、あるいはいつも書かれていることが書かれていなかったり」

「いいえ、いつもと同じような内容でした」

「こちらには、友だちとか親戚とかはいるかね？」

彼女は妙な目つきで私をじっと見つめ、何かを話そうという気配を見せた。それから頭を鋭く振った。「いいえ」

「オーケー、それでは何が間違っているかを申し上げよう。君が宿泊先を教えてくれないことは、そこから除外する。私が酒瓶を小脇にそこに姿を見せ、口説きにかかることを警戒しているのかもしれないから」

「あまり品の良い言い方とは言えないけど」と彼女は言った。

「品の良い言い方は私にはできない。本人の品格がよろしくないものだからね。そして君の基準からすれば、祈禱書を三冊は持っていない人間は品良くはなれないらしい。しかし私は好奇心の強い人間ではある。今回の一件に関してひとつ納得がいかないのは、君が怯えていないことだ。君自身も、また君のお母さんもね。怯えて縮み上がっていて当然なのに」

彼女は堅い小さな指で、バッグをしっかり胸元に握りしめていた。「兄の身に何かが起こったと言いたいの?」、彼女の声はだんだんすぼんで、悲しげな囁きのようになった。まるで葬儀屋が前払い金を求めるときのように。

「何かが起こったのかはまだわからない。しかしもし私が君の立場にあり、オリンがどんな人間かを承知し、それまで手紙をまめに寄越していたのに、急にそれが来なくなったとしたら、彼の安否を確かめるのを夏休みまで待つなんてことはないはずだ。人探しを専門とする組織をそなえた警察を迂回するようなこともないだろう。そして見ず知らずの一匹狼の探偵のところにやってきて、瓦礫《がれき》の中を探し回るように依頼したりもしないはずだ。また君のお母さんがカンザス州マンハッタンにのんびり腰を据えて、日々牧師さんの冬物の下着を繕《つくろ》っているようなこともないはずだ。オリンからの手紙も途絶えた。知らせもない。なのに彼女のしていることといえば、長いため息をついて、次なるズボンの修繕に取りかかるだけだ」

彼女は飛び上がるように席を立った。「あなたはとことん見下げ果てた人間です」と彼女はいきり立って言った。「じつに救いがたい人間です。母や私が心配もしなかったなんて言わないでほしいわ。そんな言い方は許しません」

私は二十ドルぶんの通貨を、デスクの向こう側に少し押し出した。「君は二十ドルぶん、彼のことを案じていた」と私は言った。「しかし何を案じているのか、もうひとつよくわからない。また知りたいとも思わない。どうかその大金をサドルバッグに戻して、私に出会ったことを忘れてしまうんだね。明日になれば、そのお金を誰か別の探偵に一時預けしたくなるかもしれない」

彼女は金をバッグにしまい、ぴしりと留め金をかけた。「あなたの粗野な態度は忘れられそうにないわ」を彼女は吐き捨てるように言った。「そんな無礼なものの言い方をされたのは生まれて初めてよ」

私は立ち上がり、ゆっくりと歩いてデスクの向こう側に行った。「あまり深く考えない方がいい。そのうちにそういうのが好きになるかもしれない」

私は手を伸ばして、娘の眼鏡をとった。彼女は倒れそうになりながら半歩後ろにさがった。純粋な本能によって、私は手を差し出して相手の体を支えた。彼女は目を見開き、両手を私の胸にあてて押した。私は子猫にだってもっと強く押されたことがある。

「眼鏡をかけてないと、なかなかそそられる瞳だ」、私は感心した声で言った。

彼女は力を抜いて頭をのけぞらせ、唇を軽く開いた。「依頼人相手にいつもこんなことをやっているのね」とソフトな声で言った。両手が体の脇にだらんと落とされ、バッグが私の脚にぶつかった。彼女は私の腕に体重をもたせかけた。もし彼女が私に腕を引くことを求めていたのだとしたら、それはいささか不明瞭な意思表示だった。

「君に倒れてほしくなかっただけだ」と私は言った。

「思いやりのあるタイプだってわかっていたわ」。彼女はますますリラックスしていた。頭は元の位置に戻っていた。瞼が下がって小さく震え、唇は前よりももう少し開いていた。そこには微かに挑発的な笑みが浮かんでいた。誰かからいちいち教わる必要もない種類の笑みだ。「私がわざとそうしたと考えているのね？」

「わざと何をした？」

「よろけたとか、そんなこと」

「さあてね」

彼女は素速く私の首の後ろに腕を回し、引き寄せた。だから私は彼女にキスをした。そうするかあるいは殴り飛ばすか、どちらかしかない。彼女は長いあいだ唇をきつく私の唇に押しつけていた。それから静かに、とても心地よさそうに私の腕の中で体をねじらせていたが、やがてひとところに落ち着いた。そして長い軽やかなため息をついた。

「カンザス州マンハッタンでは、こんなことをしただけで逮捕されかねないわよ」

「もし正義というものがあるのなら、ただそこにいるだけで私は逮捕されかねない」

彼女はくすくすと笑い、指の先で私の鼻先をつついた。「話の早い女の子がずいぶんお好きなようね」と彼女は横目使いに私を見ながら言った。「少なくとも口紅を拭う必要はなくてよ。この次からはつけてくるかもしれないけど」

「そろそろ床に腰を下ろした方がよさそうだ。腕が疲れてきた」

彼女はまたくすくす笑い、優雅に身を離した。「これまでずいぶん何度もキスされてきたんだろうと思っているのね？」

「若い娘なら当然のことだ」

彼女は肯き、私を下からそっと見上げた。その角度からだと、瞳にまつげがかかって見える。「教会の集まりでもキス・ゲームをするのよ」

「そんなことでもなければ、教会の集まりに誰が来るだろう」

我々は特別な表情を浮かべることもなく互いを見やった。

「とにかく――」と彼女がやっと口を開いた。私は娘に眼鏡を返し、彼女はそれをかけた。バッグを開き、小さな鏡を出して顔を見た。バッグの中をひっかきまわし、握りしめた手を出した。

「きつい言い方をして悪かったわ」と彼女は言って、机の下敷きの下に何かを滑り込ませた。そして私にまたはかない微笑みを投げかけてから、戸口の方に勢いよく歩いていって、ドアを開けた。

「電話をするわ」と彼女は打ち解けた口調で言った。そしてそのまま去っていった。こつこつという足音が廊下に響いた。

私は机の反対側にまわって下敷きを持ち上げ、くしゃくしゃになった紙幣をとってまっすぐに伸ばした。格別自慢できるようなキスではなかった。しかし二十ドルを手に入れる二度目のチャンスは獲得できたらしい。

レスター・B・クローゼン氏について頭を巡らせ始めたところで電話のベルが鳴った。私は何も考えずに受話器に手を伸ばした。ぶっきらぼうな声だった。分厚く、もったりした声。カーテン越しか、あるいは白い長い髭の向こうから聞こえてくるみたいだ。

「おたく、マーロウか?」とその声は言った。

「そうだが」

「安全な貸金庫を持っているか、マーロウ?」

その日の午後の私の丁重さは品切れ状態になっていた。「質問ばかりしないで、用件があるならさっさと言ってくれ」

「私が質問したんだ、マーロウ」

「私は答えなかったんだよ」と私は言った。「こんな具合にね」、私はそう言うとボタンを押して電話を切った。そして指をそのままにして煙草を手探りで求めた。相手がすぐに電話をかけ直してくることはわかっていた。自分をタフだと思っている連中のやることはいつも同じだ。最後の決めの台詞を言わないことには収まらない。電話のベルが鳴ると、私はすぐに切り出した。

「話があるのなら、さっさと言ってくれ。それから手付け金を払うまでは、私の名前にミスタをつけてもらいたい」

「そうかりかりするなよ、フレンド。ちょっとした面倒を抱えている。貸金庫に預けたいものがあってね。二三日でいいんだよ。それ以上長くはならない。おたくはそれだけでいいささかの金になるんだ。簡単に」

「どれくらいいささかで、どれくらい簡単なんだろう？」

「百ドルでどうだ。ここに用意してある。あんたが取りに来るのを待っている」

「そいつが喉を鳴らしている音が聞こえるよ」と私は言った。「それでどこに行けばいいんだね？」、私はその声に二度耳を澄ませた。一度は耳に届いたときに、もう一度は私の頭の中でそれがこだましたときに。

「ヴァン・ナイズ・ホテルの三三二号室だ。二度素速くノックして、二度ゆっくりノックしてくれ。それほど大きい音じゃなく。急を要している。どれくらいでこちらに――」

「何を預けたいんだね？」

「そいつはここにある。急いでいるって言ったよな」

「あんたの名前は」

「三三二号室でいいだろう」

「電話をありがとう」と私は言った。「またの機会に」

「おい、ちょっと待てよ、なあ。あんたが想像しているようなやばいものじゃないんだ。ダイアモンドでもないし、エメラルドのペンダントでもない。俺にとっちゃずいぶん値打ちのあるものだが、ほかの人間にとってはろくすっぽ価値のないものだ」

「ホテルにも金庫はあるだろう」

「あんた、貧乏なまま死にたいのか、マーロウ?」

「それのどこがいけない。ロックフェラーだってそうしたぜ。それでは」

声が変わった。もったりしたところがなくなり、急に鋭くてきぱきとした声になった。「ベイ・シティー探訪の具合はどうだったね?」

私は黙って相手の言葉を待った。微かなくすくす笑いが受話器に聞こえた。「ひょっとして興味を惹かれるかもしれないぜ、マーロウ。三三二号室だ。来てみたらどうだい。ちっと急いだ方がいいかもな」

私の耳の中で電話が切れた。私は受話器を置いた。わけもなく鉛筆が一本机の上から転がり落ちて、机の脚の下にあるガラスの何かにあたり、芯の先が折れた。私はゆっくりかがんでそれを拾い上げ、窓枠の端にねじ止めしたボストン型鉛筆削りで時間をかけて丁寧に削った。きれいにむらなく尖るように鉛筆を回転させた。その鉛筆を机の上のトレイに置き、手についたほこりを払った。時間ならいくらでもある。窓の外に目をやった。何も見えない。何も聞こえない。

それから更にかくたる理由もなく、眼鏡を取ったオーファメイ・クエストの顔が目に浮かんだ。きれいにメーキャップを施され、金髪が額の上にアップにまとめられ、三つ編みの髪がその中央を囲んでいる。そして誘いかける瞳――ベッドルーム・アイズ。彼女たちはみんなきまってベッドルーム・アイズを身につけている。実は〈ロマノフ〉バーにたむろするようなやさ男が演ずるタフガイが、大写《クロースアップ》しされた巨大なその女の顔を貪っていく様子を私は思い浮かべようとした。

ヴァン・ナイズ・ホテルにたどり着くまでに二十九分を要した。

8

遠い昔にはそこにもそれなりの優雅さが漂っていたのだろう。しかし今ではそんなものは影も形もない。古い葉巻の記憶が、天井の汚れたメッキやスプリングの緩んだ革張りのソファなんかと同じく、未練たらしくロビーに残っていた。デスクの天板の大理石は、歳月の経過と共に黄褐色に変色している。床のカーペットだけは真新しく、そこにいる客室係の男と同様、場違いに厳しく見えた。私は彼の前を通り過ぎ、角のシガー・カウンターに行き、二十五セント硬貨を出してキャメルを一箱買った。売り子は長い首と疲れた目を持った、麦わら色の金髪の娘だった。彼女は煙草を私に差し出し、マッチを添えた。そして釣り銭を「コミュニティー募金。ありがとうございます」と書かれた箱のスロットに入れた。

「きっとそうするつもりだったのよね」と彼女は辛抱強く微笑みながら言った。「気の毒な恵まれない子どもたちに釣り銭を寄付したかったはずよ。曲がった脚とか、そういうのを抱えた子どもたちに。違うかしら？」

「もしそうじゃなかったら？」と私は言った。

「七セントを箱から回収することになるけど、これがなかなか大変なの」、彼女の声は低くぐずぐずして、濡れたバスタオルがまとわりつくような湿った感触があった。私はその七セントに加えて二十五セント硬貨を箱に投じた。彼女は今度は特大の笑みを浮かべた。おかげで扁桃腺が更にありあり見えた。

「いい人ね」と彼女は言った。「あなたはいい人だってわかる。こういう時に女の子たちにちょっかいを出そうとする人がずいぶんいるのよ。考えても見てよ。たった七セントのことなのよ。たまらないわ」

「今ここで保安係をしているのは誰だい?」、余計な考えは捨てて私は尋ねた。

「二人いるの」、彼女は後頭部に向けて緩慢で優雅な動作をし、その道筋、血のように赤く染められたひと揃いの爪以上のものを展示してくれた。「ミスタ・ヘイディーが夜番で、ミスタ・フラックが昼番。今はお昼だから、ミスタ・フラックが仕事についているはずよ」

「どこに行けば彼に会えるだろう?」

彼女はカウンターの上に前屈みになり、私に髪の匂いをかがせてくれた。そして一センチあまりの長さの爪で、エレベーター乗り場のあたりを指した。「そこの廊下をまっすぐ行ったところ。ポーター控え室の隣りよ。すぐにわかるはず。ハーフ・ドアの上の方に金色の字で『ポーター』って書いてある。ただし上半分は内側に引かれていることが多いから、ひょっとして字が見えないかも」

「なんとか見つけるよ」と私は言った。「たとえ蝶番を自分の首にねじ付けしなくちゃならないとしてもね。そのフラックという男はどんな外見なんだ?」

「そうねえ」と彼女は言った。「ずんぐりしたちびよ。ちょび髭をはやしている。むっちりとして、頑丈そうな体つき。背丈が不足してるだけ」、彼女の指はカウンターに沿って物憂げに動き、ジャンプしなくても触れることができるところまでやってきた。「けっこうつまんないやつよ」と彼女は言った。「わざわざ会うこともないと思うんだけど」

「仕事でね」と私は言った。そして彼女にハーフネルソンをかけられる前にそこを離れた。

エレベーターのところから振り返って娘の方を見た。彼女はじっと私を見ていた。その顔には意味深い（と本人がみなしているらしい）表情が浮かんでいた。

ポーター控え室は、スプリング・ストリートに面した出入り口に向かって廊下を半分ほど進んだところにあった。その先のドアは半ば開いていた。私はその端を少し窺《うかが》っていたが、やがて中に入り、ドアを閉めた。

男が小さなデスクの前に座っていた。ほこりのかぶったデスクの上にはとても大きな灰皿がひとつ置かれ、ほかにはほとんど何もない。がっしりとした短軀の男だった。鼻の下に長さ三センチほどの、何か黒くてごわごわしたものをつけている。私は彼の向かいに腰を下ろし、名刺を机に置いた。

彼はとくに興奮するでもなく名刺を手に取り、それを読み、裏返して表と同じくらい注意深く読んだ。ただし裏には何も書かれていない。そして灰皿の中から半分になった葉巻を取り上げ、鼻をそむけるようにしながらそれに火をつけた。

「どんな苦情だ？」と彼は吐き捨てるように言った。

「苦情じゃない。あんたがフラックか？」

彼はとくに返事は返さなかった。彼は私の顔に厳しい視線を注いでいた。それは考えていることを隠すためかもしれないし、そうではないのかもしれない。隠すべき何かがあるかどうかによって違ってくる。

「泊まり客についての情報がもらいたくてね」と私は言った。

「客の名前は？」とフラックは熱意もなく言った。

「どういう名前をここで使っているかは不明だ。三三二号室に泊まっている」

「ここにくる前はどんな名前を使っていた？」とフラックは尋ねた。

「そいつもわからない」

「なるほど。じゃあどんな顔をしている？」、フラックは今では疑わしそうな目つきになっていた。彼はもう一度私の名刺に目を通したが、そこから新しく得られる知識は皆無だった。

「これまでに会ったことはない。私の知る限りにおいては」

フラックは言った。「俺は働き過ぎているに違いない。おたくの言っていることが皆目わからん」

「その男から電話を受けた」と私は言った。「私に会いたいということだった」

「会えばよかろう」

「なあ、フラック、こういう仕事をしていると、時として敵をつくることがある。そいつはわかってもらえるだろう。この人物は依頼したいことがあると言う。私にここに来てくれと言う。名前も言わずにさっさと電話を切る。部屋に出向く前に、いちおうチェックを入れておく必要があるだろうと思ったのさ」

フラックは葉巻を口から離し、我慢強い声で言った。「どうも頭がばてているらしい。まだ何のことかよくわからん。話の筋がぜんぜん見えないぜ」

私はデスクの上に身を乗り出し、ゆっくりと聞きとりやすい声で言った。「すべてが仕組まれたことかもしれないんだ。私が部屋に入るのを待ちかまえていて、ずどんと一発かまして、そのまま静かに立ち去るつもりかもしれない。あんたのホテルでそんなことが起こってほしくはないだろう。どうだ、フラック？」

「なんとまあ」と彼は言った。「自分のことをそれほど重要人物だと思っているのか？」

「あんたはその荒縄みたいな代物を好きで吸っているのかね。それともそいつをくわえているとタフそうに見えるからか？」

「四十五ドルの週給じゃ、この程度のものしか吸えんだろう」とフラックは言って、まっすぐ私の目を見た。

「必要経費が取れるところまでいっていない」と私は言った。「だからまだ取り引きはできない」

彼は悲しげな音をもらし、力なく立ち上がって部屋を出て行った。私は煙草に火をつけて待った。彼はほどなく戻ってきて、宿泊客の登録カードを机の上にぽんと置いた。ドクター・G・W・ハンブルトン、カリフォルニア州エル・セントロ。きっちりした丸い字が、インクで書かれていた。フロント係が部屋番号やら宿泊料金なんかを書き加えていた。フラックはそこを指さした。マニキュアが必要な爪だった。あるいはそれが無理なら爪ブラシが。

「午後二時四十七分にチェックインしてる」と彼は言った。「今日の一泊だけ。飲み食いはなし。料金は前払い。電話もかけてない。一切なんにもしてない。これでいいか？」

「どんな顔つきの男だ？」と私は尋ねた。

「知るわけないだろう。俺がずっとフロントの脇に立っていて、泊まりにきた客の顔を一人ひとり写真に撮るとでも思ってるのか？」

「ありがとう」と私は言った。「ドクター・G・W・ハンブルトン、カリフォルニア州エル・セントロ。感謝するよ」。私は彼に登録カードを手渡した。

「何か俺が知らなくちゃならんことがあったら」、フラックは退出する私に向けて言った。「俺がどこに生息してるかはわかっているよな。かろうじて生きているってところだが」

私は肯いて部屋を出た。そういう一日がある。出会う人間が一人残らずまともじゃない。鏡を見ると、自分もそのうちの一人なのではないかとだんだん思えてくる。

9

三三二号室は建物の裏手に面し、非常階段に通じるドアの近くにあった。その部屋に向かう廊下には、古いカーペットと家具オイルの匂いがした。ぱっとしない人生を送った、幾多の無名の人々のうらぶれた匂いもした。消防ホースを収納したラックの下に置かれた砂バケツは、煙草や葉巻の吸い殻でいっぱいだった。何日も掃除されていないようだ。ドアの上の明かり取りの窓が開けっ放しになって、そこからラジオの騒々しい音楽が鳴り響いていた。別の明かり取りの窓からは人々の笑い声が聞こえた。そのまま笑い死にしそうな、けたたましい笑い声だった。廊下の突き当たりの、三三二号室のあるあたりはずっと静かだった。

私はノックした。指示されたとおり二回素速く、二回ゆっくり。反応はない。とことん疲れて年老いたような気分だった。自分が安ホテルのドアをノックしながら、そして返事ももらえないまま、一生を送ってきたような気がした。もう一度試してみた。それからノブを回し、中に入った。飾り紐のついた鍵が、鍵穴に差しっぱなしになっていた。

右手に浴室のドアがついた短い廊下があり、その奥にはベッドの頭の方の半分が見えた。シャツとズボンという格好の男がそこに横になっていた。

私は言った。「ドクター・ハンブルトン?」

男は返事をしなかった。私は浴室のドアの前を通ってそちらに行った。香水の匂いが鼻をついたので、私は慌てて振り向こうとしたが、私の反応は遅すぎた。浴室に隠れていた女は、タオルを顔の下半分にあててそこに立っていた。タオルの上はサングラス、そしてくすんだキンポウゲみたいな青色の、つばの広いストローハットをかぶっている。その下には淡い色合いの金髪がふわりと広がり、青い耳飾りがその奥に見え隠れしている。サングラスのフレームは白で、広く平らなつるがついていた。ドレスと帽子は色あわせされている。ドレスの上に彼女は、刺繡をした絹だかレーヨンだかの上着をボタンをかけずに羽織っていた。手首覆いのついた手袋をはめ、右手に自動拳銃を持っていた。白い象牙の銃把。三二口径のようだ。

「後ろを向いて、首の後ろで手を組んで」と彼女はタオル越しに言った。タオルで押し殺された声では手がかりにならない。サングラスで隠された目も同じだ。でもそれは電話で聞いた声ではなかった。

私は動かなかった。

「本気で言ってるのよ」と彼女は言った。「言われたとおりにするのにきっかり三秒あげる」

「一分にしてもらえないかな。もう少し君を見ていたいんだ」

彼女はその小型拳銃で威嚇的な仕草をした。「後ろを向いて」と彼女は鋭い声で言った。「さっさとして」

「声の感じもいい」

「けっこう」と彼女は言った。その声は緊迫した、いかにも危ない響きを持っていた。「そういう気なら、こちらにもつもりがある」

「レディーであることを忘れないように」と私は言って相手に背中を向け、両手を肩の上にあげた。

銃口が首の後ろにぐいとつきつけられた。彼女の息が肌に感じられそうだった。上品なにおいの香水だった。ほんのりして、押しつけがましくない。首筋に押しつけられていた銃がどかされると、目の奥で白い炎が一瞬ぱっときらめいた。私はうめき声をあげ、倒れて四つん這いになった。素速く背後に手を伸ばすと、ナイロン・ストッキングに包まれた脚に触れたが、摑みきれずそのまま滑り落ちた。残念なことだ。手触りからするとなかなか見事な脚だったのに。その後味をゆっくり愉しむ余裕もなく、更なる一撃が頭に加えられた。私は身も世もなく苦悶の喘ぎを洩らし、そのまま床に崩れ落ちた。ドアが開いた。鍵がかちゃかちゃと音を立てた。ドアが閉じられた。鍵が回された。沈黙。

私はよろよろと立ち上がり、洗面所に行った。かかっていたタオルをとって冷たい水で湿らせ、それを首の後ろにあてた。痛み具合からするとどうやら靴の踵《かかと》で思い切りどやされたようだ。銃把で殴られたのでないことは確かだ。血が滲んでいたが、たいした量ではない。私はタオルを洗い、傷口を軽く押さえながらそこに立っていた。そして不思議に思った。どうして私は大声をあげて女のあとを追わないのだろう？　私がそのかわりにやったのは、洗面台の上の開けっ放しになった戸棚をのぞき込むことだった。タルカムの缶の上部がねじりとられ、棚はタルカムの粉だらけだった。歯磨きのチューブが切り裂かれていた。誰かが何かを探していたのだ。

私は短い廊下を引き返して、部屋のドアを試してみた。ドアは外からロックされていた。身をかがめて鍵穴をのぞいてみたが、それは上下式の鍵だった。外からの鍵穴と中からの鍵穴のレベルが異なっていて、何も見えない。白い縁のサングラスをかけた娘はどうやらホテルの事情にあまり通じていないらしい。ナイトラッチは内側からひねると、外からかけたロックがはずれるようになっている。私はドアを開け、廊下に人影がないことを確かめてから、もう一度ドアを閉めた。

それから私はベッドに横になった男のところに行った。彼は先刻から身動きひとつしていない。そしてその理由は一目瞭然だった。

短い廊下を抜けると部屋が開け、奥に一対の窓がある。窓からは夕方近くの陽光が斜めに差し込み、その光線はベッドをおおむね横切って、そこに横たわった男の首の下まで達していた。その光の先端がちょうど留まっているところに、きらきらした円形のものがあった。色は青と白。男は顔を半分埋め、両手をわきにやり、靴を脱いで気持ちよさそうにそこに横になっていた。頰が枕につけられ、のんびり寛ろいでいるように見えた。かつらはつけたままだ。前回会ったとき、彼の名前はジョージ・W・ヒックスだった。今回はドクター・G・W・ハンブルトン。イニシャルは同じ。しかし今となってはどうでもいいことだ。彼と再び語り合うことはかなわない。血は出ていなかった。ただの一滴も。それはアイスピックの達人による殺しの、数少ない美点のひとつだ。

死体の首に手を触れてみた。まだ温もりが残っていた。そんなことをしているあいだに、光線はアイスピックの柄《つか》から彼の左耳まで移動した。私は顔を上げ、部屋の中をざっと見回してみた。電話のボックス部分は開けられ、そのままになっている。備え付けの聖書は部屋の隅に放り投げられている。机はあさられていた。クローゼットの中をのぞき込んでみた。そこには服がかけられ、見覚えのあるスーツケースが置いてあった。意味のありそうなものは何もない。私は床からフェルト帽を拾い上げて机の上に置き、洗面所に戻った。今私に関心があるのは、アイスピックを使ってドクター・ハンブルトンを殺害した人物が、目当ての品を探し当てたかどうかだった。彼らにはそれほど時間の余裕がなかったはずだ。

私は洗面所を丁寧に探した。便器の水槽の蓋を持ち上げ、水を空にしたが、そこには何もなかった。排水パイプものぞき込んだが、小さな物体を結び付けた糸が垂れていることもなかった。書類机も探した。古い封筒のほかには何も入っていない。窓の日よけを外し、外側の窓枠の下を手探りしてみた。

備え付けの聖書を床から拾い上げ、あらためてページを繰ってみた。三枚の絵の裏側を調べ、カーペットの端を点検してみた。それは壁にぴったりたくし込まれ、たくし込まれた部分に生じた小さなへこみにはほこりが溜まっていた。床にしゃがみこんで、ベッドの下のカーペットも同様に調べてみた。結果は同じ。椅子に乗って、照明器具の中をのぞき込んだ。ほこりと蛾の死骸があった。ベッドも点検した。それはメイドの手でセットされたあと、いじられた形跡はなかった。死者の頭の下の枕を手で探ってみた。クローゼットの予備の枕を出して、その縁を探った。何もない。

ドクター・ハンブルトンの上着が椅子の背にかかっていた。そんなところに何かが見つかるわけはないとわかってはいたが、いちおうポケットを点検した。ナイフを手にした誰かが裏地と肩パッドを切り裂いていた。マッチがいくつか、葉巻が二本、サングラスがひとつ、未使用の安物のハンカチが一枚、ベイ・シティーの映画館の半券が一枚、小型の櫛《くし》、未開封の煙草の箱があった。煙草の箱を明かりの下で調べてみた。誰かの手で乱された形跡はなかった。だから私が乱すことにした。カバーをはぎ取り、中を点検したが、煙草のほかには何も入ってなかった。

あとはドクター・ハンブルトン本人しか残っていない。私は彼の身体をそっと動かし、ズボンのポケットを探ってみた。小銭がいくらか、もう一枚のハンカチ、デンタル・フロスの入った小さな筒、マッチがまたいくつか、キーが一組、折りたたまれたバスの時刻表、豚革の札入れには何枚かの繋がった切手、二つ目の櫛（かつらをずいぶん大事にする男だ）、白い粉を入れた三つの平らなパッケージ、名刺が七枚あった。名刺には「ドクター・G・W・ハンブルトン、O・D・タスティン・ビルディング、カリフォルニア州エル・セントロ市　診察時間・午前九時から十一時、午後二時から四時予約のみ　電話・エル・セントロ５０４０６」と印刷されていた。運転免許証も社会保障番号も保険カードもなかった。実際の身元を証明できるものはひとつもない。札入れには百六十四ドルの現金があった。私は札入れをもとに戻した。

ドクター・ハンブルトンの帽子を机の上から取り、スエットバンドとリボンを調べた。リボンの結び目はペン先で既にこじ開けられて、糸がだらんと垂れ下がっていた。結び目の中には何もなかった。引き裂かれたあとで再び縫い合わされたような箇所も見当らなかった。

ひとつわかったことがある。もし殺人者が自分が何を探しているか承知していたとすればだが、それは本のあいだか、電話のボックスか、歯磨きチューブの中か、帽子のバンドの下か、そういうところに隠せる大きさのものなのだ。洗面所に戻って頭の傷を調べた。まだ僅かに血が滲んでいた。そこにまた冷たい水をかけ、トイレット・ペーパーで拭き、その紙を便器に流した。部屋に戻り、しばらくベッドのわきに立って、ドクター・ハンブルトンを見下ろした。この男はいったいどんなへまをしでかしたのだろう？　それなりに抜け目のない男のように見えたのだが。太陽の光は今では部屋のいちばん奥まで移動していた。ベッドの下に落ち、ほこりのたまった隅に届いていた。

私は突然にやりと笑った。身をかがめ、場にはそぐわないがやはり笑みを顔に浮かべたまま、ドクター・ハンブルトンの頭から素速くかつらをはずし、裏返した。どうしてこんな単純なことに気づかなかったのか。四角いセロファンに包まれたオレンジ色の紙片が、かつらの裏地にスコッチ・テープでとめてあった。それをはがし、裏表を調べた。ベイ・シティーの写真店の、番号付き受取証だ。私はそれを自分の財布にしまい、かつらをきれいに禿げ上がった頭に注意深く戻した。

ドアには鍵をかけずに部屋を出た。かけたくとも、かけようがなかったからだ。

廊下を歩いていくと、明かり取りの窓からまだ大きなラジオの音が聞こえた。そして廊下を隔てた向かいからは、それに調子を合わせるようにアルコール混じりの大仰な笑い声が聞こえた。

10

ベイ・シティーの写真店は電話で私に言った。「はい、ヒックスさん。現像はできています。ネガから引き延ばし写真、光沢つきで六枚ですね」

「店は何時にしまるのだろう？」と私は尋ねた。

「あと五分で閉店になります。朝は九時に開きます」

「明日の朝に取りに行くよ。ありがとう」

私は電話を切り、機械的にスロットに手を伸ばし、誰かが取り残していった五セント玉をそこに見つけた。ランチ・カウンターに行って、その金でコーヒーを頼んだ。腰を下ろしてコーヒーを飲み、道路を行く車が鳴らすクラクションの不平の響きに耳を澄ませた。帰宅の時間だ。サイレンが鳴り、車が我がちに先を急ぎ、古いブレーキのライニングが軋んだ音をあげる。外の歩道を行く人々のくぐもった足音が、気怠く途切れなく聞こえる。五時半を少しまわったところだ。私はコーヒーを飲み終え、パイプに煙草を詰め、半ブロックばかりゆっくりと歩いてヴァン・ナイズ・ホテルに戻った。ライティング・ルームで、ホテルの便箋の間に写真店のオレンジ色の受取証をはさみ、封筒の宛名に自分の名前と住所を書いた。そこに速達の切手を貼り、エレベーターの脇にあるメール・シュートに投函した。それから再びフラックのオフィスに向かった。

前と同じように私は中に入ってドアを閉めた。フラックはさっきから二センチと動いていないようだった。面白くもなさそうに同じ葉巻を嚙みしめていた。目にはどのような感情も込められていなかった。私は彼の机の脇でマッチを擦り、パイプにもう一度火をつけた。彼は眉をひそめた。

「ドクター・ハンブルトンは返事をしなかった」と私は言った。

「なんだって？」、フラックはうつろな目で私を見た。

「三三二号室の客だよ。覚えているか？　返事がないんだ」

「それで俺にどうしろっていうんだ。びっくりして畏《かしこ》まればいいのか？」

「何度もノックしてみた」と私は言った。「返事はない。風呂に入っているか何かしているのかもしれない。しかし物音がまったくしないんだ。少し時間を置いて、もう一度試してみた。やはり返事はない」

フラックはチョッキの懐中時計を出して見た。「俺は七時に非番になる」と彼は言った。「やれやれ、それまでにまだ一時間以上ある。腹が減ったよ」

「その働きぶりからすれば、さぞ腹も減るだろう」と私は言った。「せいぜい力を保存しておかなくちゃな。三三二号室の話を聞いて、ちっとは興味は湧いてきたかね？」

「その男は部屋にいないとおたくは言った」とフラックは苛立った声で言った。「やつは部屋にいない。それのどこがいけない？」

「部屋にいないと言ったわけじゃないぜ。ノックをしても返事がないと言ったんだ」

フラックは前屈みになった。とてもゆっくりと彼は口にくわえていた葉巻の残骸を取り、それをガラスの灰皿に入れた。「話したいことがあるなら、話せばよかろう。面白い話だといいがな」、彼は用心深くそう言った。

「急いで駆けつけて、一目見る価値はあるかもな」と私は言った。「ここのところしばらく、アイスピックを使った一流プロの手並みを目にしていないだろう」

フラックは椅子の木の肘掛けに両手を置き、ぐいと握りしめた。「ああ」と彼は苦しげに言った。「ううむ」、そして立ち上がり、机の抽斗を開けた。黒い大型拳銃を取りだし、ゲートをはじき開け、カートリッジを点検し、目を細めて銃身をのぞき、音を立てて弾倉を元に戻した。チョッキのボタンをはずし、ウェストバンドの内側に銃を差した。緊急の際にはそれだけのことをおそらく一分以内にやってのけられるのだろう。それから帽子をしっかりとかぶり、ドアに向けて親指をぐいと突き出した。

我々は無言のまま三階に上がった。廊下を歩いた。さっきと同じままだ。物音は小さくもならず、大きくもなっていない。フラックは早足で三三二号室に向かい、いつもの習慣でどんどんと強くノックした。それからドアノブを回した。彼は口をぎゅっと曲げて私の方を振り向いた。

「ドアに鍵は掛かっていないと言ったな」

「そうは言っていない。しかし確かに鍵は掛かっていなかった」

「今は掛かっているぜ」、フラックはそう言って長い鎖につけられた鍵を取りだした。ドアを解錠し、廊下をちらりと見渡した。それから音を立てないようにそっとノブを回し、数センチだけドアを開けた。聞き耳を立てた。中からは物音ひとつ聞こえない。フラックは後ろにさがり、ウェストバンドから黒い拳銃を抜いた。鍵を抜き取り、ドアを蹴り開け、西部劇に出てくる性悪の牧童頭のように、銃をまっすぐに前方に構えた。「行こう」、彼は口を歪め、吐き捨てるように言った。

彼の肩越しに、ドクター・ハンブルトンが前と同じ格好で寝ころんでいるのが見えた。アイスピックの柄《つか》は入り口からは見えない。フラックは前屈みになり、じりじりと奥に向かった。洗面所のドアまで来ると、少し開いた隙間に目を向けた。それからドアが浴槽にぶつかって跳ね返るところまで押し開けた。浴室に入り、出てきた。それだけをやってからはじめて室内に足を踏み入れた。緊張し疲弊した男は危険を冒さない。

クローゼットをチェックした。銃をまっすぐに向け、扉をぐいと勢いよく開けた。クローゼットの中には容疑者はいなかった。

「ベッドの下を見ろよ」と私は言った。

フラックは素速く身をかがめて、ベッドの下を見た。

「カーペットの下はどうだ？」と私は言った。

「なあ、からかってるのか」とフラックは腹立たしげに言った。

「仕事ぶりにただ感心しているだけさ」

彼は死体の上にかがみ込み、アイスピックを点検した。

「誰かがドアをロックした」と彼は皮肉っぽく言った。「鍵が掛かっていなかったというおたくの言い分が嘘じゃなければだが」

私は何も言わなかった。

「警察の仕事だな」と彼はゆっくり言った。「こいつを内々に収めるのは無理だ」

「あんたのせいじゃないよ」と私は彼に言った。「一流ホテルでだって、こういうことは起こるんだ」

11

赤毛のインターンが「到着時死亡」の書類に記入し、筆記具を白い上着の外ポケットにクリップでとめた。帳面をぱたんと閉めて、笑みをうっすら顔に浮かべた。

「後頭部のくぼみの少し下で脊髄が貫かれているみたいだ」と彼はなんでもないことのように言った。「とても傷つきやすい部分です。その部位の見つけ方はちょっとむずかしいが、それくらいたぶんご存じでしょうね」

クリスティー・フレンチ警部補はうなり声を上げた。「俺が生まれて初めて、こういうのを目にしたと思うかね?」

「とんでもない」とインターンは言った。彼は死者に最後の短い一瞥をくれ、部屋を出ていった。

「検視官には電話しておきます」と彼は振り返って言った。ドアが閉まった。

「死体なんぞ、あの手合いにとっちゃ、俺にとっての茹でキャベツ料理くらいの意味しかないんだ」、クリスティー・フレンチは閉まったドアに向かって苦々しげにそう言った。相棒のフレッド・ビーファスという刑事は電話器のボックスの横に片膝をついていた。彼はそこから指紋をとる作業をしており、こぼれた粉を吹いて飛ばした。小さな拡大鏡を使ってそこにあるあとを見ていた。彼は頭を振り、それからボックスを閉めておくねじの横から何かを取り上げた。

「葬儀屋の使う灰色の木綿の手袋を使ってるね」と彼はうんざりした声で言った。「卸売りで一組四セントくらいで買える。指紋の取りようもないや。連中は何かを求めて、電話のボックスの中を探していたみたいだ」

「その中に収まりそうな何かをな」とフレンチは言った。「指紋があるとは期待していなかった。アイスピックを使った仕事をするのはプロだからな。あとで専門家がやってくる。俺たちはとりあえずのことをすればいい」

彼は男のポケットを洗いざらい探り、中身を死体の隣りのベッドの上に並べた。死体は何も言わず、既に蠟のような色になり始めていた。フラックは窓際の椅子に座り、むっつりと外を見ていた。副支配人がやってきて、困った顔をして何も言わず、やがてどこかに行ってしまった。私は洗面所の壁にもたれ、指をあてもなく動かしていた。

フラックが突然口を開いた。「アイスピックを使うのは女の手口だと思うね。十セント出せばどこでだって買えるし、ガーターの内側に差し込んで持ち歩けば、すぐに取り出すことができる」

クリスティー・フレンチは彼をちらりと見た。ちょっと不思議そうな目つきだった。ビーファスは言った。「あんた、いったいどんな女とつきあっているんだ。最近のストッキングの値段を考えてみな。そんなことをするくらいならむしろソックスにノコギリを突っ込んで歩くさ」

「そこまでは考えなかったな」とフラックは言った。

ビーファスは言った。「考えるのは俺たちにまかせておきなって。考えるにはアタマが必要なんだ」

「そう喧嘩腰になることはなかろう」とフラックは言った。

ビーファスは帽子を取り、お辞儀をした。「俺たちからささやかな愉しみを取り上げないでいただきたいね、ミスタ・フラック」

クリスティー・フレンチが言った。「それに女であれば、何度も刺しているはずだ。どれだけやれば十分なのかもわからないだろう。おおかたのちんぴら連中だってご同様だ。この仕事をしたのは一流の職人だよ。一発で見事に脊髄を突いている。そしてもうひとつ。この仕事をするには、相手をおとなしくさせておかなくちゃならない。つまり一人きりでやれることじゃないんだ。相手がヤクをやっているか、あるいは犯人と知り合いでもないかぎりな」

私は言った。「その男が私に電話をかけてきた相手だとしたら、ヤクで意識をなくしていたとは考えられないな」

フレンチとビーファスは同じ表情を浮かべて私を見た。退屈さをこらえている顔だった。「もし仮に君が、ご自身のおっしゃるように、その男と面識がないのであれば、それ故に」とフレンチが言った。「ひょっとしてその男の声だってご存じないんじゃないかという仄《ほの》かな可能性がある。なあ、俺の表現はちっと繊細に過ぎるかね?」

「さあね」と私は言った。「あんたのもらったファン・レターにはまだ目を通していないものでね」

フレンチはにやりと笑った。

「その男にはそんな洒落た言いまわしは通用しないよ」とビーファスがフレンチに言った。「そういうのは、金曜日の朝の講話会で披露するために大事にとっておいた方がいい。気取った上流老婦人の中には、殺人の高尚な側面に夢中になるものもいるだろうから」

フレンチは煙草を巻き、台所マッチを椅子の背で擦って火をつけた。そしてため息をついた。

「連中はブルックリンでこの技を磨いた」と彼は説明した。「サニー・モー・スタインのところのやつらがこれを得意技にしていた。しかし連中はいささかやりすぎた。一時は空き地を歩けば、アイスピックを突き立てられた死体がひとつは転がっていたものだ。それからやつらはこっちに移ってきた。いわば残党がな。どうして引っ越しなんてしたのかな？」

「もっとたくさんの空き地がこっちにあったのかもしれないな」とビーファスが言った。

「しかしおかしなことに」とフレンチはほとんど夢見るような口調で言った。「ウィーピー・モイヤーがこの二月に、フランクリン・アヴェニューでサニー・モー・スタインを殺ったとき、殺し屋は銃を使った。モーとしちゃ面白くなかっただろうな」

「血を洗い落としたとき、やつががっかりしたような表情を浮かべていたのは、きっとそのせいだね」とビーファスが言った。

「ウィーピー・モイヤーって誰だ？」とフラックが訊いた。

「組織ではモーに次ぐ地位にいた男だ」とフレンチが言った。「殺しがやつの犯行だってことはじゅうぶんあり得る。本人がやったとは思えないが」

「どうしてだ？」とフラックが不機嫌そうに尋ねた。

「おいおい、君らは新聞というものを読まんのか？　モイヤーは今では堅気の市民でね、上流の人々とつきあっている。名前さえ変えている。そしてサニー・モー・スタイン殺しについて言うなら、俺たちはそのときやつをたまたまムショにぶち込んでいた。賭博罪だが、立件まではできなかった。でもそのおかげで俺たちはやつのために、堅牢無比のアリバイをこしらえてやったことになる。モイヤーは今じゃ、さっきも言ったように堅気の紳士になっているし、紳士はアイスピックを持って人を殺しまわったりはしない。誰かを雇ってやらせる」

「警察はだいたいモイヤーについて何か嫌疑をかけていたのか？」と私は尋ねた。

フレンチは鋭い視線を私に向けた。「どうしてそんなことを訊く？」

「ちょっと頭に浮かんだことがあっただけさ。とくに根拠はないが」と私は言った。

フレンチはゆっくりと私を見ていた。「こいつはここだけの話にしておいてもらいたいんだが」と彼は言った。「俺たちのしょっぴいた男がモイヤー本人だったかどうか、それさえ証明できなかったんだ。しかしこいつを言い触らされては困る。本人とやつの弁護士と、地方検事と警察詰めの記者と、市のお偉方と、その他二、三百人しか知らないことだからな」

彼は死んだ男の空の財布を腿にぴしゃりと叩きつけ、ベッドに腰を下ろした。どうでも良さそうに死者の脚にもたれかかり、煙草に火をつけ、それを宙に向けた。

「おちゃらけはこのへんでおしまい。これまでに判明したことがいくつかある、フレッド。第一にここに寝ころんでおられる方は、あまり聡明とは言えない。ドクター・ハンブルトンという名前で通っていて、エル・セントロ市の住所と電話番号を印刷した名刺を持っている。そんな住所も電話番号も存在しないとわかるまでに二分とかからなかった。知恵の働く人間はすぐにばれる嘘はつかない。第二にこの人物はどうみても金回りがよかったとは思えない。手持ちの金は一ドル札が十四枚、そして二ドル分の小銭だ。キーリングには車のキーも、貸金庫の鍵も、家の鍵もついていない。あったのはスーツケースの鍵と、やすりをかけられたエール錠のマスターキーが七個だ。かなり最近に細工が施されている。どうやらホテル荒らしを目論んでいたみたいだ。フラック、これらの鍵はおたくのホテルで使えそうかね？」

フラックはそちらに行って鍵を調べた。「このうちの二つはサイズが合っている」と彼は言った。「しかし見ただけでは実際に使えるかどうかまではわからん。マスターキーは必要に応じてオフィスまで取りに行かなくちゃならない。俺がもっているのはただのパスキーだ。俺は客がいないときにしか使えないことになっている」、彼はポケットから長い鎖のついた鍵を取り出し、比べた。「このままじゃまだ使いものにはならん。もっと金属を削り落とす必要がある」

フレンチは煙草の灰を手のひらに落とし、それをふっと吹いて床に散らした。フラックは窓際の椅子に戻った。

「次なるポイントは」とクリスティー・フレンチは言った。「運転免許証も何も、身分を証明するものをまったく所持していないことだ。着ている服はどれもエル・セントロで買われたものじゃない。こいつはどうやら詐欺師らしいが、不渡り小切手を切れるほど風采も上がらないし、また押し出しもない」

「もっとぱりっとしていた時期もあったかもしれないぜ」とビーファスが言った。

「いずれにせよ、このおんぼろホテルじゃ詐欺の舞台にも使えない」とフレンチは続けた。「どう見たって場末の木賃宿だものな」

「おい、そんな言い方はなかろう」とフラックが口を出した。

フレンチは手でそれを遮った。「俺はこの界隈のホテルのことなら隅から隅まで知ってるんだよ、フラック。それが俺の仕事だからな。五十ドルあれば、俺はこのホテルのどの部屋でもいい、一時間以内に二人絡みのストリップ・ショーを開いてやれるぜ。フランス風のそれっぽいセットまで組んでな。いい加減なことを言うんじゃない。おたくはおたくの仕事をしているし、俺は俺の仕事をしているんだ。つまらん口出しはするな。いいか。この人物は、身近には置けない何か剣呑なものを所持していた。誰かが自分を追っていて、その手がすぐ近くまで伸びていることもわかっていた。だから百ドルを出して、マーロウにそのブツを預かってもらおうとした。とはいえ、そんな金は持ち合わせちゃいない。彼が企んでいたのは、マーロウとうまく取り引きをすることだったはずだ。となるとそれは盗品の宝石なんかじゃない。半ば合法的なものだったに違いない。違うか、マーロウ？」

「半ばというのは余分なんじゃないかな」と私は言った。

フレンチは僅かに微笑んだ。「やつが持っていたのは平たくできるか、丸められるものだったようだ。電話のボックスか、帽子のバンドか、聖書か、タルカムの缶か、そんなところに入るものだ。それが見つかったのかどうか、そこまではわからん。しかしほとんど時間がなかったことはわかっている。三十分となかったはずだ」

「もし電話をかけてきたのがドクター・ハンブルトンだとしたらな」と私は言った。「その疑問を持ちだしたのはそちらだぜ」

「そのように考える以外、意味が通らんだろう。殺した連中は、彼の死体が早く発見されることを望んじゃいなかった。やつらが自分から電話をかけて、誰かをホテルの部屋に呼ぶ必要がどこにある？」、彼はフラックの方を見た。「訪問客をチェックすることはできるか？」

フラックは暗い顔をして首を振った。「フロントの前を通らなくてもエレベーターに乗れる」

ビーファスは言った。「やつがここのホテルに泊まったひとつの理由は、そいつかもしれないな。それからもうひとつ、この家庭的なたたずまいと」

「なるほどね」とフレンチは言った。「この男を殺したやつは、誰に見とがめられることもなく出入りできた。部屋番号さえわかっていればいい。そして俺たちにわかっているのもせいぜいその程度だ。そういうことだな、フレッド？」

ビーファスは肯いた。

私は言った。「それだけじゃない。なかなかよくできているが、かつらはかつらだ」

フレンチとビーファスは同時にさっとこちらを向いた。フレンチは手を伸ばし、死者の髪を注意深く取り、口笛を吹いた。「あのインターンが何をにやにやしているのか不思議に思っていたんだ」と彼は言った。「あの野郎、何も言わずに行きやがった。こいつが誰だか知ってるだろう、フレッド？」

「さあね、見事な禿頭だってくらいしかわからんな」とビーファスは答えた。

「これじゃちょっと見分けられんかもな。おとぼけ《マイラウェイ》マーストンだよ。エース・デヴォアの使い走りをしていたやつさ」

「ああ、そういやそうだ」、ビーファスはそう言ってくすくす笑った。身を屈め、死人の禿頭を優しく叩いた。「ご無沙汰じゃないか、マイラウェイ。あまり長くお目にかからなかったんで、お見それしちまったよ。でも俺のことは覚えてるよな。どじなやつは最後までどじだ」

ベッドの上の男はかつらがなくなると、より年老いて、よりこわばって、より縮んで見えた。死の黄色い仮面が、硬直したしわとなって顔を覆い始めていた。

フレンチは静かに言った。「さて、これで俺の気持ちもずいぶん楽になった。こいつが被害者なら、あくせく急《せ》いて事件を解決する必要もない。どうせかすみたいなやつだ」、彼はかつらを片目にかけてかぶせ、ベッドから立ち上がった。「君ら二人にはもう用はない」、彼は私とフラックに向けてそう言った。

フラックは立ち上がった。

「死体をまわしてくれてありがとうさん」とビーファスが彼に言った。「おたくの素敵なホテルからまた死体が出たら、俺たちのことを思い出してくれ。サービスの良し悪しはさておき、迅速が売り物だ」

フラックは短い廊下を抜け、ドアをぐいと引いて開けた。私は彼のあとから外に出た。エレベーターまで行くあいだ、我々は一言も口をきかなかった。エレベーターで下に降りるあいだも。私は彼についてその小さなオフィスまで行った。中に入り、ドアを閉めた。彼は少し驚いたようだった。

フラックは机の前に座り、電話に手を伸ばした。「これから副支配人に報告をしなければならん」と彼は言った。「何か俺に用があるのか？」

私は指の間で煙草をくるくると回していた。マッチを擦って火をつけ、煙を机越しにそっと吹いた。「百五十ドルだよ」と私は言った。

フラックの小さなきっとした目は、その表情を欠いた顔の中で、丸い二つの穴となった。「おい、くだらない冗談はよせよ」と彼は言った。

「まあ、いいじゃないか。上にいる二人組のコメディアンを見たあとでは、冗談のひとつも言いたくもなるさ。とはいえ、こいつは笑いごとじゃない」、私は机の縁をとんとんと小さく叩きながら待った。

フラックの唇の、小さな髭の上あたりに汗の球が浮かんだ。「俺には片づける仕事がある」と彼は言った。声はさっきよりしゃがれていた。「早く出て行ってくれないか」

「おいおい、そうつっぱるなよ」と私は言った。「私が調べたとき、ドクター・ハンブルトンの財布には百六十四ドルの現金が入っていた。彼は私に百ドルの謝礼を払うと約束した。覚えているか？しかし今では、同じ財布に十四ドルしか入ってない。そして私は部屋のドアの鍵をかけなかった。ところが誰かが鍵をかけた。あんたがかけたんだよ、フラック」

フラックは両手で肘掛けをぎゅっと握った。彼の声は井戸の底から響いてくるみたいだった。「何も証明できないはずだ」

「ひとつ試してみようか？」

彼はウェストバンドから拳銃を抜いて、目の前の机の上に置いた。そしてそれをじっと見た。しかしそこには何のメッセージも読み取れなかった。彼は顔を上げてまた私の顔を見た。「山分けでどうだ?」と彼はがっくりしたように言った。

我々のあいだに沈黙のひとときが流れた。彼は古いくたびれた札入れを取り出し、そのなかをごそごそと漁った。そしてひとつかみの紙幣を取り出し、机の上に並べた。それを二つの山に分け、ひとつを私の方に押すように差し出した。

私は言った。「求めているのは百五十そっくり全部だよ」

彼は椅子の中で身体を丸くし、机の角をじっと見つめていた。それから長い間をおいて、ため息をついた。彼は二つの山をひとつにして、丸ごとこちらに押し出した。

「死人には使いようのない金じゃないか」とフラックは言った。「その金を持ってさっさとどっかに消えちまえよ。だがその面《つら》は忘れないぜ。まったく偉そうなことを言いやがって。だいたい、おたくが俺の前に既に五百ドルかすめてないって、どうしてわかるんだ?」

「私なら全額もっていくからさ。殺したやつだってそうするはずだ。どうして十四ドルだけ残した?」

「どうして俺が十四ドルだけ残しておいたか?」、机の縁に沿って指でとりとめのない動作をしながら、フラックはくたびれた声で言った。私は金を手に取り、額を数え、彼に投げ返した。

「どうしてかといえば、あんたはこの仕事に長く携わっていて、人の懐具合を見抜くことに長けているからだ。この男なら部屋代ぎりぎりの金と小銭程度を持ち合わせているのが相場だ。警官もそのあたりと踏んでいるはずだ。さあ、私は金はいらない。ほかに欲しいものがある」

彼は口をぽかんと開けて私を見ていた。

「その金を早くどこかにしまってくれないか」と私は言った。

彼は手を伸ばしてその金を取り上げ、財布に突っ込んだ。「ほかのものってなんだ?」、彼の目は小さくなり、思案の色を浮かべた。舌が下唇を前に押し出した。「おたくだって、それほど偉そうに取り引きができる立場にはいないと思うがね」

「そうとばかりは言えないぜ。もし私が上に行って、クリスティー・フレンチとビーファスに、死体のポケットを探ったことを白状したとする。もちろんただじゃすまないだろう。しかし私がそれを隠していたのは、警察を出し抜くためだけじゃないということはわかってもらえるはずだ。私の背後には保護されるべき依頼人がいるんだってことをね。そりゃ相応の叱責は覚悟しなくちゃならん。しかしあんたの方はそう簡単にはいかないぜ」、私はそこで口をつぐみ、彼の額に浮かんだ湿り気が微かに光るのを見た。彼はごくんと唾を呑んだ。目が勢いを失っていた。

「うだうだご託《たく》を並べてないで、手札をさっさと見せたらどうだ」と彼は言った。それから突然にやりと笑った。狼の浮かべるような笑みだ。「彼女を保護するには、いささか遅きに失したんじゃないかな」。彼が長年の友としてきたこれみよがしな冷笑が再び地歩を固めた。ゆっくりと、しかし愉しげに。

私は煙草の火を消し、新しい煙草を取り出し、平静を保つためにゆっくりと一連の意味のない動作をした。煙草に火をつけ、マッチを捨て、口の片端に煙草をくわえ、ゆったりと深く煙を吸い込んだ。そのみすぼらしい小さなオフィスが、波の打ち寄せる海を見下ろす丘のてっぺんか何かみたいに。私のような職業には、そういうおなじみの使い古された手管が必要とされる。

「よかろう」と私は言った。「それが女性であったことは認めよう。あの男が死んでいたときに、彼女がそこに居合わせたことも認めよう。あんたがそれで満足するのならな。彼女がそこから逃げ出したのは、ショックを受けたからだと思うが」

「きっとそうだろうよ」とフラックは意地悪く言った。今では満面に嘲りの笑みが浮かんでいる。「あるいはここ一カ月ばかり、男にアイスピックを突き立てたことがなかったのかもしれない。ときどきは腕を磨いておかないとな」

「でもなぜ、その部屋の鍵を彼女が持ち去らなくてはならなかったんだ？」と私は自らに問いかけるように言った。「そしてなぜわざわざフロントにそれを預けていったりしたのだ？　どうして余計なことをせずあっさりそのままずらからなかったんだ？　ドアを閉めなくちゃならないと彼女が考えたとしよう。じゃあなぜその鍵を防火砂バケツの中に放り込んで、砂をかけていかなかったんだ？　そんな鍵を持っていたら、命取りになるのはわかりきっているのに、なぜすぐに始末しなかったんだ？」、私は目を下に落とし、ずしりと重い視線をフラックに注いだ。「もちろん彼女が部屋を出ていくところを目撃されていたとしたら話は別だ。既に鍵を手にしており、しかもホテルの外に出るまで誰かにあとをつけてこられたとしたらね」

「いったいどこの誰が、手間暇かけてそんなことをする？」とフラックが尋ねた。

「彼女を見かけたのが誰であるにせよ、そいつはその部屋にすぐに入ることができたからさ。パスキーを持っていたからね」

フラックはちらりと目を上げて私の顔をうかがい、すぐにまた下を向いた。

「そこで彼は女のあとをつけたに違いない」と私は言った。「彼女がフロントに鍵を預け、ホテルを出て行くところを見届けたのだろう。そして更に先まで彼女をつけていった」

フラックはあざ笑うように言った。「まったく自信たっぷりなやつだな」

私は前に身をかがめ、電話機を引き寄せた。「クリスティーと話し合ってみた方が良さそうだ」と私は言った。「考えれば考えるほどおっかなくなってきた。あの男を殺したのは彼女かもしれない。いくらなんでも殺人者をかばうわけにはいかない」

私は受話器を取り上げた。フラックは湿った手で、私の手の甲を強く叩いた。受話器が落ちて机の上を跳ねた。「やめろ」、彼の声はすすり泣きに近いものだった。「俺はたしかに彼女を、通りの先に停まった車のところまでつけた。ナンバーも控えた。もう頼むから勘弁してくれないか」。彼はがむしゃらにポケットの中を探った。「この仕事で俺がいくら稼いでいると思う？　煙草と葉巻を買ったら、あとは小銭が残るか残らないかだ。ちょっと待ってくれ。たしかここに――」、彼は下を見て、薄汚れたいくつかの封筒でトランプの一人占いのようなことをやった。そしてやっとひとつを選び、それを私に投げて寄越した。「車のナンバーだ」と彼は疲れた声で言った。「もしお望みなら、俺はそんなもののことは忘れちまうよ」

私は封筒を見下ろした。そこには車のナンバーが走り書きしてあった。へたくそな字で、かすれていて、斜めになっている。いかにも路上で紙に走り書きされたという字だ。6N333、カリフォルニア1947。

「満足したか？」とフラックの声が言った。あるいはその声は彼の口から出てきた。私は封筒を引き裂き、彼に投げ返した。

「4P327」と私は彼の目をまっすぐ睨んだまま言った。その目は瞬きひとつしなかった。そこには嘲笑もなく隠しごともなかった。「でもこれが、たまたま持っていた関係のない車のナンバーじゃないという保証はあるのか？」

「俺の言い分をただ信用してもらうしかない」

「どんな車だったか言ってくれ」と私は言った。

「キャディラックのコンバーティブルだ。新車じゃない。屋根は上げられていた。一九四二年くらいのモデルだろう。色はくすんだブルー」

「どんな女だ?」

「くれた金の割りに質問が多すぎるんじゃないか」

「ドクター・ハンブルトンの金だ」

彼はひるんだ。「わかったよ。金髪だ。白いコートを着て、コートには色のついたステッチが入っていた。つばの広いブルーのストローハットをかぶり、サングラスをかけていた。身長は百五十五センチくらい。プロのモデルみたいな体つきだった」

「もう一度会えばわかるか。サングラスを外しても?」と私は用心深く尋ねた。

彼は少し考えるふりをした。それから首を振った。

「車のナンバーは覚えているか、フラッキー?」、私は彼の不意を突いて尋ねた。

「どれのことだ?」と彼は言った。

私は机の上に身を乗り出し、彼の拳銃の上に煙草の灰を落とした。そしてなおも相手の目を深くのぞき込んだ。彼がすっかりしょげていることが見てとれた。本人にもそれはわかっているようだった。彼は拳銃に手を伸ばし、煙草の灰を吹き飛ばして机の抽斗にしまった。

「俺は別にかまわんぜ」、歯の間から吐き出すように彼は言った。「お巡りのところに行って、俺が死体のポケットを探ったと言えばいい。それがなんだって言うんだ。俺は職を失うかもしれん。監獄にぶちこまれるかもしれん。でもかまうものか。出所してきた時には俺は無事安泰さ。このフラック様が食べていくのに困ることはない。いくらサングラスをかけてたって、この俺の目を欺くことはできない。俺はしこたま映画を見ているからね、あのべっぴんを見違えることはないさ。そして俺の目に狂いがなければ、あの女はこれからもっと大物になっていくはずだ。いわゆる成長株ってやつさ。そしてひょっとしたら――」、彼はいかにも得意そうに横目で私を見た。「彼女はいつかボディーガードを必要とするかもしれん。そばについていて警護したり、面倒を遠ざけてくれるような人間をな。仕事の要領を心得て、法外な金を要求したりしない人間を……。どうかしたか？」

私は首を傾げて前かがみになり、耳を澄ませた。「教会の鐘が聞こえたようだった」

「このあたりには教会なんてないぜ」と彼は馬鹿にしたように言った。「あんたのプラチナ製の脳味噌にひびが入った音じゃないのか？」

「鐘はひとつきり」と私は言った。「とてもゆっくり鳴らされている。おそらく弔鐘だろう」

フラックは私と共に耳を澄ませた。「何も聞こえないぜ」と彼は鋭い声で言った。

「ああ、聞こえないだろうさ」と私は言った。「この世界でその音を聞かない人間はあんた一人だけなんだ」

彼はそこにじっと座って、小さなこすい目を半ば閉じて私を見つめていた。ちっぽけなこすい口ひげが光っていた。片手は机の上でぴくぴくひきつっていた。無目的な動作だ。

思案している彼をあとに残して、私はその部屋を出た。その考えはおそらく、それを抱いている当人に負けず劣らずちっぽけで、醜くて、びくついたものだったはずだ。

12

そのアパートメントはダヘニー・ドライブにそびえていた。目抜き通り《ザ・ストリップ》から坂道を少し下ったところだ。実際にはそれは二つの建物だった。ビルの裏側にもうひとつのビルがある。タイルを敷き詰めた噴水付きのパティオによって、その二つの建物は緩やかにつなぎ合わされ、連結アーチの上に部屋がひとつつくられていた。人造大理石のロビーにメールボックスと呼び出しベルがあり、その十六のボックスのうち三つには名前が出ていなかった。名前を見渡したが、それだけでは何もわからなかった。そう簡単にことは運ばない。私は玄関ドアを試してみた。鍵はかかっていなかったが、やはりいかんともしがたい。

外にはキャディラックが二台、リンカーン・コンチネンタルとパッカード・クリッパーが一台ずつ停まっていた。キャディラックはどちらも色とライセンス・ナンバーが捜し物と合致しなかった。道を隔てたところで、乗馬用の短いズボンを履いた男が、ローカットのランチアのドアの上に両脚を載せて寝そべっていた。彼は煙草を吹かしながら、空に浮かんだ淡い星を見上げていた。星はハリウッドから遠く距離を置くだけの節度を持ち合わせていた。

私は通りに向けて急な坂道を登っていった。それから一ブロック東に進んで、炎天下の懲罰房みたいに息苦しい電話ボックスに入った。そしてピオリア・スミスという名前の男の電話番号を回した。彼がそう呼ばれるのはどもるせいだったが、それがどうしてピオリアになるのかよくわからない。調べる時間がなくて解けないままになっているいくつかの小さな謎のひとつだ。

「メイヴィス・ウェルド」と私は言った。「電話番号を知りたい。こちらはフィリップ・マーロウだ」

「わわわわかった」と彼は言った。「メメメイヴィス・ウェルドだな。あんたはかかかか彼女の、でででで電話番号が知りたい」

「いくらだ？」

「じじじ十ドル」と彼は言った。

「邪魔したな」と私は言った。

「ちちちちちょっと待て！　女優の電話番号はあかせないことになってる。小道具係の助手ってのはさ、立場がやばいんだよ」

私は待った。自分の吐いた息をまた吸い込んだ。

「住所も一緒につけるからさ」とピオリアは泣きつくように言った。どもるのも忘れたようだった。

「五ドルだ」と私は言った。「住所はわかっている。そして値段の交渉はなしだ。電話帳に出ていない番号を売る撮影所のスタッフがほかにいないとでも思っているのなら——」

「ちょっと待ってくれ」と彼は力のない声で言った。そして秘密の手帳を取りに行った。本当にどもりなのか、怪しいものだ。この男は興奮していないときにだけどもる。彼は戻ってきて電話番号を教えてくれた。クレストヴューの番号だった。ハリウッドに住んでいてクレストヴューの電話番号を持っていないのは浮浪者くらいだ。

鉄とガラスでできた懲罰房を開け、新しい空気を中に入れて、次なる番号を回した。二度の呼び出し音のあとで、言葉を気怠く引きずりながらセクシーな声が応えた。私はドアを引いて閉めた。

「イエース」と甘い声が囁いた。

「ミス・ウェルドをお願いしたいのですが」

「そちらはどなたかしら?」

「ホイットニーからそちらに今夜届けてくれと言われたスティル写真を何枚か持っているのですが」

「ホイットニー? ホイットニーって誰なの、アミーゴ?」

「スタジオのスティル写真部の主任ですよ」と私は言った。「それも知らないんですか? どの部屋か教えてもらえたら、届けに行きますよ。数ブロックしか離れてないところにいますから」

「ミス・ウェルドは今入浴中なの」、そう言って女は笑った。それは彼女のいるところではきっと銀が転がるような音だったのだろう。でも私のいるところでは、誰かが深鍋をずらす音にしか聞こえなかった。「でももちろん、写真は持ってきてちょうだいな。彼女はきっと死ぬほどそれを見たがると思うわ。部屋の番号は十四よ」

「あなたもそこにいるのですか?」

「ええ、もちろん。当然のこと。どうしてそんなことを訊くの?」

私は電話を切り、よろける足取りで新鮮な空気の中に出た。坂道を下った。乗馬用の短いズボンを履いた男はまだランチアの中で寝ころんでいたが、キャディラックの一台はいなくなり、二台のビュイック・コンバーティブルが玄関前の車列に加わっていた。私は十四号のベルを押し、緋色のスイカズラがピーナッツ型のスポットライトで照らされているパティオを歩いて抜けた。別の照明が装飾を施された池を上から照らし出していた。池はたくさんの肥った金魚と、無言の百合の浮葉でいっぱいだった。夜だから百合は花弁を閉じている。石のベンチが二つ置かれ、芝生の上にはブランコもあった。とびっきり贅沢には見えなかったが、その年はどこもかしこもが贅沢にできていた年だった。彼女の部屋は二階にあった。階段を上った広いスペースの奥に二つのドアがあり、そのうちのひとつだ。

チャイムが鳴り、ジョドパーズ（足首がつまった幅広いズボン）を履いた若い女がドアを開けた。長身で黒髪、セクシーという表現は、彼女に対する賞賛としてはあまりにも控えめなものだった。乗馬ズボンの色は、その髪と同じくらい漆黒だ。白いシルクのシャツを着て、首に緋色のスカーフを緩く結んでいるが、その緋色は彼女の唇ほど鮮やかではない。彼女は長い茶色の煙草を、小さな金のピンセットでつまむように持っていた。そのピンセットを持つ手は、並みではない量の宝石で飾られていた。髪は真ん中から二つに分けられ、雪のように真っ白なその分け目の線は、まっすぐ頭頂を進んで、向こう側に落ちるように消えていた。目映いばかりの漆黒の髪は、豊かな二本のお下げに結われ、ほっそりとした褐色の首筋の両側に垂れていた。どちらにも緋色の小さなリボンが結ばれている。しかし彼女が幼い少女であったのはかなり昔のことだ。

彼女は厳しい目で私の何も持っていない手を見下ろした。撮影所のスティル写真は通常ポケットに入れるには大きすぎる。

「ミス・ウェルドをお願いします」と私は言った。

「スティル写真なら私が預かるわ」、その声はクールで、言葉を気怠くひきずり、つんと気取っていたが、目つきはそれとはちょっと違っていた。そこには触れなば落ちんという趣さえ窺えた。

「ミス・ウェルドにじかに手渡したいのです。申し訳ありませんが」

「入浴中だと言ったはずよ」

「待ちます」

「あなた本当にスティル写真を持っているの、アミーゴ？」

「これくらい本当のことはありません。どうしてですか？」

「あなたのお名前は？」、彼女の声は、まるで突風にすくい上げられた羽根のように語尾ですっと凍りついた。それは優しくそよぎ、宙を漂い、すらりと舞い上がり、渦を巻いた。そして誘うがごとき無言の微笑みが、唇の両端に繊細に浮かんだ。まるで雪のひとひらを手に取ろうとする子供のように、ひどくゆっくりと。

「あなたのこのあいだの作品は素晴らしかったですよ、ミス・ゴンザレス」

微笑みは稲妻のように輝いた。そして彼女の顔つきは一変した。身体はまっすぐに伸び、喜びに脈動した。「でもひどい映画だった」と彼女は頬を赤らめて言った。「どうしようもなく、正真正銘の駄作だった。ねえ、あなた、あれって救いがたい代物だったと思わなかった？」

「私にとって、あなたが出演している映画に救いがたいものなんてひとつもありません、ミス・ゴンザレス」

彼女はドアから離れて立ち、私を招き入れた。「一杯やりましょうよ」と彼女は言った。「とてつもなくやくざなお酒を一緒に飲みましょう。私ってお世辞に目がないの。それがどんなに不正直なものであろうと」

私は中に入った。背中に拳銃をつきつけられても私はちっとも驚かなかっただろう。しかし彼女は、私がその乳房を文字通り押しのけないことには戸口を抜けられない位置に立っていた。その身体は月光に照らされたタジマハールみたいな香りがした。彼女はドアを閉め、踊るような身のこなしで小さな可動式のバーに行った。

「スコッチ？　それともカクテルがいいかしら。私はとことんいまいましいマティーニをつくることができるけど」

「スコッチでけっこうです。ありがとう」

彼女は中に傘を立てられそうなくらい大ぶりなグラスに酒を注いだ。私はチンツ張りの椅子に腰を下ろし、室内を見回した。内装は擬古的だった。本物に見せかけた開放型の暖炉、その中では薪のかっこうをしたガスが燃えている。大理石のマントルピース、漆喰にはひびが入っている。勢いよく色を塗りたくったお粗末な絵画が二枚、壁にかかっていた。ここまでひどいと、大金を払ってもいいような気がしてくる。年代物の黒いスタインウェイ・ピアノは、端っこがところどころ欠けている。上にスペイン製のショールが乗っていないのが救いだ。派手な色合いの表紙の、真新しい本がたくさんあたりに散らばり、銃床に美しい細工の施された二連銃身の散弾銃が部屋の隅に立てかけてある。銃身には白いサテンのボウタイが巻かれている。ハリウッド式のユーモアだ。

ジョドパーズ姿の黒髪の女性は私にグラスを手渡し、私の座った椅子の肘掛けに腰を下ろした。

「もしそうしたければ、私をドロレスと呼んでくれてかまわないわ」と彼女は言って、手にしたタンブラーから勢いよく中身をあおった。

「ありがとう」

「それであなたのことはなんて呼べばいいのかしら？」

私はにやりと笑った。

「もちろん」と彼女は言った。「あなたがろくでもない嘘つきだということはよくわかっている。あなたのポケットにはスティル写真なんて入っちゃいない。あなたの疑いの余地なくとびっきり個人的な用件がどういうものか、あえて追求しようとは思わないけれど」

「ほほう」と言って私はグラスの酒を五センチぶん飲み干した。「ミス・ウェルドはどのような風呂に入っているのかな。昔ながらの石鹸を泡立たせた風呂か、それともアラビア風の香料をきかせたようなものか」

彼女は小さな金のピンセットで挟んだ煙草を軽く振った。褐色の煙草は短くなっていた。「あなたに何か彼女の手伝いができるかもしれないわよ。風呂場はあちら。アーチを抜けて右手よ。まず間違いなく鍵は閉まっていない」

「それではあまりにも簡単すぎる」と私は言った。

「あらあら」と言って彼女はもう一度私に素敵な微笑みを投げかけた。「むずかしいことに挑戦するのが生き甲斐ってわけね。なら、障害を設けておくように心がけなくてはね」、彼女はエレガントに椅子の肘掛けから立ち上がった。そして煙草を捨て、ヒップの輪郭を見せつけるように身を前にかがめた。

「お気遣いなく、ミス・ゴンザレス。私はただ用件があってここに来た人間だ。誰かをレイプするつもりはありません」

「ないんだ」、彼女の微笑みはソフトなものになった。それは気怠く、私の限定された語彙《ごい》で表現させてもらえれば、挑発的だった。

「しかしもちろん、ご期待に沿えるべく全力を尽くすことにやぶさかではないが」

「あなた、なかなか愉快そうな人ね」、彼女は肩をすくめてそう言うと、水割りスコッチがたっぷり入ったグラスを手に、アーチの奥に消えた。ドアを優しく叩く音と、彼女の声が聞こえた。「ねえダーリン、撮影所からあなたにスティル写真を持ってきたという男性が来ている。彼はそう言っている。Muy simpático. Muy guapo también. Con cojones.（ずいぶんいい男よ。とてもハンサムで、肝っ玉も据わってるわ）」

聞き覚えのある声が鋭く言った。「ああ、うるさいわねえ、もう。すぐに出ていくわよ」

ゴンザレスはハミングをしながら、アーチを抜けて戻ってきた。手にしたグラスは空になっていた。彼女はまたバーに行った。「あら、あなた、ちっとも飲んでないじゃない」、彼女は私のグラスを見て声を上げた。

「食事を済ませたところでね。それにいずれにせよ、私の胃袋は二クォートぶんの容量しかない。そして簡単なスペイン語なら理解する」

彼女は頭をさっとのけぞらせた。「ショックを受けたかしら?」、彼女は面白そうに目を丸くした。彼女の肩は扇のダンスのように揺れた。

「私はあまりショックを受けない体質でね」

「でも私の声は聞こえたのね。あらあら、それは。困ってしまうわ」

「よくわかるよ」と私は言った。

彼女は自分のためのハイボールのお代わりを作り終えた。

「ええ、ほんとに困っているのよ」、彼女はため息をついた。「つまり、後悔しているってこと。でもどうだろう。そんなことどうだっていいじゃないとも思うこともある。ややこしいわね。友だちはみんな、私はあまりにもあけすけにものを言い過ぎるって言うの。ねえ、私、あなたにショックを与えてるかしら」、彼女はまた私の座った椅子の肘掛けに腰を下ろした。

「いや。しかしもしショックを受けたいと思ったら、どこに来ればいいかはわかりましたよ」。彼女は背後に置いたグラスに気怠く手を伸ばし、私の方に身体を傾けた。

「でも私はここに住んでいるわけじゃない」と彼女は言った。「シャトー・バーシーに住んでいるの」

「一人で？」

彼女は私の鼻の先をそっと叩いた。そして気がつくと彼女は私の膝の上に座り、私の舌の先を嚙み切ろうと試みていた。「あなたってずいぶんそそるやつよね」と彼女は言った。彼女の口は、これほど熱い口があろうかというほど熱かった。唇はドライアイスのように焼けていた。その舌は強烈に私の歯をなめ回していた。眼は大きく、真っ黒で、その下に白い部分が見えた。

「私はとても疲れた」と彼女は私の口の中で囁いた。「くたびれ果てて、もうどうしようもないほどぐったり」

女の手が胸のポケットに入ってくるのが感じられた。強く払いのけたが、既に財布は取られていた。彼女は笑いながらそれを持って、踊る足取りで遠ざかり、財布を開け、小さな蛇のように素速く動く指で中身を点検した。

「仲良しになれたみたいで何より」と脇の方から冷ややかな声が聞こえた。ミス・ウェルドがアーチの下に立っていた。

彼女の髪はぞんざいに膨らんで、化粧気はまったくなかった。ローブのほかにはほとんど何も身につけず、むき出しの脚の先には緑と銀のスリッパがあった。瞳には表情がなく、唇はいかにも高慢そうだった。ホテルの部屋で出会ったのと同じ女だ。サングラスをかけていようがいまいが。

ゴンザレスは素速い視線を彼女に投げかけ、財布を閉じて私に投げた。私はそれを取り、ポケットにしまった。彼女はテーブルにゆっくり歩み寄り、長いストラップのついた黒いバッグを手に取り、それを肩にかけてドアの方に向かった。

メイヴィス・ウェルドは動かず、彼女の方を見ようともしなかった。メイヴィスは私を見ていた。しかしその顔にはどのような感情も浮かんでいなかった。ゴンザレスはドアを開け、外をちらりと見やり、それからドアをほとんど閉め、こちらを振り向いた。

「名前はフィリップ・マーロウよ」と彼女はメイヴィス・ウェルドに言った。「なかなか素敵な名前じゃないこと？」

「あなたがわざわざ男の名前を知りたがるなんてね」とメイヴィス・ウェルドは言った。「だいたい名前を覚えるほど長くつきあったことあるの？」

「なるほどね」とゴンザレスは穏やかな声で言った。彼女はうっすらと私に微笑みかけた。「男あさりの尻軽女と呼ぶ代わりの表現としては、なかなかチャーミングだわ。そうは思わない？」

メイヴィス・ウェルドは何も言わなかった。彼女の顔は能面のようだった。

「少なくとも」とゴンザレスはもう一度ドアを開けながら、滑らかな声で言った。「私は最近ギャングと寝てないわよ」

「あなたそれほど記憶力がよかったかしら？」、メイヴィス・ウェルドは声の調子を毛ほども変えずに言った。「ドアはそのまま開けといてちょうだい。今日はゴミを出す日だから」

ゴンザレスはゆっくりと冷静に彼女の方を向いた。その目にはナイフの煌《きら》めきがあった。それから彼女は唇と歯を使って微かな音を出し、ドアを大きくぐいと開けた。ドアは彼女の背後でばたんという派手な音を立てて閉まった。その轟音も、メイヴィス・ウェルドのダークブルーの瞳の凝視を、微塵も揺るがすことはなかった。

「さあ、あなたも同じことをやってちょうだい。ただしもう少し静かにね」と彼女は言った。

私はハンカチを取りだし、顔についた口紅を拭った。それは血の色と同じに見えた。新鮮な血と。

「よくあることさ」と私は言った。「私が仕掛けたんじゃない。彼女が仕掛けたんだ」

彼女はドアのところまで歩いていって、それを引いて開けた。「出ていってちょうだい、色男のお兄さん。さっさと歩きなさい」

「私は用事があってここに来たんだ、ミス・ウェルド」

「ええ、きっとそうでしょうね。出ていってちょうだい。あなたが誰か知らないし、知りたいとも思わない。もし仮に知りたいと思ったとしても、それは今日じゃないし、この時刻でもない」

『時と場所と愛する人がひとつになるようなことは』」

「何よ、それは?」、彼女はその顎の先で私をドアの外に放り出そうと試みた。しかしいくら彼女でもそいつは無理だった。

「ブラウニング。詩人だよ、自動拳銃《ブローニング》じゃなくて。君はどうやら自動拳銃の方がお好みのようだが」

「ねえ、マネージャーを呼んで、あなたを蹴り出してもらってもいいのよ。バスケットボールみたいに階段の下まで」

私は手を伸ばしてドアを押して閉めた。彼女は最後まで抵抗した。私を蹴飛ばしこそしなかったものの、そうしないためにはかなりの努力が必要とされた。私は相手に気取られないようにしながら、彼女をドアからうまく穏やかに引き離そうとした。しかし彼女は黙ってなすがままになっているような相手ではなかった。彼女はしっかりと地歩を確保し、ドアノブに片手を伸ばし続けていた。彼女の瞳にはダークブルーの怒りが満ちていた。

「もし私のすぐわきにそうやっていつまでも立っているのなら」と私は言った。「もう少しきちんと衣服を身につけた方がいいんじゃないか」

彼女は手を後ろに引き、思い切り私を叩いた。その平手打ちはミス・ゴンザレスがドアを閉めたときと同じほどの音を立てた。ただしこちらは痛かった。それは首の後ろに残った痛みを私に思い出させた。

「痛かった？」と彼女はソフトな声で尋ねた。

私は肯いた。

「それは何より」と彼女は言った。そして腕を引いてもう一度平手打ちをくわせた。前よりもさらにきつい一発だ。「私にキスしてもいいのよ」と彼女は囁くように言った。彼女の目はきれいに澄んで、とろけるようだった。私はさりげなく視線を下にやった。彼女の右手は、どこまでも実務的な拳に握りしめられていた。看過できるような可憐な拳ではない。

「信じてもらいたい」と私は言った。「私がキスしない理由はただひとつだ。たとえ君が小さな黒い拳銃を持っていようが、あるいは枕元にブラスナックルをひとつ常備していようが、それとは関係なく」

彼女は礼儀正しく微笑んだ。

「私はたまたま君のために働いている、ということになるかもしれない」と私は言った。「そして私は二本の脚を目にするたびに、誰彼かまわずあとを追い回すような男でもない」、私は彼女の脚を見下ろした。脚はしっかり見えた。そしてゴールラインを示す旗は、必要ぎりぎりの大きさしか持たなかった。彼女はローブの前をぎゅっと閉じ、後ろを向いて、首を振りながら小さなバーに歩いていった。

「私はずっと自由に、やりたいように生きてきた」と彼女は言った。「そしてこれまでありとあらゆる手管を目にしてきた。おそらく見落としたものはないと思う。もし私があなたを怯えさせることもできず、叩きのめすこともできず、色仕掛けでも落とせないとしたら、どうやってあなたを丸め込めるかしら？」

「それは――」

「言わなくていい」と彼女は鋭く私を遮った。そしてグラスを手にこちらを振り向いた。彼女はそれを飲み、ばらけた髪をさっと振って、微笑みを口元に浮かべた。おそろしく淡く小さな微笑みだった。

「もちろんお金よね。それを忘れていたなんて、本当に愚かよね」

「金は助けになるな」と私は言った。

彼女は苦々しく唇を歪めたけれど、その声には優しささえうかがえた。「で、いくらほしいの？」

「まず手始めに百ドルというところかな」

「安っぽい男ね。どこまで安っぽくできているのかしら。百ドルですって。あなたの住んでる世界では百ドルが大したお金なの、ダーリン？」

「じゃあ二百ドルにしよう。そうすれば引退して楽隠居できるかもな」

「それでもまだ安いわね。もちろん毎週ということよね。清潔できれいな封筒に入れてそれを用意する」

「封筒は必要ない。むき出しでけっこうだ」

「そして私はそのお金と引き替えに、どんなものを手に入れるのかしら、チャーミングな探偵さん？あなたの素性なんてそっくりお見通しよ。言うまでもなく」

「君は引き替えに領収書を受け取る。ところで、私が探偵だと誰から聞いたんだ？」

彼女は一瞬、紛い物ではない目で私を見ていたが、やがてまた芝居がかった態度に出た。「匂いのせいに違いないわ」、彼女は酒をすすり、グラス越しに私をじっと見た。口元には馬鹿にしたような薄い笑みが浮かんでいた。

「なるほどね、どうやら君は自分の台詞を自分で書きながら、話をしているらしい」と私は言った。

「いったいどこが不自然なんだろうと、ずっと考えていたんだが」

私はさっと身をよけた。しずくが何滴か身体にかかっただけだった。グラスは背後の壁に当たってこなごなに割れ、破片は音もなく床に落ちた。

「どうやらこれで、私は女としての秘策をそっくり使い果たしてしまったみたいね」と彼女は言った。その声はどこまでも冷静だった。

私はそちらに行って自分の帽子を手に取った。「君があの男を殺したとはまったく考えなかった」と私は言った。「しかし君がそこに居合わせたことを伏せているための理由らしきものが手に入れば、私としては助かる。私が探偵として君に雇われていることを証明する妥当な手付け金があればいい。また私がその手付け金を受け取る根拠となる、妥当な情報があればね」

彼女は箱から煙草を一本出し、宙に放り上げ、難なく口にくわえた。そしてどこからともなく取りだしたマッチで火をつけた。

「なんてことなの、まったく。私が誰かを殺したと思われているわけ？」と彼女は尋ねた。私はまだ帽子を手にしたままだった。おかげで馬鹿みたいに見えた。どうしてだろう。私は帽子をかぶり、戸口に向かった。

「帰りの車代くらい持っているんでしょうね」、嘲るような言葉が背後に聞こえた。

私は返事をしなかった。そのまま歩き続けた。ドアを開けようとしたところで彼女は言った。「ミス・ゴンザレスはきっとあなたに自宅の住所と電話番号を教えたのでしょう。彼女からならほとんどなんだって引き出せるわよ。お金だって――という話を耳にしたわ」

私はドアノブから手を離し、急ぎ足で部屋を横切って彼女の前に戻った。彼女は身じろぎもしなかった。唇に浮かんだ微笑みは一ミリもあとに引かなかった。

「いいかい」と私は言った。「君にはとても信じられないかもしれないが、でも私がここに来たのは、君が助けを必要としているかもしれない、頼れる誰かを見つけるのに苦労しているかもしれないという、愚にもつかない考えを抱いたからだ。君は何らかの支払いをするために、あのホテルの部屋に行ったのだろう。だからこそ誰かに素性を見破られる危険を冒しながら、一人きりであそこに出向いた。そして実際、ホテルの探偵に正体を見破られた。くたびれた古い蜘蛛の巣くらいゆるゆるの職業倫理すら持ち合わせてないようなやつにね。そういう何やかやを合わせれば、君はハリウッドお馴染みの、命取りになるようなごたごたに巻き込まれて困っているのかもしれないと考えざるを得ない。しかし君はべつに困っちゃいない。君はちっぽけなライトの下にすくっと立って、ぺらぺらのB級映画の中でこれまで演じてきたぺらぺらな手管を、次々に繰り出している。そんなものを演技と呼べればの話だが――」

「黙りなさい」と彼女は歯ぎしりが聞こえるくらい硬く噛みしめた歯の間から、言葉を絞り出した。「黙りなさい。薄汚い、ゆすり屋の安物探偵のくせして」

「君は私を必要とはしていない」と私は言った。「君は誰も必要としていない。君くらい口が達者なら、きっと貸金庫の中からだって独力で逃げ出せるだろう。オーケー。わかった。一人でうまく切り抜けるんだね。止めはしない。ただし成り行きを私の耳に入れないでもらいたい。君のような無垢でやせっぽちの娘に、これほどの賢明さが具わっているなんてと感極まって、どっと泣き崩れてしまうだろうから。実に大したものだよ、ハニー。マーガレット・オブライエン（当時の有名な子役女優）顔負けじゃないか」

私が戸口に達しても、それを開けても、彼女は動きもせず、息さえしなかった。どうしてだかはわからない。私の台詞の出来が今ひとつよくなかったのだろう。

私は階段を降り、中庭を横切って玄関ドアの外に出た。そこであやうく、瞳の黒い細身の男にぶつかりそうになった。彼はそこに立って煙草に火をつけようとしていた。

「申し訳ない」と男は静かな声で言った。「私が通り道に立っていた」

私は男の隣りを行きすぎようとしたが、その上げられた右手に鍵が握られているのを目にした。これという理由もなく、私は彼の手からそれをつかみ取った。鍵には番号がスタンプで押してあった。一四号。メイヴィス・ウェルドの部屋の番号だ。私はそれをそのへんの茂みの向こうに投げ捨てた。

「そいつは必要ないよ」と私は言った。「鍵はかかっていないから」

「もちろん」と彼は言った。彼の顔にはいささか奇妙な微笑みが浮かんでいた。「我ながら愚かだった」

「ああ」と私は言った。「お互いに愚かだ。あの女に関わり合うような人間は、誰しも愚かしい」

「私にはそうは言えないが」と彼は物静かに言った。小さな悲しげな目は、とくに表情もなく私を見ていた。

「言う必要はない」と私は言った。「君のかわりに私が言ったばかりだ。悪いことをした。鍵をとってこよう」。私は茂みの向こうに行って鍵を拾い上げ、彼に手渡した。

「どうもありがとう」と彼は言った。「ああ、ところで――」、男は足を止めた。私も足を止めた。

「私が何らかの、興味深い諍《いさか》いのお邪魔をしているのでなければいいのだが」と彼は言った。「そういう野暮はできれば避けたいものでね。どうなんだい？」、彼は微笑んだ。「ところで、ミス・ウェルドは我々の共通の友人らしいから、名乗らせていただきたい。私はスティールグレイブ。以前あなたにお目にかかっただろうか？」

「いや、会ったことはないよ、ミスタ・スティールグレイブ」と私は言った。「私はマーロウだ。フィリップ・マーロウ。我々が顔を合わせたことはまずもってあるまい。そして妙な話だが私はあなたの名前を耳にしたことがないんだ、ミスタ・スティールグレイブ。もしあなたの名前がたとえ泣き虫《ウィーピー》モイヤーであったとしても、まったく私の知ったことではない」

どうしてそんなことを口にしたのか、自分でもよくわからなかった。その名前を少し前に耳にしたという以外に、そんなことを言う理由なんて何もなかったのだから。彼の顔が不思議な静けさに包まれた。その沈黙する黒い瞳に、一風変った表情が腰を据えた。彼はくわえていた煙草を取り、その先端を眺め、灰を落とした。そこには灰というほどのものはついていなかったのだが。下を向いて彼は言った。「ウィーピー・モイヤー。変わった名前だね。耳にしたのは初めてだと思う。それは私が知っているはずの人物なのだろうか？」

「いや、違うね。あなたがアイスピックをことさら愛好しているのでなければだが」と私は言った。そしてそこを離れた。階段を降り、道を横切って車のところまで行った。車に乗り込む前に後ろを振り返ると、彼はそこに立ち、唇に煙草をくわえたまま私を見下ろしていた。その距離では、彼の顔に何らかの表情が浮かんでいるのかどうかまではわからない。私が振り返っても、彼は身動きひとつしなかったし、仕草らしきものも見せなかった。背中を向けて立ち去りもしなかった。ただじっと立っていただけだ。私は車に乗り、そこをあとにした。

13

サンセット大通りを東に向かったが、家には帰らなかった。ラ・ブレアで北に折れてハイランドに向きを変え、そこからカフエンガ・パスを越えてヴェンチュラ大通りに入り、ステュディオ・シティーを抜け、シャーマン・オークスを抜け、エンシーノを抜けた。寂しさとは無縁の道中だった。その道筋では寂しさを感じている暇などない。軽量化したフォードに乗った飛ばし屋たちが勢いよく路線変更をして、ぎりぎり数ミリの隙間を残してバンパーをぶっつけることを免れている。どうしてぶつからずに済むのか、よくわからない。埃まみれのクーペやセダンに乗った疲れた男たちはたじろぎ、ハンドルをしっかりと握り締め、我が家に向けて、夕食に向けて、北に西にとぼとぼと家路を辿る。家で彼を待っているものといえば、新聞のスポーツ・ページか、騒がしいラジオの音か、甘やかされた子供たちの泣き声か、愚かな細君の果てしないおしゃべりか、その程度のものだ。

けばけばしいネオンと、その背後にある見かけ倒しの店構えの前を過ぎ、宮殿のように見せかけたぺらぺらのハンバーガー・ショップの前を通り過ぎた。サーカス並みに陽気な円形のドライブ・インでは、スケート靴を履いたきつい目つきのウェイトレスたちが、元気よく動き回っていた。ぱりっとした明るいカウンターと、ヒキガエルでも中毒死しかねない不潔でむさ苦しいキッチンをそなえた店だ。大型の二連結トラックが轟音を立てながらウィルミントンやサン・ペドロからセプルヴェーダを越え、リッジ・ルートに向かって横切っていく。信号が変わるとローギアで発進し、動物園のライオンのような咆吼《ほうこう》を上げる。

エンシーノの背後では時折、こんもり繁った木立の奥に、山の斜面の明かりが瞬いた。映画スターたちの住むところだ。ふん、映画スターがなんだ。ベッドを渡り歩く達人というだけじゃないか。おい、もうよせ、マーロウ、今夜のお前はどうかしているぞ。

空気は涼しくなり、ハイウェイは細くなった。今では、対向車のヘッドライトが目に痛くなるくらい車の数が少なくなった。白亜の壁を背景に勾配がきつくなり、いちばん高くなったところでは、海から吹く風が何に遮《さえぎ》られることもなく、気ままに宵闇に踊っていた。

サウザンド・オークス近くの店で夕食をとった。料理はひどいが、時間はかからない。早く食べさせて、早くお引き取り願おうということだ。こっちは忙しいんだ。コーヒーをおかわりしてぐずぐずされたりしちゃ困るんです、お客さん。その席が空かないと次の客が入れないでしょうが。あそこに並んで順番を待っている人たちの姿が見えるでしょう？　彼らは食事をしたがっている。少なくとも食事をしようと腹を決めている。なんで人々がここで食事をしたがるのか、わけがわからない。うちに帰って缶詰でも食べている方がよほどましだと思うのだが。でも彼らはどこかに行かないと落ち着かないのだ。あなたと同じように。車に乗ってどこかに出向くことが大事なのだ。そのようにして彼らはレストランを乗っ取ったギャングたちの格好のカモになる。やれやれまたか、マーロウ。今夜はやはりどうかしているぞ。

私は勘定を済ませ、バーに寄って、ニューヨークカット・ステーキのあとに、ブランディーを一杯注文する。なんでニューヨークなんだ？　工作機械を作っているのはデトロイトだろうが。私は夜の空気の中に足を踏み出した。今のところまだ誰も、夜の空気を商品登録するところまでは至っていない。しかしおそらく多数の人間が試みているはずだ。そのうちになんらかの方策を見出すことだろう。

オックスナードの脇道に入り、海岸沿いに帰路に就いた。巨大な八輪トラックやら十六輪トラックが、北に向けて途切れなく流れていた。オレンジ色のライトがのしかかるように光っている。右手では、むっちりと肥った広大な太平洋が、帰途に就く掃除女のように力なくよろよろと岸に打ち寄せていた。月もなく、ひっそりとして、波音さえろくに聞こえない。匂いすらない。海につきものの、きつく荒々しいあの匂いがないのだ。カリフォルニアの海だ。カリフォルニア、百貨店のような州だ。大抵のものは揃っているが、最良のものはない。ほらまた始まった。今夜のお前はどうかしているぞ、マーロウ。

そうかもしれない。でもどうして私がまともでなくちゃならないんだ？　オフィスに座って死んだ蠅と戯《たわ》むれている。するとカンザス州マンハッタンからやってきたという、田舎くさい身なりの娘が飛び込んでくる。そして手垢にまみれた札で二十ドルを出して、兄を捜してくれと強引に頼む。なにやら胡散臭い男のようだが、彼女は兄をどうしても見つけ出したいと言う。そこで私はその大金を胸に、ベイ・シティーへと重い足を運ぶ。毎度おなじみの飽き飽きする聞き込みがあり、私は立ったまま眠ってしまいそうになる。なかなか愛すべき人々にそこで出会う。首にアイスピックが刺さっていたり、刺さっていなかったり。私はそこから退散する。それも尻に帆を立てて退散する。彼女がやってきて、私から二十ドルを取り上げる。それから私にキスをし、また二十ドルを渡してくれる。まだ一日分の仕事をやり終えていないと言って。

私はドクター・ハンブルトンに会いに行く。エル・セントロ在住の引退した（今となっては永久引退というべきか）検眼士だ。この男も新しい趣向の飾りを首につけている。でも警察には連絡しない。

私はかつらを調べ、そのことで下手な芝居をする。なぜだ？　今回、私は誰のために自分の喉を掻き切ろうとしているのか？　色っぽい目をして、部屋の合い鍵をばらまく金髪女のためか？　それともカンザス州マンハッタンから出てきた小娘のためか？　私にはわからない。私にわかっているのは、この事件には見かけどおりではない何かがあるということであり、私のいささかくたびれた、しかし毎度あてになる直感が告げるのは、配られたカードのまま勝負を進めていたら、いずれ間違った人間がとばっちりを食らうことになるということだ。それは私が関わるべき問題《ビジネス》なのか？　そんなことをいえば、私の商売《ビジネス》とはいったいなんだ？　私にはそれがわかっているのか？　そもそもわかっていたことがあるのか？

いや、そんなことを考えるのはもうよそう。今夜のお前はお前じゃないみたいだぜ、マーロウ。いや、私は前から私ではないし、これからも変わらず私ではないのかもしれない。あるいは私は、私立探偵の免許を持ったエクトプラズムなのかもしれない。間違ったことばかり起こり、何ひとつ筋の通らないこの冷たく薄暗い世界にあって、我々は結局のところそんな代物になり果てるのかもしれない。

マリブ。更にたくさんの映画スターがいて、更にたくさんのピンクとブルーのバスタブがある。更に多くのシャネルの五番があり、更に多くのリンカーン・コンチネンタルとキャディラックがある。更に多くの美しくセットされた髪があり、更に多くのサングラスと、気取った態度と、上流をへたに真似た声音と、下劣きわまりないモラルがある。いや、ちょっと待て。たくさんのまっとうな人々だって映画業界で働いているんだ。お前の態度はよろしくないぞ、マーロウ。今夜のお前はどうかしている。

到着する前から、ロサンジェルスの匂いがした。長いあいだ閉めきりになっていた居間のような、むっとする古っぽい匂いだ。しかし色とりどりの灯火が人を惑わせる。灯火は美しい。ネオンサインを発明した人物のために記念碑を建ててやるべきだ。十五階建ての高さの、硬い大理石でできた記念碑を。一切の無から何かしらの実体を作り上げることができた若者のために。

そこで私は映画を見に行った。メイヴィス・ウェルドが出演している映画でなくて、何であろう。例によってガラスとクロムで造られたような味もそっけもない代物だ。誰もがやたら微笑んで、誰もがしゃべりすぎて、そして心得た顔をしている。女たちは服を着替えるために、カーブした長い階段を上っていく。男たちはいつも高価なシガレット・ケースからモノグラムつきの煙草を取りだし、高価なライターをお互いに向けてさっと差し出す。召使いは飲み物を乗せたトレイを運んでいるせいで猫背になっている。彼はテラスを横切って、ヒューロン湖くらいの大きさを持つ、しかし遙かに小綺麗なプールへとそのトレイを運ぶのだ。

主役の男優は愛嬌のあるへぼ役者で、魅力たっぷりだが、その魅力のいくつかは端々にへたりが見えている。スターはブルネットのつんつんした女優で、人を見下した目をしている。まずいクロースアップが二度ばかりあり、彼女が四十五歳という年齢を隠すべく全力を振りしぼっていることが目についてしまう。メイヴィス・ウェルドは準主役で、抑制した演技をしている。なかなか上手いが、その気になれば十倍は良い演技ができたはずだ。しかしもし彼女が十倍も良い演技をしたら、主演女優の面子を保つために、彼女の出演シーンは半分くらいカットされていたはずだ。私が見る限りでは、それは舌を巻く綱渡り芸だった。とはいえこれから彼女が歩いて渡ることになるのは、もはやロープではなく、ピアノ線だ。それはずいぶん高いところに張られ、その下にはネットもついていない。

14

オフィスに戻らなくてはならない理由があった。オレンジ色の受取証を入れた速達便がそろそろ届いているはずだ。ビルのおおかたの窓は暗かったが、中には明かりの灯った窓もあった。私のほかにも、夜中に仕事をする人々がいるらしい。エレベーター係の男は喉の奥深くから引きずり出したような声で「こんばんは」と言って、私をがたごとと上階に運んでくれた。廊下のいくつかのドアは開かれ、明かりがつき、中では掃除女たちが、費やされた時間の残骸を片づけていた。私は真空掃除機の気怠いうなりの前を通り過ぎて角を曲がり、自分の暗いオフィスに入り、窓を開けた。そして何をするともなく、机の前にじっと座っていた。考えごとひとつしなかった。速達便はまだ届いていなかった。真空掃除機の音を別にすれば、ビルの中にあった物音はひとつ残らず通りに流れ出し、無数の車のタイヤの回転の中に失われてしまったようだった。やがて外の廊下のどこかで、男が口笛で『リリー・マルレーン』を吹き始めた。流麗な音色、見事な技巧。吹いているのが誰だか私は知っている。オフィスのドアを点検して回る夜警だ。デスクの明かりをつけると、私の部屋のドアには手を触れず、そのまま通り過ぎて行った。足音は向こうに消えていったが、ややあってまた引き返してきた。ただし足音が違っている。今度の足音はいくぶん摺《す》り足だ。

隣接した部屋のブザーが鳴った。そちらのドアは鍵がかかっていない。たぶん速達便が届いたのだろう。私はそれを取りに隣室に行った。しかし速達便ではなかった。

　スカイブルーのズボンを履いた太った男が、太った男にしかできないゆったりとした優雅な仕草でドアを閉めているところだった。彼は一人ではなかった。しかしまず目についたのはこの男の方だった。大柄で、身体の幅も広かった。若くもないし、ハンサムでもないが、いかにも頑丈そうだった。スカイブルーのギャバジンのズボンの上に、ツートーンのカジュアルな上着を着ていた。シマウマが気を悪くしそうな配色だ。カナリア・イエローのシャツは大きく襟が開いていたが、彼の首を外に出すためには、そうする以外に方法はなかっただろう。帽子はかぶらず、その大きな頭はまずまずの量の淡いサーモン・ピンクの髪によって装飾されていた。鼻は一度折られたあと、うまく据え直されていた。とくに折られたことを惜しまれる鼻でもなさそうだが。

　連れはひょろひょろとして貧相な男だった。目を赤くし、鼻をすすっている。年齢は二十歳くらい、身長は百七十センチ余り、箒《ほうき》の藁《わら》みたいに痩せている。鼻がもぞもぞ動き、口がもぞもぞ動き、両手がもぞもぞ動き、至るところ不幸せそうに見えた。

　大男は愛想良く微笑んだ。「あんたがきっとマーロウさんだね？」

「誰あろう」と私は答えた。

「仕事上の訪問にしてはちと遅すぎたかね」と大男は言って、両手を広げてオフィスの半分を覆い隠した。「お許しいただきたい。それとももう、今日いちにちぶんの仕事にまわすための力は使い果たされたかな？」

「たわごとはよしてくれ。神経がささくれているんだ」と私は言った。「そこにいる麻薬中毒《ジャンキー》みたいなのはいったい誰だ？」

「こっちに来るんだ、アルフレッド」と男は連れに向かって言った。「そこでへなへなしているんじゃない」

「おととい来やがれ」とアルフレッドは男に言った。

大男は穏やかに私の方を向いて言った。「どうして最近の若いのはこういうやくざな口の利き方をするのかね。面白くもないし、気が利いてるわけでもない。意味も何もない。このアルフレッドには手を焼かされる。あたしはこの男をヤクから引き離しているんだよ。とりあえず今のところはね。ほら、アルフレッド、マーロウさんに『こんにちは』って言うんだよ」

「葱《ねぎ》でも食ってろ」とアルフレッドは言った。

大男はため息をついた。「あたしの名前はトードだ」と彼は言った。「ジョセフ・P・トード」

（トードはヒキガエルの意味）

私は何も言わなかった。

「さあ、笑っていいぜ」と大男は言った。「あたしは慣れてる。なにしろこの名前をずっと背負って生きてきたわけだからな」。彼は手を差し出しながら私の方にやってきた。私は握手をした。彼は私の目をのぞき込むように明るく微笑んだ。「いいぞ、アルフレッド」、彼は振り返りもせず言った。

アルフレッドは見た目にはほんの微か、きわめてさりげなく動いた。気がついた時にはずしりとした自動拳銃が私につきつけられていた。

「気をつけるんだ、アルフレッド」と大男は私の手をしっかりと握りながら言った。鉄の梁《はり》でも曲げられそうな握力だ。「まだやるなよ」

「おととい来やがれ」とアルフレッドは言った。銃は私の胸を狙っていた。引き金にかかった彼の指に力が入った。指が絞られていくのを私は見ていた。どれくらい指を絞れば引き金が落ちるのか、私はそのポイントを正確に知っていた。しかしそんなことを知っていたところで無益だ。これはどこかの安手の三流映画で起こっていることなのだ。自分の身にそんなことが実際に起こるなんて、考えられない。

自動拳銃の撃鉄がかちんと乾いた音を立てて落ちた。アルフレッドは苛立たしげな呻きと共に銃を下ろした。それはもとあったどこかにすかさず姿を消した。彼はまた落ち着きなく身体を動かし始めた。銃を手にしているときにはそわそわした動きはまったく見えなかったのだが。この男はいったいどんな薬物を切らしているのだろう？

大男は私の手を離した。愛想の良い微笑みはまだ、彼の大きな健康そうな顔に浮かんでいた。彼はポケットをとんとんと叩いた。「マガジンはここにある」と彼は言った。「アルフレッドはこのところいささか情緒不安定でね。ほうっておいたらあんたを撃っていたところだ」

アルフレッドは椅子に腰を下ろし、椅子を壁に向かって傾けていた。そして口で息をしていた。

私はようやく両足の踵を再び床に下ろした。

「あんた、びびったろう？」とジョセフ・P・トードは言った。

舌に塩の味がした。

「それほどタフじゃないんだな」、トードはむっくりした指で私の腹を突きながら言った。

私はその指から身体を引き、相手の目を見据えた。

「で、いくらかかるんだね？」と彼は尋ねた。優しいと言ってもいい声で。

「あちらで話そう」と私は言った。

私は彼に背中を向け、ドアを抜けて隣りの部屋に行った。ひやひやものだったが、何とか最後までやり遂げた。そのあいだずっと汗をかいていた。机の奥にまわり、彼らが来るのを待った。ミスタ・

トードは私のあとから静かにやってきた。ジャンキーは身体をもぞもぞさせながら、その後ろをついてきた。

「ここにはきっと漫画本はないだろうな」とトードは言った。「あればおとなしくしてるんだが」

「座れよ」と私は言った。「探してみよう」

彼は椅子の肘掛けに手をやった。私は素速く抽斗を開け、ルガーの銃把をつかんだ。アルフレッドの方を見ながら、私はゆっくりとそれを持ち上げた。アルフレッドはこちらを見もしなかった。天井の一角を見つめ、自分の口もとから目を背けようと努めていた。

「うちにあるものの中ではこれがいちばん漫画《コミック》に近いものだ」と私は言った。

「そんなもの持ち出す必要ないよ」と大男は愛想良く言った。

「そいつは何より」と私は言った。誰か別の人間が、壁の向こう側でしゃべっている声のように聞こえた。言葉を聞き取ることさえほとんどできなかった。「しかし必要となれば使わせてもらうよ。そしてこいつには実弾が込めてある。証明してほしいか？」

大男はそこで始めて憂慮の色に近いものを示した。「あんたの気を悪くするつもりはなかったんだよ」と彼は言った「あたしはアルフレッドにすっかり慣れておるもんで、とりたてて気にもならないんだ。でもまあ、あんたが正しいのだろう。そのうちに何か手を打たなくちゃならんのだろうな」

「そのとおりだ」と私は言った。「ここにやってくる前に、今日の昼間のうちに手を打っておくべきだったんだ。今では遅すぎる」

「なあ、ちょっと待ってくれ、ミスタ・マーロウ」、彼はさっと手を伸ばした。私はルガーでその手を払った。彼は素速かったが、必要なだけ素速くはなかった。銃をつかみ取ろうとした手の甲を、銃身の照準が切り裂いた。彼は傷口を吸った。「なあ、お願いだ。アルフレッドはあたしの甥でね、妹の子供だ。あたしが面倒をみておるんだよ。アルフレッドには蠅一匹傷つけられないんだ。ほんとに」

「この次ここに顔を見せたときには、彼のために蠅を一匹用意してやるよ。蠅もさぞや喜ぶだろう」と私は言った。

「まあそう言いなさんな、ミスタ。お願いだから、気を落ち着けてくれ。今日はあんたにとても良い話を持ってきてあげたのだから――」

「黙れ」と私は言った。そしてとてもゆっくりと腰を下ろした。私の顔は熱く燃えていた。言葉を明瞭に口にすることができない。酒に酔ったような感じだ。私は太い声でゆっくりと話をした。「ある友だちがこんな話をしてくれた。一人の男がちょうど今の私と同じような目に遭っていた。彼は私と同じようにデスクの前に座っていた。そして私と同じく、銃を所持していた。デスクの向かい側には二人の男がいた。あんたとアルフレッドと同じようにだよ。私の立場にいる男は、頭に血をのぼらせた。感情の抑えがきかなくなって、がたがた震え始めた。一言も口をきけなくなった。じっと手に銃を握っていた。そしてその男は何も言わず、机の下から二発ぶっ放した。ちょうどあんたの腹のあるあたりにね」

大男の顔から血の気が引いた。彼は立ち上がろうとした。しかし途中で気を変えた。ポケットから乱暴な色合いのハンカチを取りだし、顔の汗を拭いた。「そういう場面を映画で見たのだろう」

「そのとおりだ」と私は言った。「しかしその映画を作った男が、その話をどこで仕入れたか話してくれた。そしてそれは映画の中で起こったことじゃない」。私はルガーを机の上の、手のすぐ届くところに置き、もう少し自然な声で言った。「銃器はもっと注意深く扱わなくてはならない、ミスタ・トード。四五口径の軍用拳銃を顔につきつけられ、引き金を引かれた人間が何をしでかすか、そんなことは予測がつかないんだよ。とくにその銃が装塡されていないと知らない場合にはね。私は少しのあいだいささか取り乱した。昼飯のあとにモルヒネを注射していなかったせいもあるが」

トードは目を細めて私を注意深く観察していた。麻薬中毒の男は立ち上がり、別の椅子のところに行って、それを蹴飛ばして向きを変え、そこに座り、油のついた髪を壁に向けて傾けた。しかしその鼻と手はもぞもぞ動き続けていた。

「あんたは腹の据わった男だと聞いた」とトードはゆっくりした声で言った。彼の目は冷ややかで油断がなかった。

「情報に間違いがある。私はセンシティブな人間だよ。些細なことですぐに我を失ってしまう」

「ああ、そのようだな」、彼は何も言わずひとしきりじっと私の顔を見ていた。「とった方法に間違いがあったかもしれん。ポケットに手を入れてかまわないかな？　あたしは銃は持ち歩かない」

「好きにしていいさ」と私は言った。「もしあんたが銃を抜こうとしたら、私としてはこの上なく愉快なことができる」

彼は眉をひそめた。それからとてもゆっくりした動作で、豚革のひらべったい財布を取り出し、そこからぱりっとした新しい百ドル札を抜いた。彼はそれをガラスのデスクトップの端に置いた。別の一枚を抜き、それからまた一枚また一枚と、三枚をそれに加えた。彼はそれらの札を机の上にきれいに、端から端まで一列に並べた。アルフレッドは椅子をしっかり床に下ろし、口をぴくぴく震わせながら金をじっと見つめた。

「百ドル札が五枚」と大きな男は言った。札入れを閉じ、ポケットにしまった。私は彼のひとつひとつの動作を見守っていた。「何もしなくていい。ただ余計なことに鼻を突っ込まないでいてくれればよろしい」

私は何も言わずただ男を見ていた。

「人捜しをやめていただきたいのだ」と大きな男は言った。「あんたは誰も探し当てることはできない。誰かのために働く時間なんて、あんたにはない。あんたは何も見なかったし、何も聞かなかった。あんたはクリーンだ。この五枚の百ドル札もクリーンだ。それでよろしいかな？」

アルフレッドが鼻を鳴らす音を別にすれば、オフィスの中は無音だった。大男は首を半分回した。「静かにしてなさい、アルフレッド。ここを出たら一発打ってやるから」と彼は言った。「だから行儀良く振舞うんだ」。そしてもう一度手の甲の傷口を吸った。

「あんたのような良いお手本がいれば、それもむずかしいことではなかろう」と私は言った。

「青葱《あおねぎ》野郎が」とアルフレッドは言った。

「語彙が限られているんだ」と大男は私に言った。「きわめて限られている。あたしの言いたいことはわかっていただけたかな？」。彼は金を指さした。私はルガーの銃床を指でいじっていた。彼は少し前に身を屈めた。「リラックスしてくれよ、なあ。簡単なことじゃないか。これが手付け金だ。あんたは何もしなくていい。何もしないというのが依頼されていることだ。もしあんたがしかるべき期間、何もせずにいてくれたら、これと同じだけの額を加えて支払おう。簡単な話だろう。な？」

「そして私に何もしないでくれと依頼する人物は誰なんだろう？」と私は尋ねた。

「あたしだよ。ジョセフ・P・トードだ」

「あんたの仕事は？」

「商談の代理人ということにしておこうじゃないか」

「それ以外に何か呼び方はあるのかな？　私が勝手に思いつく名称以外に？」

「迷惑を被りたくないと望んでいるある人物のために手助けをしている男。そう呼んでもらってかまわない」

「その愛すべき人物を、私はどのように呼べばいいのだろう？」と私は尋ねた。

ジョセフ・P・トードは五枚の百ドル紙幣をひとつにまとめた。端っこをきれいに揃え、こちらに向けてデスク越しに差し出した。「血を流すよりも、札びらを切る方を好む人物と呼んでよろしい」と彼は言った。「しかしやむを得ぬとなれば、血を流すことをためらいはしない」

「アイスピックを使うことは得意だろうか？」と私は尋ねた。「四五口径の扱いが不手際なことはよくわかったが」

大男は下唇を嚙み、それからむくんだ人差し指と親指でそれをつまんで外に引っ張り出し、内側をそっとかじった。まるで雌牛が反芻をしているみたいに。「我々はアイスピックの話なんかしちゃいない」と男はやっと口を開いた。「我々が話しているのはね、要するに、足の踏み出し方をひとつ間違えば、あんたは大けがしかねないということだよ。その一方で、おとなしくておれば無事安泰、金も舞い込んでくる」

「ブロンド女は誰なんだ？」と私は尋ねた。

彼はそれについて考え、そして肯いた。「あんたは既にこの問題に深入りしすぎているのかもしれんな」、そう言ってため息をついた。「商談に持ち込むのはもう手遅れなのかも知れない」

少し間を置いて、彼は前屈みになり、穏やかな声で言った。「よろしい。依頼主に問い合わせて、どの程度まで彼が前面に出てこられるかを尋ねてみよう。そこで再び商談の可能性が出てくるかもしれん。こちらから連絡があるまで、話はこのままとりあえず保留ということにしようじゃないか。よろしいかな？」

私はとくになんとも言わなかった。彼は両手をデスクの上に置き、私がデスクの下敷きの上でいじっている拳銃を見ながら、とてもゆっくりと立ち上がった。

「金はあんたが持っててかまわない」と彼は言った。「来るんだ、アルフレッド」、彼は振り返り、しっかりした足取りで戸口に向かった。

アルフレッドはこっそりと横目づかいで男を見ていた。それからその目は、デスクの上にある金にさっと向けられた。大きな自動拳銃が前と同じく魔法のように右手に現れた。ウナギのように素速く、彼はデスクにやってきた。そして拳銃を私に突きつけたまま、左手で金を奪い取った。金はポケットの中に消えた。彼はつるりとした冷ややかで空虚な笑みを私に向け、ひとつ肯いて去っていった。私も拳銃を手にしているということが、どうやらわかっていなかったようだった。

「来るんだ、アルフレッド」と大男がドアの外から鋭い声で言った。アルフレッドは素速く戸口を抜け、姿を消した。

廊下に通じるドアが開けられ、閉められた。足音が廊下を遠ざかっていった。そのあとに沈黙がやってきた。私はそこに腰を下ろしたまま考えを巡らせた。これはただの無意味な茶番なのか、あるいは人を怖がらせるための新趣向なのか、どちらなのだろう。

五分後に電話のベルが鳴った。

厚みのある快活な声が言った。「ああ、ところで、ミスタ・マーロウ、あんたはシェリー・バルウをご存じだろうね？」

「いいや」

「シェリダン・バルウ、会社を持っている。大きなエージェントだ。そのうちに彼に会いに行くべきだよ」

私は受話器を手にしたまましばらく黙っていた。それから言った。「その人物が彼女のエージェントをしているのかな?」

「かもしれんね」とジョセフ・P・トードは言った。そしてちょっと間を置いた。「我々二人は使い走りに過ぎないということは、あんたにもおおよその察しはつくだろう、ミスタ・マーロウ。それだけだよ。ただの使い走りに過ぎない。誰かさんが、あんたがどういう人間なのか知りたいと望んだ。こうすれば簡単に片がつくだろうと考えた。しかし考えが甘かったかもしれん」

私は返事をしなかった。彼は電話を切った。その電話が切れるのとほとんど同時にベルが鳴り出した。

色っぽい声が言った。「あなたは私のことがあまり好きじゃないのね。違うかしら、アミーゴ?」

「もちろん好きだよ。嚙みつかないでいてさえくれれば」

「今シャトー・バーシーのうちにいるの。淋しくっていけない」

「エスコート斡旋所に電話をかけるといい」

「ねえお願い。電話で話せることじゃないの。とても大事な用件なのよ」

「だろうね。しかしそれは私の関わる用件ではない」

「あの性悪女、私のことをなんて言ってた?」と彼女は嫌悪を込めた声で言った。

「何も言ってないさ。いや、乗馬ズボンを履いたティファナの淫売とか言っていたかな。気になるかい?」

それは彼女を喜ばせた。軽やかな声でひとしきりくすくす笑っていた。「あなたって口のへらない人ね、どこまでも。でもね、そのときはあなたが私立探偵だって私は知らなかったのよ。それなら話は大きく違ってくるわ」

そいつはまったくの考え違いだと彼女に言うこともできた。しかし私はこう言っただけだった。

「ミス・ゴンザレス、用件があると君は言った。もしからかっているのではないとしたら、それはどんな用件なのだろう？」

「まとまったお金を稼ぎたくない？　中途半端じゃない額のお金よ」

「銃で撃たれることなしに、というような話かな？」

彼女がはっと息を呑む音が電話口に聞き取れた。「もちろん」と彼女は慎重な声で言った。「そういうことも考えられるかもしれない。でもあなたはとても勇敢だし、身体もとても大きいし、それに――」

「私は朝の九時にオフィスにいるよ、ミス・ゴンザレス。そのときには、今よりずっと勇敢になっているだろう。申し訳ないが――」

「デートの約束でもあるの？　彼女は美人？　私よりも美人なの？」

「参ったな」と私は言った。「何か別のことを考えて生きていくことはできないのかね」

「ふん、いけ好かないったら」、彼女は叩きつけるように電話を切った。

私は明かりを消してオフィスを出た。廊下を半分くらい行ったところで、部屋番号を探している男を見かけた。速達便を手に持っていた。私はオフィスに引き返し、それを金庫に仕舞わなくてはならなかった。そうしている間にまた電話のベルが鳴った。

私はそのベルを無視した。今夜はもう電話はたくさんだ。相手が誰だろうがかまうものか。それはセロファンのパジャマを着た――あるいは何も着ていない――シバの女王かもしれないが、私はとにかくくたくただった。脳味噌は湿った砂の入ったバケツのようだ。

戸口まで行ってもまだベルは鳴り続けていた。仕方ない。電話の前に戻らざるを得なかった。疲弊よりも本能の力の方が強かった。私は受話器を取り上げた。

オーファメイの神経質な小さな声だった。「あら、ミスタ・マーロウ、ずっとあなたに連絡を取ろうとしていたのよ。私はとても混乱しているの。私は――」

「明朝に」と私は言った。「仕事時間は終わった」

「お願い、ミスタ・マーロウ。ちょっと癇癪《かんしゃく》を起こしたからといって――」

「明朝に」

「でもどうしてもあなたにお目にかからなくては」、その声は叫びに近くなった。「本当に重要なことなの」

「ほほう」

彼女は鼻をくすんと鳴らした。「あなたは――あなたは私にキスしたわ」

「あの後で更に上等なキスをしたよ」と私は言った。彼女にはもううんざりだった。すべての女にもううんざりだった。

「オリンから連絡があったの」と彼女は言った。

私は一瞬はっとした。それから笑った。「その手には乗らないよ」と私は言った。「それでは」

「嘘じゃないわ。本当に彼から連絡があったのよ。電話で。今私がいるところに」

「そいつは何より」と私は言った。「そうなれば君はもう探偵を必要としない。もし必要になったとしても、私より腕の良い探偵を、君は身内に持っているわけだから。だって私には君の宿泊先を探り当てることすらできなかったんだぜ」

短い沈黙があった。何はともあれ彼女はまだ私に話を続けさせていた。とにかく私に電話を切らせなかった。私はうまく繋ぎ止められていたわけだ。

「彼に居場所を手紙で知らせていたの」と彼女はようやく言った。

「なるほどね。でも彼は転居先も知らせずにどこかに越したのだろう。だから君の手紙を受け取れるわけがない。そのことは覚えているかい？　私がもっと元気なときにもう一回試してみてくれ。おやすみ、ミス・クエスト。どこに滞在しているか教えてくれる必要はないよ。私はもう君のために働いてはいないのだから」

「けっこうです、ミスタ・マーロウ。それでは警察に電話をかけるわ。しかしそれはあなたのお気に入らないでしょうね。ぜんぜん気に入らないと思うわ」

「どうして？」

「そこには殺人事件がからんでいるからよ、ミスタ・マーロウ。殺人というのはとても嫌な響きの言葉ね。そう思わないこと？」

「ここに来てくれ」と私は言った。「待っている」

私は電話を切った。そしてオールド・フォレスターの瓶を取りだした。グラスに酒を注ぎ、それを喉の奥に送り込む私の動作はまさに機敏の鑑《かがみ》だ。

15

今回、彼女はきびきびとした様子でやってきた。身のこなしは小さく簡潔で、迷いがなかった。その顔にはいつもの淡く明るく小さな微笑みが浮かんでいた。彼女はバッグをしっかり下に置き、客用の椅子に身を落ち着け、微笑みを浮かべ続けていた。

「待っていていただいて嬉しいわ」と彼女は言った。「まだ夕御飯は召し上がっていないのでしょう、きっと」

「違うね」と私は言った。「夕食はもう済ませた。今はウィスキーを飲んでいるところだ。ウィスキーを飲むことはきっとお気に召さないだろうが」

「当然です」

「そいつは何より」と私は言った。「君が意見を変えないでいてくれるといいと思っていたんだ」、私は酒瓶を机の上に置き、グラスにお代わりを注いだ。それを一口飲み、グラスの上から彼女に流し目を送った。

「そんなことをしていたら、私の話がまともに聞けなくなるでしょう」と彼女はぴしゃりと言った。

「その殺人のことだが」と私は言った。「殺されたのは私の知っている人なのかね？　どうやら君が殺されたのではないようだ。今のところはまだ、というか」

「そんな憎まれ口をきかないで。だって仕方ないでしょう。電話で私の言うことを信じてくれなかったみたいだし、あなたを納得させる必要があったのよ。オリンは本当に電話をかけてきました。しかし今どこにいて何をしているか、そこまでは教えてくれなかった。なぜかはわからないけれど」

「君に独力で、自分の行方を捜させようとしていたんだよ」と私は言った。「人格形成とか、そういう目的で」

「そういう言い方、面白くないし、気が利いてもいない」

「しかしそれが嫌みだというくらいは、君にもわかるだろう」と私は言った。「で、誰が殺されたんだね？　あるいはそれも秘密なのかい？」

彼女はバッグをひとしきりいじっていた。恥じらいを克服するに足るほど長くではない。というのは彼女はそのとき、とくに恥じらいを感じてはいなかったから。しかし私をいらいらさせ、更なるお代わりをグラスに注がせるほどには長かった。

「あの下宿屋にいた感じの悪い人が殺されたの。えーと、なんていったかしら、名前が思い出せない」

「お互いそんな名前は忘れちまおう」と私は言った。「一度くらい、二人で力を合わせて事に当たるのも悪くないだろう」、私は酒瓶を机の抽斗に戻し、立ち上がった。「いいかい、オーファメイ、どうして君がそのことを知ったか、あえて尋ねはしない。あるいはむしろ、どうしてオリンがそれを知ったかも。あるいは本当に彼がそれを知っているかどうかも。君はオリンを発見した。それは君が私にやってもらいたいと思っていたことだ。それともオリンが君を見つけたんだっけね。どちらにしても結果的にはだいたい同じようなものだ」

「同じじゃないわ」と彼女は叫んだ。「私がオリンを見つけたわけじゃない。今どこに住んでいるのかも、兄は教えてくれなかった」

「もしそれがこの前のようなところだったら、教えてくれなくても無理ないだろう」

彼女は不快げに唇を堅く結んだ。「兄はとにかく、なにひとつ教えてくれなかった」

「話したのは殺人事件のことだけ」と私は言った。「会話はそういう些細な話題に限られていた」

彼女は明るい笑い声をあげた。「あなたを脅すために言っただけよ。実際に誰かが殺されたとか、そんなことじゃなくて。あなたはとても冷たくてよそよそしかったし、もう私を助けてくれないんじゃないかと思ったの。だからつまり――その場で思いついたことを口にしただけ」

私は二度ばかり深呼吸をし、自分の両手を見下ろした。指をゆっくりと伸ばした。それから立ち上がった。何も言わなかった。

「私のことを怒っているの？」、彼女は指先で机の上に小さな円を描きながら、おずおずとそう尋ねた。

「顔に平手打ちを食らわせたいくらいだ」と私は言った。「あどけない子供ぶった顔はよしてくれ。さもないと、引っぱたくのは顔じゃなくなるかもしれないぜ」

彼女は身をひきつらせ、息を呑んだ。「よくもまあそんなことを！」

「また同じ台詞だ」と私は言った。「そいつは聞き飽きたよ。黙ってさっさとここから出ていってくれ。脅されて、心臓を縮みあがらせて、私がそういうのを楽しんでいるとでも思っているのかい？ ああ――こいつを忘れていた」。私は抽斗を勢いよく開け、例の二十ドルを取り出し、彼女の前に放り投げた。「この金は持っていってくれ。病院だか研究所だか、どこでもいいから寄付するといい。こんなものが手近にあると落ち着かなくていけない」

彼女の手は自動的にその金に伸びた。眼鏡の背後の彼女の目はびっくりしたように丸くなっていた。「意外だわ」と彼女は言って、気取った仕草でバッグを手元に引き寄せた。「あなたがそんなに簡単にびくつく人だとは思いもしなかった。もう少しタフだと思っていたのだけど」

「そういうふりをしていただけさ」、私はデスクを回り込みながら嚙みつくように言った。彼女は私を避けるように椅子の上で後ろに身を反らせた。「私がタフになれるのは、爪を長く伸ばしていない、君みたいな小娘が相手のときだけだ。中身はよれよれの弱虫でね」、私は彼女の腕を摑み、椅子から立ち上がらせた。彼女は頭を後ろに曲げた。唇は開いていた。しかしその日の私はもう、女のいない国に行きたい気分だった。

「でもあなたは私のために、オリンをみつけてくれるわよね？」と彼女は囁くように言った。「全部嘘よ。あなたにさっき言ったのはそっくり出鱈目。兄は電話なんてしてこなかった。私は何も――何ひとつ知らないの」

「香水だ」と私は鼻をくんくんさせながら言った。「やれやれ、参ったな。君は耳の後ろに香水をつけている。それも私一人のために！」

彼女は小さな顎を一センチほど縦に動かした。彼女の瞳はとろけそうだった。「眼鏡を外してくれない」と彼女は囁いた。「ねえフィリップ、あなたがときたまウィスキーを飲んだって、私気にしないわ。ほんとよ」

我々の顔のあいだには十五センチほどの距離しかなかった。彼女の眼鏡を取るのが怖かった。鼻に一発食らわしてしまうかもしれない。

「いいとも」と私は言った。私の声は口いっぱいクラッカーを頰張ったオーソン・ウェルズのようだった。「君のために彼を捜してもいいぜ、ハニー。もし彼が生きているなら。無料サービスで、必要経費だってびた一文とらない。そのかわりひとつ聞きたいことがある」

「なあに、フィリップ?」、彼女は甘い声でそう言って、唇をもう少し開いた。

「君の家族の中の黒い羊はいったい誰だったんだ?」

彼女はまるで怯えた子鹿さながら、私からさっと飛び退いた。怯えた子鹿が実際にどんな風に飛び退くのか、正確なところは私も知らないのだが。彼女は石のようにこわばった顔で私を見た。

「君はオリンは家族の中の『黒い羊』ではないと言った。覚えているかい? そこには何か妙に強調するところがあった。そしてお姉さんのリーラの話になったとき、君はまるで具合の悪い話題が持ち出されたみたいに、すぐに話を変えた」

「私——よく覚えてない。そんな話をしたかしら」、彼女はとてもゆっくりと言った。

「それで私は知りたいと思っていたんだ」と私は言った。「君のお姉さんはどういう名前で映画《ピクチャー》に出ているんだろうってね」

「ピクチャー?」と彼女はぼんやりした声で言った。「ああ、映画のことね。でも姉が映画に出てることは言わなかったと思うけれど。あなたに教えた覚えはないわ」

私は彼女に飾り気のない、片方に傾いだ大きな笑みを送った。彼女は突然たがが外れたみたいに怒り出した。

「姉のリーラのことには首を突っ込まないで」と彼女は吐き捨てるように言った。「自分の姉について、あなたの口から汚らわしいことを言われたくありません」

「私の口にした何がどう汚らわしいんだろう」と私は尋ねた。「そいつはこっちで推測するべきことなのかな」

「あなたの頭にあるのは、お酒と女のことだけね」と彼女は甲高い声をあげた。「あなたなんて大嫌いよ！」、彼女は急ぎ足で戸口に行き、ドアを開けて外に出た。そして廊下をほとんど駆け去っていった。

私はデスクの前に戻り、椅子に沈み込むように腰を下ろした。ひどく変わった娘だ。まったくもって普通じゃない。少し後でまた電話が鳴り出した。こういう時に必ず電話が鳴り出す。四度目のベルで私は頬杖をつきながら、受話器を手探りで掴み、かろうじて耳に押しつけた。

「アター・マッキンレー葬儀社（ロサンジェルス市内に実在する高名な葬儀社チェーン）」と私は言った。

女の声が言った。「な、なんですって？」。それから悲鳴に近い声でけたたましく笑った。それは一九二一年の警官たちの集まりでなら受けたはずのジョークだ。なんという豊かな機知。ハミングバードのくちばしのように鋭い。私は明かりを消し、帰宅した。

16

翌朝の八時四十五分、私はベイ・シティー写真店から二軒離れたところに車を停めた。昼食をすませ、穏やかな気持ちで、サングラスをかけたまま地方紙を読んだ。私は既にロサンジェルスの新聞を隅から隅まで読んでいた。しかしそこにはヴァン・ナイズのホテルの、あるいはほかのどこかのホテルの、アイスピック殺人についての記事は載っていなかった。「ダウンタウンのホテルの謎の死」、名前も死因も不明、というような記事すらなかった。『ベイ・シティー・ニュース』の方は殺人事件を無視するほど忙しくはなかった。それは第一面の肉の相場欄の隣りに掲載されていた。

管理人、刺殺される
アイダホ・ストリートの簡易アパート

「昨日の午後遅く匿名の通報が警察にあり、アイダホ・ストリート、シーマンズ・アンド・ジャンシング株式会社の材木集積場の向かいにある住所に急行したところ、部屋のドアには鍵がかかっておらず、警官は簡易アパートの管理人であるレスター・B・クローゼン（四五歳）が部屋のソファで横になって死亡しているのを発見した。クローゼンはアイスピックで首を刺され、凶器はそのまま残されていた。予備検死を担当したフランク・L・クロウディー検死官によれば、被害者は泥酔しており、殺害時には意識を失っていた可能性がある。誰かと争った形跡はない。

モーゼズ・マグラシャン警部補が直ちに捜査班を組織し、アパートの住人が帰宅するのを待って聞き込みを行ったが、現在のところまだ事件解明の糸口は見えていない。記者の質問に対してクロウディー検死官は、クローゼンの死はあるいは自殺によるものかもしれないが、傷口の位置から見てその可能性は少ないと答えている。アパートの宿泊者台帳を調べたところ、最近ページが一枚破り取られたことが判明した。マグラシャン警部補は住人から長時間にわたって事情を聴取した後、このように語った。当日の朝アパートの廊下で、大柄な中年男の姿が複数の人によって目撃されている。男は茶色の髪で、いかつい顔つきだった。しかし住人の中にその男の名前や職業を知るものはいなかった。すべての部屋を入念に調査した後でマグラシャンは更に、住人の一人がつい最近、急遽部屋を引き払った形跡があると述べた。しかしながら台帳のページが紛失していることや、地域の特殊性や、その外見的特徴が明確ではないため、当該人物の足取りを辿る作業はきわめて困難になっている。

『クローゼンが殺害された理由は現時点では不明だ』とマグラシャンは昨夜の遅くに発表した。

『しかしこのクローゼンの挙動に、我々はここしばらく監視の目を向けていたので、この人物と関係していた者の多くは特定している。困難な事件だが、早晩糸口は見つかるだろう』

なかなかよく書けた記事だった。マグラシャンの名前も記事中に十二回、それに加えて写真のキャプションに二回しか出ていない。三ページにはアイスピックを手にした彼の写真があった。何かを深く思うようにそれを熟視し、額にしわを寄せている。アイダホ・ストリート四四九番地の写真があった。写真は実物より少しまともに見えた。そしてソファの上にシートで覆われた何かの写真があった。マグラシャン警部補がそれを厳しい顔つきで指さしていた。また執務机の前に座った、この上なく毅然とした顔の市長のクロースアップも掲載されていた。彼は戦後の犯罪についてインタビューを受け、いかにも市長が口にしそうなことを語っていた。J・エドガー・フーヴァーの薄められた受け売りに、お粗末な文法をまぶした代物だ。

九時三分前にベイ・シティー写真店のドアが開き、年老いた黒人が店の前の歩道のごみを掃いて側溝に落とした。午前九時になると、眼鏡をかけたつるりとした顔立ちの若い男がドアの錠を開いたので、私はドクター・G・W・ハンブルトンがかつらの内側に貼り付けていた黒とオレンジの受取証を手に店に入った。

私が受取証といくらかの金を出し、小さなネガと、ネガの八倍ほどの大きさに引き延ばされた光沢つきの写真が五、六枚入った封筒を手にするのを、そのつるりとした顔立ちの男は探るような目でちらりと見た。何も言わなかったが、ネガを持ち込んだ人物が私ではなかったことを覚えているような印象が、その目にはうかがえた。

私は店を出て、車の座席でその写真を点検した。男とブロンドの娘が写っていた。二人はレストランの円形ブースに座り、前には料理が並べられていた。二人は何かにはっと気づいたように顔を上げていた。カメラのシャッターが下りる前に、辛うじて気配を察したようだ。明るさから見てフラッシュはたかれていない。

娘はメイヴィス・ウェルドだ。男の方は小柄で、色はいささか浅黒く、顔立ちは印象に乏しかった。見覚えはない。見覚えがなくても不思議はなかろう。詰め物のある革のシートには、踊っているカップルの小さな模様がはいったカバーがかかっている。それでレストランの名前がわかる。〈ダンサーズ〉だ。おかげで話がまたややこしくなる。店の許可を受けずにカメラを取り出すような素人写真マニアは、店から即刻つまみ出され、ハリウッド通りとヴァイン通りの交差するあたりまで投げ飛ばされることと必至だからだ。隠し撮りに違いない。電気椅子にかけられるルース・スナイダー（一九二八年に死刑を執行された女性殺人犯）を撮影したのと同じ手口だ。小型カメラを上着の内側に、見えないようにストラップで首から吊し、レンズは開いた上着からこっそりとのぞかせる。ポケットの中でシャッターが押せるような細工をする。誰がその写真を撮ったか、想像するのはむずかしいことではなかった。オリン・P・クエスト氏はその写真を撮り、顔がまだちゃんと正面向けて頭についているうちにさっさと退散したのだろう。

その写真をヴェストのポケットに入れたとき、私の指はくしゃくしゃになった紙片に触れた。そこには「ドクター・ヴィンセント・ラガーディー　ワイオミング・ストリート九六五　ベイ・シティー」とあった。電話で話をしたヴィンス、レスター・B・クローゼンが電話をかけたとおぼしき相手だ。

年配の巡査が駐車した車をチェックしながらやってきた。タイヤに黄色いチョークでしるしをつけている。ワイオミング・ストリートがどこにあるかを彼が教えてくれた。私は車でそこに行った。それは商業地域をかなり外れたところにある、街を東西に抜ける通りだった。両側に番号を振られた二本の道路が並行して続いている。九六五番地は角地で、そこにはグレーと白の木造住宅が建っていた。ドアについた真鍮のプレートには「ドクター・ヴィンセント・ラガーディー　医学博士　診療時間午前十時より正午、午後二時半より四時」とあった。

物静かで上品な家屋だった。一人の女がいやがる子供を連れて階段を上っていった。彼女はプレートの字を読み、上着のラペルにとめられた時計に目をやり、どうしたものかという顔で唇を噛んだ。小さな子供は用心深くあたりを見回し、それから彼女のくるぶしを蹴った。女はひるんだものの、その声は我慢強かった。「まあジョニー、そんなことをファーンおばさんにしちゃいけないでしょう」と彼女は穏やかに言った。

女はドアを開け、その小猿を中に引っ張り込んだ。交差点の斜め向かいにはコロニアル風の大きな白い屋敷があった。正面には屋根つきの柱廊があったが、家屋の大きさに比べるとずいぶん小ぶりなものだった。反射板つきの投光照明が前庭の芝生に据えられ、玄関に通じる通路は、満開の芽接ぎバラで仕切られている。柱廊の上には「ガーランド・ハウス・オブ・ピース」という黒と銀色で書かれた大きな看板が掲げられていた。正面の窓から葬儀場が見えることについて、ドクター・ラガーディーはどのように感じているのだろう。注意深くならなくてはと肝に銘ずるのかもしれない。

交差点でUターンし、ロサンジェルスに戻った。オフィスに行って郵便物をチェックし、ベイ・シティーの写真店で受け取ったものを、おんぼろの緑色の金庫にしまった。ただし一枚の写真だけは手元に残した。机の前に座り、拡大鏡を用いてそれを仔細に点検した。写真店で引き延ばされたものを更に拡大したわけだが、それでも鮮明に細部を見て取ることができた。メイヴィス・ウェルドの隣りにいる色黒の、無表情な痩せた男の前には、夕刊『ニューズ・クロニクル』が置かれていた。見出しの文字が読み取れた。「ライトヘヴィー級ボクサー、リングの怪我で死亡」とある。その手の見出しを掲げるのは、正午刷りか、あるいは遅版のスポーツ特集だ。私は電話機を引き寄せたが、それに手を置いたとたんにベルが鳴り出した。

「マーロウか？　警察、クリスティー・フレンチだ。今朝、何か言うべきことはあるかね？」

「おたくのテレタイプはちゃんと動いているんだろう。私はベイ・シティーの新聞で読んだが」

「ああ、そのことは知ってるよ」と彼は何でもなさそうに言った。「どうやら同じ犯人みたいだな。同じイニシャル、同じ手順、同じ殺人凶器。時間的にも符合しているようだ。サニー・モー・スタインの手下がまたぞろ暴れ始めたんじゃないことを祈るしかないな」

「もし活動を再開したのなら、やつらは技法を変更したようだ」と私は言った。「昨夜ちょっと調べてみたんだが、スタインの手下は被害者をずぶずぶに刺している。一人なんか、被害者の身体に百カ所以上の穴を開けていた」

「もう少し手際よくやれんもんかね」とフレンチは気が進まなさそうに言った。その手の話はごめん被りたいというように。「電話したのは実はフラックのことだ。昨日の午後のあと、あいつを見かけたか？」

「いいや」

「雲隠れしちまった。仕事にも出てない。ホテルがやつの下宿に電話をかけたところ、荷物をまとめて昨夜出ていったと女主人が言った。行く先は不明」

「やつには会ってもいないし、連絡も受けていない」と私は言った。

「仏さんの所持金が十四ドルぽっきりというのは、ちょっと変だと思わないか？」

「思わなくもない。あんたは自分の質問に自分で答えているよ」

「俺は独りごとを言っているだけさ。あいつの話はもう真に受けられないな。フラックは怖じ気づいたか、あるいは金を懐に入れたかだ。やつは何かを目撃して、口封じの金をもらったのかもしれないし、仏さんの持ち金をネコババし、疑われないように十四ドルだけあとに残したのかもしれない」

私は言った。「そのどちらかだと私も思うね。あるいは両方かもな。あの部屋を捜索したのが誰であれ、探し物は金じゃなかった」

「なぜそう思う？」

「ドクター・ハンブルトンが電話をかけてきたとき、私はホテルの金庫を使えばと言った。しかし彼は金庫には興味を持たなかった」

「あの手の連中は、金を守るためにおたくを雇ったりはしないさ」とフレンチは言った。「何かブツを預かってもらうためでもない。やつが必要としていたのは身辺警護か、あるいはちょっとした端役だ。たとえば使い走りのような」

「悪いな」と私は言った。「私はやつの口にしたことを、そのままあんたに伝えているだけだ」

「そしておたくが現場に到着したときには、やつは既に冷たくなっていた」とフレンチはいささかわざとらしく語尾をひっぱりながら言った。「名刺を渡すほどの時間もなかった」

私は受話器を強く握りしめ、アイダホ・ストリートの簡易アパートでヒックスと交わした会話を素速く頭の中に再現した。私の名刺を指の間に挟んで見下ろしている彼の姿を思い浮かべた。そして今にも凍りついてしまいそうなその男の指の間から、名刺を素速く抜き取っている自分の姿を。私は深く息を吸い込み、ゆっくり吐いた。

「そんな時間はなかった」と私は言った。「妙な言い方はよしてくれよ。身体に良くない」

「やつはおたくの名刺を持っていたぜ。二度折り畳んで、ズボンの懐中時計用ポケットに入っていた。最初は見つけられなかった」

「そういえばフラックに名刺を渡した」と私は言った。唇がこわばっていた。

沈黙があった。背後で人の声が聞こえ、タイプライターのぱたぱたという音が聞こえた。やっとフレンチが乾き切った声で言った。「なるほどね。また会おう」、そしてがちゃんと電話を切った。

私はそっと受話器を置き、かたまった指をほぐした。前のデスクの上に置かれた写真を見下ろした。

それが告げているのは、二人の人間（一人は私の知っている人間だ）が〈ダンサーズ〉でランチをとっているということだけだ。目の前に置かれた新聞がその日にちを教えてくれる。あるいは教えてくれるはずだ。

『ニューズ・クロニクル』に電話をかけ、スポーツ部にまわしてもらった。四分後に私はメモをとっていた。「人気のある若きライトヘヴィー級ボクサー、リッチー・ベローが二月十九日の真夜中の少し前、シスターズ病院で息を引き取った。前夜ハリウッド・リージョン・スタジアムで行われたメイン・イヴェントで受けた傷害が原因である」。二月二十日付『ニューズ・クロニクル』正午刷りのスポーツ版にその見出しが掲げられている」

同じ番号をもう一度まわし、編集部のケニー・ヘイストに繋いでもらった。彼は前に犯罪記事の担当をやっていて、私とは古くからの知り合いだ。我々はしばらく軽いおしゃべりをした。

「おたくの新聞で、サニー・モー・スタイン殺しの記事を書いたのは誰だね？」

「トッド・バロウだ。彼は今は『ポスト・ディスパッチ』の記者をしている。どうしてだね？」

「細かい事実を知りたいんだよ。もし細かい事実と言えるほどのものがあればだが」

資料部《モルグ》をあたって電話をかけ直すと彼は言った。電話があったのは十分後だった。「自分の車の中にいるところを、頭に二発くらった。場所はフランクリンのシャトー・バーシーから二ブロックばかり離れたところだ。時刻は夜中の十一時十五分前後」

「日にちは二月二十日」と私は言った。「そうじゃなかったかい？」

「ああ、そのとおりだ。目撃者はなし、賭け呑み屋やら、仕事のないボクシングのマネージャーやら、何やかや胡散臭い業界の、お馴染みの連中がまとめて引っ張られただけだ。それがどうかしたのか？」

「その時刻に彼の友だちがこの街にいたっていう情報はないかな？」

「そういう記事は見当たらない。名前はあるのか？」

「ウィーピー・モイヤー。知り合いの警官が言っていたんだが、ハリウッドのある金持ちが容疑者として引っ張られたが、証拠不十分で釈放されたらしい」

ケニーは言った。「ちょっと待ってくれ。何かそういう覚えがあるな。そうだ。スティールグレイブという〈ダンサーズ〉のオーナーをしている男だ。賭博に関係した嫌疑だった。なかなか感じのいい男だよ。会ったことがある。あれはガセだった」

「ガセってどういうことだ？」

「どこかのお調子者が警察に、彼がウィーピー・モイヤーだってたれ込んだんだ。警察はクリーブランドでの未決事件がらみで彼を十日間拘束した。ところがクリーブランドは、そのような該当事件は存在しないと言ってきた。その話はスタイン殺しとは無関係だよ。なにしろスティールグレイブはその週ずっと豚箱に入れられていたんだ。事件に関わりようがないだろう。君の知り合いの警官は犯罪小説の読み過ぎじゃないか」

「誰だってそうだよ」と私は言った。「だからみんなタフな口をきくようになるんだ。ありがとう、ケニー」

礼を言って電話を切った。私は椅子の中で身を屈め、写真を眺めた。少し後で私は鋏《はさみ》を持ち出し、その写真から見出しのついた新聞の部分を切り取った。その二つの部分を別の封筒に入れ、便箋とともにポケットに突っ込んだ。

ミス・メイヴィス・ウェルドのクレストヴューの番号を回した。何度か呼び出しのベルが鳴ったあとで、女が電話に出た。いかにも形式張ったつんとした口調で、初めて聞く声のように思えた。「もしもし」としか相手は言わなかった。

「フィリップ・マーロウです。ミス・ウェルドはおいでででしょうか？」

「ミス・ウェルドは今夜遅くまでお戻りになりません。伝言を承りましょうか？」

「とても重要なことです。連絡はつきませんか？」

「申し訳ありませんが、行き先はわかりません」

「彼女のエージェントは行き先を知っているのでしょうか？」

「あるいは」

「あなたがミス・ウェルドだという可能性はありませんか？」

「ミス・ウェルドは不在です」、そして電話が切れた。

私はそこに座って、声を思い出した。本人の声だと思った。それからそうじゃないと思い直した。考えれば考えるほど、どちらだかわからなくなってきた。私は駐車場まで行って、車を出した。

17

〈ダンサーズ〉のテラスでは、数人の早い目の客がランチがわりの一杯にとりかかろうとしていた。ガラス張りになった二階の席には、日よけのテントが下ろされていた。私はそのまま車を進め、大通《ザ・スト》りに下るカーブ《リップ》を通り過ぎ、二階建ての四角い建物の向かい側に車を停めた。ローズ・レッドの煉瓦造りで、鉛入りの白いはめ殺し窓がつき、玄関のドアの上にはギリシャ風のポーチがあった。通りを隔てた向かいから見たところ、ドアノブは白目のアンティークのようだ。ドアの上には半円の明かり採り窓がつき、きわめて様式的な黒い木製の字で「シェリダン・バルウ株式会社」とある。私は車をロックし、通りを渡って玄関に向かった。ドアは白くて丈が高く、幅が広かった。鍵穴は二十日鼠が通り抜けられそうなくらい大きかった。この鍵穴の内側に本物の鍵穴がついている。私はノッカーに手を伸ばしたが、彼らはそれについても怠りなかった。すべては一体化されており、ノックはできないようになっている。

だから私は細い縦溝のついた白い柱の一本を軽く叩き、接見《レセプション・ルーム》室に直接入っていった。部屋は建物の正面部分のそっくり全部を占めていた。黒っぽい調度はアンティークのようだ。椅子やソファの多くはチンツに似たキルト織りの生地でできていた。窓にはレースのカーテンがかかり、そのボックスも家具とお揃いのチンツで作られていた。花模様のカーペットが敷かれ、多くの人がそこでシェリダン・バルウ氏との面会を待っていた。

彼らの何人かは明るく機嫌も良く、希望に満ちていた。何人かは何日もそこで待ち続けているように見えた。黒い髪の娘が、片隅でハンカチを握ってすすり泣いていたが、誰も彼女に注意を払わなかった。二人ばかり美しい角度で横顔をちらりとこちらに向けたが、一同はすぐに、私は何かを買い求めに来たのでもなく、またここで働いているのでもないことを見て取った。

険しい見かけの赤毛の女が、アダム様式のデスクの前に気怠く座り、純白の受話器に向かって話していた。私が近づくと、冷たい青いつぶてのような視線で私を刺した。それから部屋を囲んでいる天井蛇腹を睨んだ。

「いいえ」と彼女は言った。「とても無理です。お役には立てません。なにしろ時間がとれないのです」、電話を切り、リストの項にバツをつけた。そして私にまた鋼鉄の視線を向けた。

「おはよう。ミスタ・バルウにお会いしたいのだが」と私は言って、名前だけ書いた名刺をデスクに置いた。彼女は端っこをつまみ上げ、愉快そうにそれに微笑みかけた。

「今日ですか？」と彼女は愛想良く言った。「今週の？」

「普通はどれほどかかるのだろう？」

「今のところ、六カ月ほど」と彼女は明るい声で言った。「誰かのご紹介でも？」

「ぜんぜん」

「申し訳ありませんが、とても無理です。また出直していただけましょうか？　たぶん感謝祭の頃にでも」、彼女は白いウールのスカートをはき、バーガンディー色のブラウスに、黒いビロードの半袖オーバー・ジャケットを着ていた。髪はホットな夕焼けみたいな赤だった。金色のトパーズのブレースレットをはめ、トパーズのイヤリングをつけ、盾の形をしたトパーズの夜会用指輪《ディナーリング》を指にはめていた。指のマニキュアの色は、ブラウスの色とぴったり同じだった。まるで二週間かけて整えたみたいな身なりだ。

「彼に会わなくてはならないんだ」と私は言った。

彼女は私の名刺にもう一度目を通した。彼女の笑みは美しかった。「誰もがそうおっしゃいます」と彼女は言った。「えーと、マーロウさん、ここにおられる素敵なみなさんをごらんになって下さいな。どなたもオフィスが開いてすぐに見えて、二時間ばかりお待ちになっています」

「大切な用件なんだ」

「もちろんそうでしょう。それはどのような性質のことなのでしょうか？」

「売りつけたいちょっとやばいネタがあってね」

彼女はクリスタルのボックスから煙草を取りだし、クリスタルのライターで火をつけた。「売りつけたい。それはつまりお金を要求してるってこと？　このハリウッドで？」

「あるいは」

「どんな類のネタかしら。いいから私を驚かせてちょうだいな」

「いささかいかがわしいことでね、ミス……ミス……」、私は首をひねってデスクの上にある彼女の名札を読み取ろうとした。

「ヘレン・グレイディー」と彼女は言った。「お上品な、いささかいかがわしいネタなんて、誰の害にもなりゃしないわ」

「お上品だと言ったおぼえはない」

彼女は注意深く身を後ろにそらせ、私の顔に煙を吹きかけた。

「要するに恐喝ね」、彼女はため息をついた。「さっさとどこかに消えちゃった方が身のためよ、お兄さん。おっかないお巡りさんたちが駆けつけて、あなたの頭をひと撫でしてくれる前にね」

私はデスクの端に腰をかけ、煙草の煙を両手で囲み、それを彼女の髪に向けてふっと吹いた。女は腹だたしげに身をよけた。「何するのよ、ったくもう」、今では彼女の声はペンキはがしの道具にでもなりそうだった。

「おやおや、お嬢様女子大風アクセントはどこに消えたのかな?」

彼女は振り向きもせず、鋭い声で言った。「ミス・ヴェイン」

背の高くすらりとした、エレガントな黒髪の娘が姿を見せた。眉毛がいかにも人を見下した風だった。ステンドグラスの窓に見せかけた秘密のドアから彼女は出てきた。黒髪の娘がやってくると、ミス・グレイディーは私の名刺を彼女に渡した。「スピンクに」

ミス・ヴェインは私の名刺を持って、ステンドグラスのドアの中に消えた。

「座って楽にしてなさい、タフなお兄さん」とミス・グレイディーは私に告げた。「ここに一週間ばかりいてもらうことになるかもね」

私はチンツ張りのそで椅子《ウィングチェア》に腰を下ろした。背もたれは私の頭より二十センチは高かった。そこに座ると自分の背丈が縮んだみたいに感じられた。ミス・グレイディーは私に再び微笑みを送った。そこには砥石で尖らせたような険《けん》があった。そしてもう一度電話機に身を傾けた。

私はあたりを見回した。隅にいた娘はもう泣くのをやめ、何ごともなかったように静かに顔を整えていた。とても背の高い、相貌の秀でた人物が、その腕を優雅に振って、エレガントな腕時計を見やった。そしてそろりと立ち上がり、パールグレイのホンブルグ帽を小粋な角度に曲げてかぶった。黄色いシャモアの手袋と、銀の握りのついたステッキを点検し、緩やかにのんびりと、赤毛の受付の娘のところに歩いていった。

「ミスタ・バルウに会うために二時間待っている」と彼は冷たく言った。豊かで、いかにも居心地の良さそうな声だ。そういう声を出すためにたっぷり修練を積んだのだろう。「誰かに会うために二時間待つというようなことに、私は慣れておらんのだ」

「申し訳ありません、ミスタ・フォーテスキュー。ミスタ・バルウは今この時間、本当にとても忙しいのです」

「申し訳ないが、彼のために小切手を置いていくわけにはいかない」とそのエレガントな人物はうんざりしたような侮蔑を込めて言った。「おそらくそれは彼が唯一興味を持つものなのだろうがね。しかしそのかわりとして――」

「ちょっとお待ちになって」、赤毛の女は電話を取り、そちらに向かって言った。「それで？……ゴールドウィンでもあるまいし、何様だと思ってるのかしら。誰かもうちっと頭のまともな人に話を回してくれない……ええ、もう一度試してちょうだいな」、彼女はがちゃんと電話を切った。長身の男はそのままそこに立っていた。

「そのかわりとして」と彼は続けた。話の中断などなかったという風に。「短い個人的伝言を彼あてに残していきたい」

「そうなすってください」とミス・グレイディーは彼に言った。「ミスタ・バルウになんとか伝えましょう」

「お前は小汚い鼬野郎《ポールキャット》だと、よろしくお伝え願いたい」

「スカンクになされば」と彼女は言った。「英国的表現はおそらく通じないから」

「じゃあスカンクにしていただこう。特大のスカンクだ」とフォーテスキューは言った。「そして硫化水素と、三流娼家のいちばん安物の香水のニュアンスを、そこに仄《ほの》かに漂わせていただきたい」、彼は帽子をかぶり直し、横顔を今一度鏡に映した。「それではこれにて失礼させていただこう。シェリダン・バルウ株式会社に対しては、くたばりやがれというひとことを残して」

長身の俳優は憤慨した面持ちで、大股に悠然と歩いて退出した。ドアを開けるのにはステッキを用いた。

「彼はどうかしたのかい？」と私は尋ねた。

彼女は憐れむような目で私を見た。「ビリー・フォーテスキューのこと？ 何でもありゃしないわ。あの人はね、まったく役がつかないので、毎日ここに来て、あれを繰り返しているの。誰かがその演技を目にして、気に入ってくれないかと期待してね」

私はゆっくりと口を閉じた。長くハリウッドに住んでいても、映画に使われる場面にはなかなか実際にお目にかかれないものだ。

ミス・ヴェインが秘密の戸口から出てきて、私に向かって顎をしゃくるような動作をした。私は彼女の前を抜けて中に入った。「あちらよ。右側の二つ目」、彼女は私が廊下を歩いて、右側の二つ目のドアに行くのを見届けた。ドアは開いていた。私は中に入り、ドアを閉めた。

デスクの前に座った小太りの白髪頭のユダヤ人が、笑顔で穏やかに私を迎えた。「ようこそ」と彼は言った。「私はモス・スピンク。何をお求めかな？ まあ座りなさい。煙草は？」、彼はトランクみたいな容れ物を開け、煙草を差し出した。三十センチはあろうかという代物で、一本ずつガラス管に入れられていた。

「いや、けっこう」と私は言った。「私はパイプを吸う」

彼はため息をついた。「よろしい。お好きに。さてと、あんたの名前はマーロウ。マーロウさんねえ？　さて、マーロウという名前の知り合いが私にいただろうか？」

「たぶんいないだろう」と私は言った。「私の方にもスピンクという名前の知り合いはいない。私はバルウという人物に会いたいと言ったんだ。ひょっとしてそれはスピンクという名前に聞き違えられやすいのかな？　私はスピンクなる人物に会いに来たわけじゃない。そしてここだけの話だが、スピンクという名前を持つような連中にはまったく用はない」

「へえ、ユダヤ人は嫌いかね？」とスピンクは言った。彼は黄信号のように見えるカナリア・イエローのダイアモンドの指輪をつけた手を鷹揚に振った。「まあ、そうかりかりしなさんな。落ち着けよ。あんたはあたしのことを知らん。あたしのことを知りたいとも思わない。いいさ。とくにそれで傷つきゃしないよ。こういう商売をやっているとね、何を言われても屁とも思わない人間が一人くらい必要になるんだ」

「バルウだ」と私は言った。

「なあ、ちょっと頭を働かせろよ。シェリー・バルウはとことん忙しい人間だ。一日に二十時間働いても、まだ追っつかないんだ。だから彼に用件があるのなら、そこに座って、このスピンキーの耳に入れればいいんだよ」

「あんたが窓口になっているのか？」と私は尋ねた。

「あたしは彼の盾になっているんだ。あたしは彼を護る役目だ。シェリーのような人物は誰も彼もに会っているわけにはいかない。だからあたしが代わりに会って話を聞く。あたしに話すのは彼に話すのと同じことだ。もちろんあるポイントまでは、ということだけどね」

「私が求めているのは、そのポイントの先にあることかもしれない」

「かもしれない」とスピンクは愛想良く言った。彼は葉巻を一本ずつ入れているアルミニウムの容器の分厚いテープをはがした。そして葉巻を優しく取りだし、ほくろがないかどうか仔細に眺め回した。

「そうじゃないとは言ってるわけじゃない。でもまあちょっと試してみたらどうだね？ そのあとで判断すればよかろう。今までのところ、あんたはただ売り文句を並べているだけだ。そんなものここでは一文の値打ちも持ちゃしないんだよ」

彼が葉巻の吸い口をカットし、火をつけるのを私は見ていた。「あんたが彼の裏をかいていないと、どうして私にわかる？」と私は狡猾な口調で言った。

スピンクのかっちりとした小さな目がきらりと光った。確信はないが、そこには涙が浮かんでいるようだった。「あたしがシェリー・バルウを裏切るだって？」と彼は押し殺した悲痛な声で言った。まるで六百ドルの葬式みたいだ。「このあたしが？ そんなことするくらいなら、自分の母親を裏切るさ」

「そんなこと言われても困るね」と私は言った。「あんたの母親に会ったことがないんだから」

スピンクは葉巻を、脇にある鳥の水浴び場くらいある灰皿に置いた。そして両腕を波打たせた。哀しみが彼の身に食い込んでいた。「なあ、あんた、そういう言い方はなかろうぜ」と彼は悲嘆の声で言った。「あたしはシェリー・バルウを自分の父親のように愛しているんだ。いや、それ以上だ。俺の父親ときたら――まあ、その話はいいさ。なあ、あんた、ちっとは人間を信じろや。人の温かみってものを信頼しようじゃないか。さあ、言いたいことがあればこのスピンキーに言ってくれ」

私はポケットから封筒を取りだし、デスク越しに彼に放った。彼はそこから写真を一枚取りだし、謹厳な顔でじっと眺めた。そしてデスクの上に置いた。目を上げて私を見て、写真を見下ろし、それからまた私を見た。「はて」と彼は無表情な声で言った。その声には彼がそれまで力説していた温かみや信頼は、かけらもうかがえなかった。「この写真のどこがそんなに素晴らしいのかな？」

「その娘が誰か言わなくちゃならないかな？」

「男は誰だ？」とスピンクは険しい声で言った。

私は何も言わなかった。

「この男は誰だって尋ねたんだぜ」とスピンクは半ば怒鳴りつけるように言った。「いいから、さっさと言っちまいな」

私はやはり黙っていた。スピンクは受話器にゆっくり手を伸ばした。彼のきらきらとした厳しい目はじっと私を見据えていた。

「かまわんぜ。電話しろよ」と私は言った。「警察に電話するなら、殺人課のクリスティー・フレンチを呼び出してもらうんだな。こいつがまた、言い含めるのに骨の折れる男でね」

スピンクは受話器から手を離した。そして立ち上がり、写真を手に部屋を出ていった。私は待った。外のサンセット大通りの交通音が遠く、単調に聞こえた。十分という時間が音もなく井戸の底に降下していった。火をつけられたばかりのスピンクの葉巻が煙を上げ、しばらく空中に模様を描いていたが、やがては空調装置の換気口の中に吸い込まれていった。壁に飾られた数え切れないほどの献辞入りの写真を私は眺めた。どの写真にもシェリー・バルウに対する不変の愛が添えられている。スピンクのオフィスにあるからには、みんな今は落ち目の連中なのだろう。

18

しばらくしてスピンクは戻ってきて、ついて来いと私に合図をした。彼のあとから廊下を歩き、両開きのドアを開けると、そこは二人の秘書が控える部屋になっていた。その横を通り抜けると、また重々しい黒いガラスの両開きのドアがあった。パネルには銀の孔雀がエッチングしてある。我々が近づくと、ドアは自動的に開いた。

カーペット敷きの階段を三段下りると、そこには水泳プール以外のものならひととおり揃ったオフィスがあった。二階建てで、書棚がずらりと並ぶバルコニーでまわりを囲まれている。スタインウェイのコンサート・グランドがあり、ガラスと白く晒された木材で造られた家具がふんだんにあり、バドミントン・コートほどの大きさのデスクがあり、椅子とソファとテーブルが並び、ひとつのソファの上に一人の男が横になっていた。彼は上着を脱ぎ、シャルヴェのスカーフを巻いた首を見せるように、シャツの上のボタンをはずしていた。真っ暗闇の中でも、そのスカーフなら柔らかな衣擦れの音だけでそれと見分けられそうだ。白い布が彼の目と額に被せられ、隣りのテーブルではしなやかな所作の金髪の娘が、別の布を氷水を満たした銀の鉢につけて絞っていた。

均整の取れた体格の良い男で、黒い髪にはウェーブがかかり、白い布の下の顔は褐色で力強かった。

一本の腕がだらんとカーペットに落ち、指の間にはさまれた煙草が細い煙を一筋立ち上らせていた。

金髪の娘が手際よく布を取り替えた。ソファの上の男はうなった。スピンクは言った。「この男だよ、シェリー。名前はマーロウ」

ソファの上の男はうなった。「何の用だ？」

スピンクは言った。「言おうとしないんだ」

ソファの男は言った。「じゃあなんでここに連れてきた？　俺は疲れているんだぞ」

スピンクは言った。「だけどな、シェリー。面倒でもやらなくちゃならんこともある」

ソファの上の男は言った。「で、その方の麗しいお名前はなんといったかな？」

スピンクは私の方を見た。「さあ、言いたいことがあるなら言ってしまえよ。なるべく早く済ませてもらいたいね、マーロウ」

私は何も言わなかった。

ややあって、ソファの男は煙草を持った手をそろそろと上にあげた。いかにも大儀そうに煙草を口に運び、まるで廃墟と化したシャトーで朽ち果てていく退廃した貴族のような仕草で、どこまでも気怠く煙を吸い込んだ。

「おたくに言ってるんだぜ、なあ」とスピンクは鋭く言った。金髪娘は誰の顔も見ずに再び布を取り替えた。煙草の煙のようにひりっとした沈黙が部屋に降りていた。「さあ、しゃべれよ。さっさと済ませろって」

私は自分のキャメルを一本取りだし、火をつけ、椅子をひとつ引いて腰を下ろした。手を前に出してそれを眺めた。親指が数秒ごとにぴくぴくと上下に震えていた。

スピンクの怒りに満ちた声が割り込んできた。「あのな、シェリーは暇人じゃないんだ」

「どんなことをして、彼は一日を過ごすのだろう？」と自分が尋ねている声が聞こえた。「白い繻子のソファにねそべって、足の爪に色を塗ってもらうのかな？」

金髪娘はさっとこちらを向き、私の顔をまじまじと見た。スピンクはぽかんと口を開け、目をぱちくりさせていた。ソファの男はゆっくりと手を動かし、目を覆ったタオルの端にまで運んだ。そしてその濃い褐色の目で私を見られる程度に、かすかにそれを持ち上げた。それからタオルはまたそっと元の位置に降ろされた。

「おい、場所柄をわきまえて口をきいた方がいいぜ」とスピンクは凄みのある声で言った。

私は立ち上がった。そして言った、「祈禱書をうっかり忘れてきた。神様が口銭をとって仕事をするとは今の今まで知らなかったものでね」

しばらく誰一人口をきかなかった。金髪娘がまたタオルを換えた。

そのタオルの下からソファの男が物静かな声で言った。「みんな出ていってくれないかね。私とその新来の人物をあとに残して」

スピンクは目を細め、私に怒りの視線を浴びせた。金髪娘は無言で部屋を出ていった。

スピンクは言った。「あっさりたたき出してしまえばどうです？」

倦んだ声がタオルの下から言った。「そうするつもりなら、言われるまでもなく、とっくの昔にそうしていたよ。いいから消えてくれ」

「わかりました、ボス」とスピンクは言った。そして不承不承ながら部屋を出ていった。戸口で足を止め、もう一度無言の脅しを私に投げかけ、そして消えた。

ソファの男はドアが閉まる音に耳を澄ませ、それから言った。「いくらだ？」

「金を払うつもりなんか最初からないのだろう」

彼は顔にかかったタオルをどかし、脇に放り投げた。そしてゆっくりと身を起こした。カーペットの上に置かれた、手製の浮き彫り革の短靴を履き、片手で額を撫でた。疲れているようだが、気力を失っているようには見えなかった。どこかからぎこちなく煙草を一本取りだし、それに火をつけ、煙越しに気むずかしい顔で床を眺めた。

「続けてくれ」と彼は言った。

「私を相手に何のために、こんな手間暇かけて舞台装置をこしらえなくちゃならないのか、よくわからない」と私は言った。「でも金で何かを買い取ることなんてできないし、もし買い取れたとしても解決にはならない、とわかるくらいの頭脳はありそうに見える」

バルウは丈の低い細長いテーブルの上から、スピンクが置いていった写真を取り上げた。彼はあくまで物憂く手を伸ばした。「切り取られている部分が、きっと話の肝《きも》なんだろうね」

私はポケットから封筒を取りだし、切り取られた部分を彼に差し出した。彼はその二つをひとつに合わせた。

「拡大鏡を使えば新聞の見出しが読めるよ」と私は言った。

「私のデスクの上にあるから。悪いけど取ってくれないか」

私はそちらに行って、拡大鏡を手に取った。「他人にものを言いつけることに馴れているようだね、ミスタ・バルウ」

「そのために金を払っている」、彼は拡大鏡で写真を調べ、ため息をついた。「この試合は見たと思う。もう少し選手の身に気を遣ってやらんとな」

「あなたが顧客の身に気を遣ってやるみたいにね」

彼は拡大鏡を置き、身体を後ろにもたせかけ、憂いのない冷ややかな目で私をじっと見た。

「男は〈ダンサーズ〉の経営者だ。名前はスティールグレイブ。娘は私の顧客だ。もちろん」、彼は椅子を指して漠然とした合図をした。私はそこに腰を下ろした。「君は何を要求するつもりだったんだね、ミスタ・マーロウ？」

「何に対して？」

「全てのプリントとネガに対して。労働に対して」

「一万ドル」と私は言った。そして彼の口許を見ていた。そこに微笑が浮かんだ。どちらかといえば愉快そうな微笑だった。

「それにはもう少し説明が必要とされるんじゃないかな。私が目にしているのは、公の場所で二人の人間が昼食を共にしている写真だ。私の顧客の評判がそれによって損なわれるとは思えない。君の考えとは違っているかもしれないが」

私はにやりと笑った。「あなたは何も買い取ることはできないよ、ミスタ・バルウ。私はネガから作ったポジを持っているかもしれないし、そのポジから作った別のネガも持っているかもしれない。もしそのスナップ写真が何かの証拠であるとして、それを始末できたという確証はどこにもない」

「恐喝屋《ゆすり》の売り込み文句としちゃ、いささか不適当じゃないか」と彼は言った。微笑はまだ消えていない。

「常々不思議に思っているんだ。どうして人は恐喝屋に金を払うんだろうってね。金で何かを買い取ることなんてできやしない。なのにみんな金を払う。ことによっては何度も繰り返し払い続ける。そして結局は出発点から一歩も動いちゃいないということになる」

「人というものは」と彼は言った。「常に明日の恐怖より、今日の恐怖により強く動かされるのだ。全体より部分の方が大きな意味を持つというのは、演劇的情動の基礎的な事実だ。もしスクリーンの上で魅力的なスターが危機に陥れば、君の精神の一部は彼女になり代わって恐怖を覚える。情動的な部分がね。にもかかわらず君の理性的な部分は彼女はただの役者であり、実際に危機に見舞われているのではないことを理解している。もしサスペンスと脅威が理性を打ち負かせなければ、ドラマなんてものはまず存在しない」

「それは言えているな」と私は言った。そしてキャメルの煙を空中に吐いた。

彼の目がいくらかすぼまった。「金で何を買えるかという話に戻るなら、もし私がけっこうな額の金を払って、なおかつ買ったはずのものが買えていなかったとしたら、君にその落とし前をつけてもらうことになる。顔が変わるくらい叩きのめす。君が病院を出る時、まだ少しなりとも威勢良さが残っていたら、私が逮捕されるように警察に訴えることも可能ではある」

「そういう経験はある」と私は言った。「私は私立探偵をしている。あなたの言いたいことはわかるよ。どうして私にわざわざそんな話をするんだ？」

彼は笑った。彼は深い声でいかにも楽しそうに、苦もなく笑った。「私はエージェントをやっている。取り引きをする相手は、奥にまだ何かちょっとしたものを隠し持っていると、常に考える傾向にある。しかし一万ドルなんて金について話し合う余地はないよ。彼女にはそんな金はない。稼ぎは今のところせいぜい週に千ドルだ。彼女が大金に手が届きそうな位置につけていることは認めるが」

「こいつが命取りになるだろう」と私は写真を指さして言った。「大金もなし、底に照明のついた水泳プールもなし、プラチナ・ミンクもなし、ネオンに輝く名前もなし、何にもなし。すべては塵のように空中に散ってしまう」

彼は馬鹿にしたように笑った。

「いいとも。警察にこれを持っていって、どうなるか見てみようじゃないか」

彼は笑うのをやめた。その目は細くなった。とても静かな声で彼は尋ねた。

「なんで連中がこの写真に興味を持つんだ？」

私は立ち上がった。「我々にはビジネスは無理なようだ、ミスタ・バルウ。あなたはお忙しいようだし、私は引き上げる」

彼はソファから立ち上がり、身体を伸ばした。背丈は百八十五センチはあった。見事にたくましい体軀だ。彼はやってきて、私の近くに立った。その濃い茶色の目には小さな金色の斑が入っていた。

「君の素性を教えていただこう」

彼は手を差し出した。私は開いた札入れを彼の手の中に置いた。彼は私の営業許可証の複写を読み、札入れからほかのものを二三取りだして眺めた。そして私に返した。

「その小さな写真を警察に見せたら、いったいどんなことが起こるんだね？」

「私はまずそれを、彼らが今調査中の一件と結びつけなくてはならない。昨日の午後にヴァン・ナイズ・ホテルで起こったある事件とね。そいつと娘との間の関係を明らかにすることになるが、彼女はあいにく私と口を利こうとしない。だからここまで、あんたに話を通しに来たんだ」

「そのことを彼女は私に教えてくれたよ」と彼はため息混じりに言った。

「どれくらい教えたのだろう？」と私は尋ねた。

「マーロウという私立探偵が自分を雇わせようと売り込んできている。たまたまダウンタウンの、殺人現場近くで彼女が運悪く目撃されたというだけの理由で」

「どれくらい近くだって言ってた？」

「そこまで聞いていない」

「そいつは残念」

彼は私から離れ、部屋の隅にある背の高い円筒形の容器のところに行った。そこに入ったたくさんの細身の籐のステッキのうちの一本を取りだし、それを右の靴の脇でせかせかと振りながら、カーペットの上を行き来し始めた。

私はまた腰を下ろし、煙草の火を消し、深く息を吸い込んだ。「ハリウッドでしかあり得ないことだ」と私はうなるように言った。

彼は優雅にくるりと身を回して私を見た。「なんだって？」

「頭が一見まともそうな男が愚かしいステッキを手に、室内でピカデリー逍遥《しょうよう》みたいなことをするんてね」

彼は肯いた。「私はこの病をとあるMGMのプロデューサーからうつされたんだ。なかなかチャーミングな人物でね。あるいは話によればそうらしい」、彼は足を止めて私をそのステッキで指した。「君は笑わせてくれるよ、マーロウ。まったくの話ね。話が透けて見えるじゃないか。君は自分が窮地から抜け出すための道具として私を利用するつもりだ」

「ある意味ではそのとおりだ。しかし私の陥っている窮地は、あなたの顧客が陥るであろう窮地に比べたら、実にささやかなものだよ。もし私が、自らをあえて窮地に追い込んでいなければ、彼女が今頃まさにその窮地に立たされていたはずだ」

彼はしばし無言で立ち止まった。それからステッキを放り投げ、リカー・キャビネットに行って両開きの戸を勢いよく開けた。真ん中の膨らんだグラスを二つ出して、そこに何かを注いだ。そのひとつを持って私のところにやってきた。また戻って自分のグラスを手に取り、ソファに腰を下ろした。

「アルマニャックだ」と彼は言った。「自分で言うのも何だが、これはずいぶん気前のいいことなんだぜ。何しろ希少な酒だからね。ドイツ軍がほとんど全部さらっていった。我が軍の高官たちがその残りをいただいた。乾杯といこう」

彼はグラスを上げ、匂いを嗅ぎ、小さくすすった。私は一口でぐいと飲み干した。それは上等なフランスのブランディーのような味がした。

バルウはショックを受けたようだった。「参ったな。それはちびちびと味わうものなんだ。一息で飲むものじゃない」

「私は一息で飲むんだよ」と私は言った。「おあいにくさまだ。そして彼女はこう言った。もし誰かが私の口封じをしなかったら、彼女はひどい面倒に巻き込まれることになると」

彼は肯いた。

「どうすれば私の口を閉ざしておけるか、何か示唆があったのでは？」

「彼女が重い鈍器のようなものを用いることを好んでいるという印象は受けた。私は脅しと買収を絡めたものを試してみた。映画関係者を保護するための組織のようなものを、私は手近に持っている。どうやら彼らは君をうまく脅すことができなかったようだ。また買収については金額が足りなかったようだ」

「いや、脅しは十分きいたね」と私は言った。「こちらもあやうくルガーを撃ちまくるところだった。四五口径を持ったジャンキーは迫真の出し物だった。それから十分ではない金額についていえば、問題はそれがどのような形で差し出されるかという点にある」

彼はまたアルマニャックを一口すすった。彼は前に置かれた、ふたつの部分が一緒になった写真を指さした。

「君がこの話を警察に持っていく、というところまで話をした。それからどうなるんだね？」

「まだそこまで話は行っていない。わからないのは、どうして彼女がこのことで、ボーイフレンドにではなく、あなたのところに相談を持ち込んだのかということだ。私が立ち去るのと入れ違いに彼は姿を見せているんだ。その男は専用の鍵を持っていた」

「ただそうしたというだけのことだろう」。彼は眉をひそめ、グラスの中のアルマニャックを見下ろした。

「そうかもしれない」と私は言った。「もしその男が彼女の部屋の鍵を持っていなかったなら、その説は更に説得力を持ったかもしれない」

彼はどちらかといえば悲しげな顔を上げた。「私も同じ思いだ。誰が考えてもそうだろう。しかし芸能界というのはもともとそういう場所なんだ。ショウ・ビジネスに共通したことさ。もし彼らが張りつめた、あるいはいささか混乱した生活を送っていなかったら、もし衝動のままに突き進むところがなかったら、どうやって飛翔する感情を捕らえ、一メートル足らずのセルロイドにそれを焼きつけたり、フットライトの中に表現したりすることができるだろう?」

「彼女の男関係を批評するつもりはない」と私は言った。「でも選りに選ってやくざとねんごろになることはあるまい」

「やくざだという証拠はないんだぜ、マーロウ」

私は写真を指さした。「その写真を撮った男は行方不明で、まだ発見されていない。たぶん死んでいるだろう。彼と同じところに住んでいた二人の男も死んでいる。一人は殺される直前に、その写真をネタに取り引きをしようとしていたんだ。彼女はその受け渡しのために自らそのホテルまで足を運んだ。その男を殺した人物もやはりそこにやってきた。しかし彼女はブツを手に入れることができなかったし、殺人者も同様だ。どこを探せばいいのかを彼らは知らなかったんだ」

「でも君にはわかっていた」

「私は幸運だった。その男がかつらを外しているところを以前たまたま目にしていたんだ。でもそんなものはたしかに証拠とは呼べない。その気になればいくらでもケチはつけられる。でもそんなことをして何の意味がある？　二人の男が殺されている。おそらくは三人になるだろう。彼女はずいぶん危ない橋を渡っている。何故か？　彼女はなんとしてもその写真がほしかった。そのブツを手に入れることには、危ない橋を渡るだけの価値があったんだよ。どんな価値が？　ある日二人の人間が昼食を共にしていた、それだけのことだ。モー・スタインがフランクリン・アヴェニューで射殺された日にね。またその日にはスティールグレイブなる人物は留置場に入っていたんだ。彼がクリーブランドを地元とするウィーピー・モイヤーというやくざだというたれ込みがあったものだから。とにかく記録上はそうなっている。ところがその写真を見る限り、彼はそのとき留置場には入っていなかった。その事実が露見すれば、彼の正体もばれてしまう。彼女はそれを知っていた。そしてその男はまだ彼女の部屋の鍵を手にしている」

私はそこで言葉を切り、我々はひとしきり視線を合わせた。

「どうだ、その写真を警察に渡してほしくないんじゃないのかな。たとえどう転ぶにせよ、警察は彼女をさらし者にするぜ。そして騒ぎが収まったときには、スティールグレイブがモイヤーであろうがなかろうが、モイヤーがスタインを殺していようが、あるいは誰かに殺させていようが、あるいは彼が殺された日、ただ留置場を出て一日のんびり時を過ごしていたのであろうが、そんなことはどうでもよくなってしまうだろう。もし彼がうまく逃げ切れたとしても、多くの人々はそれを買収か裏取引によるものだと思うだろう。そして彼女について言えば、逃げ切るのはとても無理だな。彼女はギャングの情婦として人々の心に刻まれる。そしてあなたのビジネスにおいては、彼女の将来性はまったくのゼロになってしまう」

バルウはひとしきり黙っていた。表情のない顔でまっすぐ私を見ていた。「そしてそのあいだ君はいったいどこにいるのだろう？」と彼はソフトな声で尋ねた。

「それはすべてあなた次第だ。ミスタ・バルウ」

「君は本当は何を求めているんだ？」、彼の声は今では細く、苦みを帯びていた。

「彼女に求めて、与えられなかったものだよ。これ以上先には進めないと自分が定めたポイントまで、彼女の利益のために私が行動できるような形式上の権利を与えてくれる、何かそういうものだ」

「証拠を抹殺することでかね？」と彼は厳しい口調で尋ねた。

「何が証拠かによるさ。警察はミス・ウェルドの評判を傷つけずには、事実を暴くことはできないだろう。私にはそれができるかもしれない。彼女の評判なんぞ警察の知ったことではないし、実際気にもするまい。しかし私はそうではない」

「何故だね？」

「それが私の仕事の流儀だとでも言っておこう。ほかにも理由はあるが、それひとつで十分だろう」

「君の値段は？」

「あなたはゆうべそれを私に寄越した。そのとき私は受け取らなかった。今なら受け取ろう。あなたの顧客がゆすられていて、その調査を私に依頼したという署名つきの手紙をつけてね」

私は空のグラスを手に立ち上がり、歩いていってデスクの上にそれを置いた。身を屈めると、ぶうんという軽いうなりが聞こえた。私はデスクの奥に行って、抽斗をぐいと開けてみた。蝶番のついた棚が出てきて、その上に磁気録音機があった。モーターがまわり、細いワイヤが一方のスプールからもう一方のスプールに向けて、一定の速度で送り出されていた。私はデスク越しにバルウを見た。

「それを停めて、録音したものは持っていってかまわない」と彼は言った。「私の立場に立てば、やむを得ないことだとわかるだろう」

　私は巻き戻しのボタンを押した。それは目にもとまらないほどの素速い速度で巻き戻された。甲高いきいいんという、まるで二人のおかまが絹の布地をめぐって言い争っているような音を立てながら。ワイヤがだらんとして、機械は動きを止めた。私はスプールを取り、ポケットに入れた。

「別の録音機を回しているかもしれない」と私は言った。「それは運に任せるしかなさそうだ」

「マーロウ、なかなか念入りな男だな、君は」

「そうありたいと思ってはいるが」

「デスクの端にあるボタンを押してもらえまいか」

　私はボタンを押した。黒いガラスのドアが開き、速記用のノートを持った黒髪の若い女性が入ってきた。

　バルウは彼女の顔を見ることもなく口述を始めた。「ミスタ・フィリップ・マーロウあての手紙。住所を付記のこと。拝啓、ミスタ・マーロウ。当エージェンシーは本日付けにて貴君を、当社の顧客の一人が恐喝を受けている件に関する調査のために雇用するものである。詳細は既に口頭にて伝達済み。料金は一日につき百ドル。前金として五百ドルを支払うものとする。領収書は手紙のコピーとともにご送付いただければ幸甚。なんたらかんたら。それだけだ、アイリーン。すぐに清書してくれ」

　私が住所を教えると、彼女は出て行った。

　私はワイヤ・スプールをポケットから取り出し、引き出しに入れた。

　バルウは膝を組み、ぴかぴか光る靴先を踊るように上下させ、それを見守っていた。そしていかにも硬そうな黒髪に指を走らせた。

「私もいつか、私の業界の人間が何より恐れる間違いを犯してしまうことだろう。こいつは信用できるという人間を相手に取り引きをしていることを知りつつ、なおかつその相手をすっかり信用するにはこちらは抜け目がなさすぎる——そういう間違いをね。ほら、これは君が持っていた方がよかろう」、彼は二つに分かれた写真を差し出した。

五分後に私はそこをあとにした。一メートル前まで行くと、ガラスの扉は自動的に開いた。私は二人の秘書の前を通り過ぎ、廊下を歩き、ドアが開いたままのスピンクの部屋の前を通り過ぎた。音は聞こえなかったが、葉巻の煙の匂いが漂ってきた。待合室では、先刻と変わりなく見える顔ぶれが、やはりチンツの椅子に座って順番を待っていた。ミス・ヘレン・グレイディーはとっておきの笑顔を見せてくれた。ミス・ヴェインはことのほか愛想がよかった。

彼らのボスは私のために四十分も時間を割いた。それによって私は、指圧医院の脊椎表なみの華やかな存在に変わったのだ。

19

スタジオの警備員はガラスに囲まれた半円形のデスクの前に座り、受話器を置き、メモに何かを書き付けた。それを破って、ガラスとデスクの間に開いた二センチほどの狭い隙間から、こちらに送り出した。ガラスのパネルに埋め込まれた通話装置から流れてくる彼の声には金属的な響きがあった。

「まっすぐ行って廊下の先です」と彼は言った。「中庭《パティオ》の中央に水飲み場があって、そこでジョージ・ウィルソンがあなたを待っている」

私は言った。「ありがとう。ところでこれは防弾ガラスかい？」

「そうだが、どうして？」

「ただ訊いてみただけだよ」と私は言った。「誰かが拳銃をぶっ放しながら映画ビジネスに入り込もうとしたという話を、これまで耳にしたことがない」

私の背後で誰かがくすくす笑った。振り向くとそこにはスラックスをはいて、耳の後ろに赤いカーネーションを差した若い女がいた。彼女は笑みを浮かべていた。

「ほんとにねえ、もし拳銃で間に合うのなら簡単でいいんだけど」

私は取っ手のないオリーブ・グリーンのドアに行った。ブザーが鳴り、そのドアを押し開けることができた。その先には裸の壁の、オリーブ・グリーンの廊下が続き、突き当たりにまたドアがひとつあった。ネズミ取りと同じだ。もし誰かが中に入り込んで、何か具合の悪いことがあれば、そこに相手を閉じこめることができる。突き当たりのドアもブザーが鳴ってかちんと解錠される仕掛けになっていた。私がドアの前に着いたことがどうして警備員にわかるのか不思議に思った。目を上げると、警備員の目が傾いた鏡に映った私の姿を捉えていた。ドアに手を触れると鏡の像は見えなくなる。実によく考えられている。

外は暑い昼の真っ盛りで、小さな中庭には花々が咲き乱れていた。タイル敷きの歩道があり、真ん中に池があり、大理石のベンチがあった。水飲み場は大理石のベンチの脇にあった。服を端正に着こなした年配の男がベンチに腰掛け、三匹のタン色のボクサー犬が、何本かの黄色がかったピンクのベゴニアを踏み散らしているのを眺めていた。彼の顔には張り詰めた、しかし静かな満足の表情が浮かんでいた。私が近づいても彼は顔を上げなかった。ボクサー犬の一匹が、いちばん大きなやつが、こちらにやってきて、大理石のベンチに小便をかけた。男のズボンのすぐ脇だった。彼は身を屈め、犬の短毛の硬い頭をとんとんと叩いた。

「あなたがウィルソンさんですか？」と私は尋ねた。

彼は漠然とした顔で私を見た。中間の大きさのボクサー犬が小走りにやってきて、匂いを嗅ぎ、前の犬と同じところに小便をした。

「ウィルソン？」と男は気怠い声で言った。いくぶん母音を伸ばす傾向がある。「いや、私の名前はウィルソンではない。それで何かいけないことでも？」

「これは失礼」と私は言って、水飲み場に行き、その水で顔を洗った。ハンカチで顔を拭いているときに、一番小さなボクサー犬がやってきて、大理石のベンチに向かってお勤めを果たした。

名前がウィルソンではない男が愛情を込めた声で言った。「いつもきっちり同じ順番でやるんだよ。まさに驚くべきだ」

「何をやるんですか?」と私は尋ねた。

「小便だよ」と彼は言った。「おそらくは長幼の序なのだろう。きわめて順序正しい。最初にメイジー、これが母親だ。それからマック。小さなジョックより一年早く生まれている。常に同じだ。私のオフィスの中でもな」

「あなたのオフィスで?」と私は言った。そのときの私はきっと、救いがたいほど愚かしい顔をしていたはずだ。

彼は白いものの混じった眉毛を上げて私を見た。愛想のない茶色の葉巻を口から出して、端っこを嚙み切り、ぺっと池の中に吐き出した。

「魚によくない」と私は言った。

彼は私を値踏みするように上から下まで見下ろした。「私はボクサー犬を育てている。魚なんぞうなろうが知ったことじゃない」

ハリウッドではそれが普通のことなのだろう。私は煙草に火をつけ、ベンチに腰を下ろした。「あなたのオフィスでね」と私は言った。「日々いろんな発見があるものだ。まったくの話」

「デスクの端っこにやるんだ。いつもやっている。それで秘書たちがわめきたてるんだ。カーペットに染みができるってな。最近の女たちときたらまったくどうかしているぞ。私は気にしないね。いいじゃないか。犬好きの人間は、犬が小便するのを見るのだって好きなんだ」

一匹の犬が満開のベゴニアを一本引き抜いて、タイル敷きの歩道に投げ出した。男のすぐ足下に。彼はそれを拾って池に放り投げた。

「庭師もいやがることだろう」と彼は言ってまた腰を下ろした。「でもまあ、連中が気に入らなければ、そりゃいつだって――」、彼はそこでぱったりと話を止め、黄色いスラックスをはいた、ほっそりとした郵便係の娘が中庭を横切って歩いていく様子を眺めた。彼女はわざわざそのために回り道をしたのだ。娘は男にちらりと視線を向け、調べを奏でるようにヒップを振りながら行ってしまった。

「この業界の問題点は何だか知っているかね？」と彼は私に尋ねた。

「誰も知りません」と私は言った。

「セックス過剰だよ」と彼は言った。「しかるべき時しかるべき場所であれば、何も問題はない。しかしなにしろそこかしこに溢れかえっている。かきわけて歩かねばならんほどだ。首まで浸かっている。蠅取り紙みたいなことになっている」、彼は立ち上がった。「それに蠅も多すぎる。お会いできて何よりだった、ああ、ミスタ……」

「マーロウ」と私は言った。「私のことはご存じないはずだ」

「誰のことも知らんよ」と彼は言った。「どんどん忘れていく。多くの人間に会いすぎる。私はオッペンハイマー」

「ジュールズ・オッペンハイマー？」

彼は肯いた。「そうだ。葉巻を取りたまえ」、彼は私に葉巻を差し出した。私は煙草を見せた。彼は葉巻を池に投げ込んだ。それから眉をしかめた。「どんどん忘れていく」と彼は悲しげに言った。「五十セントを無駄にした。してはならんことだ」

「あなたがこのスタジオを所有している」

彼はどうでもよさそうに肯いた。「もったいないことをした。五十セントを節約して、それで何を得ると思うね？」

「五十セント」と私は言った。彼が何の話をしているのか見当もつかなかった。

「このビジネスではそんなことしたって何の得にもならん。このビジネスでは五十セントを節約すれば、それを帳簿に記載するのに五ドルの手間賃がかかるんだよ」、彼はそこで言葉を切り、三匹のボクサー犬に合図をした。犬たちは草花を荒らすのを止め、彼の方を見た。「帳尻を合わせるためにな」と彼は言った。「簡単なことだ。さあ、お前たち行くぞ。売春宿に戻ろう」、彼はため息をついた。「千五百の映画館だ」と彼は付け加えた。

私はまたきっと馬鹿みたいな顔をしていたのだろう。彼は中庭一面に向けて手を振った。「千五百の映画館がありゃいいんだ。純血種のボクサー犬を育てるより遙かに簡単な話だ。映画ビジネスではありとあらゆる失敗をしてもかまわん。それでも金は流れ込んでくる。こんなビジネスはほかにありゃしない」

「オフィスのデスクに、三匹の犬に小便をかけさせることのできるビジネスも、ほかにはちょっとないでしょうね」と私は言った。

「そのためには千五百の映画館を持たねばならん」

「出発点としては簡単じゃありませんね」

彼は嬉しそうな顔をした。「そうだ。そいつがまさに難関なんだ」。彼はきれいに刈られた緑の芝生の先に見える四階建ての建物を見やった。その建物はひとつの側を開けた広場に向けていた。「あそこにたくさんのオフィスがあるが」と彼は言った。「私は決して足を踏み入れない。年中内装を変えている。そしてあの連中が部屋に持ち込むものを見ると、時として気分が悪くなる。世界中でもっとも金のかかる才能を集め彼らに何でも与える。求めるだけの金を与える。何故か？　理由なんぞない。それが習慣だからだ。彼らがどんなことをどんな風にやっているか、それも知ったことではない。

千五百の映画館を手に収めていれば、私はそれでよろしい」

「そんな発言を引用されたくないでしょうね、ミスタ・オッペンハイマー？」

「君は新聞の人間か？」

「違います」

「そいつは残念だ。そういう人生の単純な基本的事実を、誰かがしっかり新聞に書くべきなんだ」、彼はそこで間をおいて、馬鹿にしたように鼻を鳴らした。「ところがなぜか、そういうことを活字にはしない。さあお前たち、行くぞ」

大きい犬が（メイジーだ）やってきて彼の脇に立った。真ん中の大きさの犬が新たなベゴニアの破壊を中止し、メイジーの隣りに走り寄った。小さなジョックが順番どおりそのあとについたが、ふと思いついたように、後ろ脚をオッペンハイマーのズボンの折り返しに向けて上げた。メイジーがさりげなく身体をはさんでジョックを追いやった。

「見たかね？」とオッペンハイマーはにこやかな顔で言った。「ジョックは順序を乱そうとしたが、メイジーはそれを許さなかった」、彼は身を屈めてメイジーの頭を軽く叩いた。彼女は崇めるような目で主人を見上げた。

「飼い犬の目」とオッペンハイマーは考え深げに言った。「世界でもっとも忘れがたいものだ」

彼はタイル敷きの歩道を歩いて、重役用ビルの方に向かった。そのあとを三匹のボクサー犬が律義に早足で従った。

「マーロウさん？」

振り向くと、背の高い砂色の髪の男が私の方に近づいていた。吊革につかまった肘みたいなかたちの鼻をしている。

「ジョージ・ウィルソンです。初めまして。ミスタ・オッペンハイマーとお知り合いなのですね」

「話をしていただけだよ。どうすれば映画ビジネスをやっていけるのかを話してくれた。千五百の映画館さえ持っていれば、あとはどうにでもなるらしい」

「私はここで五年働いていますが、声をかけたことすらありませんよ」

「しかるべき犬たちに小便をかけられなかったというだけのことだよ」

「おっしゃる通りかもしれない。ところでマーロウさん、何のご用でしょう？」

「メイヴィス・ウェルドに会いたい」

「彼女はセットで、映画の撮影中です」

「セットで少しでも会うことはできないかな？」

彼はどうだろうという顔をした。「どのような種類のパスをお持ちですか？」

「普通のパスだと思うが」、私がパスを差し出し、彼はそれを調べた。

「バルウがあなたを寄越した。バルウは彼女のエージェントだ。大丈夫でしょう。十二番スタジオ。今すぐ行きますか？」

「もしそちらに時間があるなら」

「私は撮影所の広報マンをしています。私の時間はそのためにあるのです」

我々はタイル敷きの歩道を二つのビルディングの角に向かって歩いた。コンクリートの道路がそれらの建物の間を抜けて、野外撮影用地《バックロット》やスタジオに通じていた。

「バルウのオフィスのかたですか？」とウィルソンが尋ねた。

「いや、そこから寄越されたというだけだ」

「大きな組織だと聞きました。私も独立してそういう仕事を始めたいと思っているのです。ここには何もない。あるのは悲痛なことばかりです」

二人の警備員の前を通り過ぎた。それから二つのスタジオにはさまれた狭い小路に入った。小路の真ん中では赤い手旗信号が振られ、十二という番号がついたドアの上に赤いランプが灯っていた。ランプの上ではベルが間断なく鳴り響いていた。ウィルソンはドアの脇で立ち止まった。別の警備員が椅子を後ろに傾け、ウィルソンに向かって肯いた。そして水槽の浮き滓《かす》みたいなどろんとした灰色の表情を浮かべ、私を眺めまわした。

ベルと手旗信号が止み、赤いランプが消えた。ウィルソンが重い扉を引いて開け、私は中に入った。そこにはまたひとつ扉があった。扉の奥には漆黒の闇に近いものが広がっていた。外の明るい日差しから入ってくると何も見えない。それからやがて、遠くの隅に灯りがいくつかかたまってあるのがわかった。それ以外、巨大な防音スタジオの内部はまったくの空っぽのようだ。

我々はその灯りに向かった。近づくにつれて、床が太い黒いコードでいっぱいになった。折りたたみ式の椅子が並び、一群の移動式ドレッシング・ルームがあり、そのドアには名前が記されていた。我々はセットの反対側にいて、目に映るものといえば、裏側に組まれた支柱ばかりで、その両側に大きなスクリーンがセットされていた。背景を映し出すプロジェクターが二台、脇の方でじりじりと音を立てていた。

声が叫んだ。「カメラ」、ベルが大音量で鳴り響き、二つのスクリーンが生き返ったように波を映し始めた。別の穏やかな声が言った。「ポジションに注意して。この小さな場面を片づけるのに、丸一日かけているわけにはいかない。いくぞ、アクション」

ウィルソンは足を止め、私の腕に手を触れた。どこかから俳優たちの声が聞こえた。大きくもなく、明瞭でもない。意味もなく、面白くもないただのもごもご声だ。

スクリーンのひとつが突然空白になり、滑らかな声が調子を変えずに言った。「カット」

ベルが再び鳴り響き、人々が動きまわる音が聞こえた。ウィルソンと私は歩き出した。彼は私に囁いた。「昼食前にこのテークを終えられなければ、ネッド・ギャモンはトーランスの鼻に一発食らわすでしょう」

「そうか、トーランスが出ているんだ」。ディック・トーランスは目下、トップクラスの二流俳優だ。ハリウッドではよくあるタイプだ。彼を役者として真剣に求めるものはいないが、結局は使わざるを得ない場合が多々ある。彼よりましな俳優が手に入らないからだ。

「このシーンの台詞をもう一度おさらいしておいてくれないか、ディック」と穏やかな声が言った。

セットの角を曲がると、そこにあるものが見えるようになった。それはヨットの船尾近くのセットだった。二人の娘と三人の男がそこにいた。一人は中年の男で、スポーツ・ウェアを着て、デッキチェアにゆったりと腰を下ろしていた。一人は赤毛で白い服を着て、船長役らしい。三人目はアマチュアのヨット乗り。粋な帽子をかぶり、金ボタンつきの青いジャケットを着て、白い靴とズボン、横柄そうな魅力を振りまいている。それがトーランスだ。娘の一人は黒髪の美人で、これがスーザン・クロウリー。昔はもっと若かった。もう一人はメイヴィス・ウェルドで、濡れたシャークスキンの水着を身につけていた。まさに海から甲板に上がってきたところという設定のようだ。メーキャップ係がその顔と両腕と金髪の縁に水をスプレーしていた。

トーランスは返事をしなかったが、唐突に振り向いてカメラの方を睨みつけた。「自分の台詞もろくに覚えていないと言いたいのか？」

グレーの服を着た白髪混じりの男が、背後の影から光の中に進み出た。その目は黒く、熱く燃えていた。しかし声は冷静そのものだった。

「意図的に台詞を変えていないのであれば」と彼は言った。その視線は揺らぐことなくトーランスに注がれていた。

「テークの途中でフィルム切れになるクセを持つ背景映写の前で演技をすることに、俺が馴れていないということも、いくぶん影響しているかもしれない」

「言い分はわかる」とネッド・ギャモンは言った。「問題は二百十二フィートぶんのフィルムしか用意されてないことで、それは私の落ち度だ。ただ君がもう少し手早く演技をしてくれれば――」

「へえ」とトーランスは鼻で笑った。「俺がもう少し手早く演技ができたらってかい。それよりはミス・ウェルドを説得して、もうちっと手早くヨットに上がってもらう算段をした方がいいんじゃないか。ここに上がるのに、このろくでもないヨットのセットを造るほどの時間がかかってるぜ」

メイヴィス・ウェルドは彼に小馬鹿にしたような視線をちらりと投げた。

「ウェルドのタイミングはぴったりだ」とギャモンは言った。「演技も申し分ない」

スーザン・クロウリーがエレガントに肩をすくめた。「でも思うんだけど、もうちょっとスピードアップしてもいいんじゃないかな、ネッド。たしかにあれでいいんだけど、更に良くなるかもよ」

「更に良くなったりしたらね、ダーリン」とメイヴィス・ウェルドは彼女に向かってさらりと言った。「それを演技と呼ぶ人も出てくるかもしれない。あなたの映画の中でそんなこと起こってもらいたくないんじゃないかしら。どう?」

トーランスは笑った。スーザン・クロウリーはそちらを向いて彼を睨みつけた。「何がおかしいのよ、ミスタ・サーティーン?」

トーランスの顔が氷の仮面のように凍りついた。「今なんて言った?」、彼はほとんど歯の間から空気を吐き出すように言った。

「あらあら、そんなこともご存じないの？」とスーザン・クロウリーは驚いたように言った。「みんながあなたをミスタ・サーティーンって呼ぶのはね、あなたが何かの役につく前には、既に十二人の俳優がその役を断っているからよ」

「なるほどね」とトーランスは冷ややかに言って、それから再び大笑した。彼はネッド・ギャモンの方を見た。「オーケー、ネッド、これで全員がそれぞれに溜まっていた毒を吐き出した。今度はひとつ、あんたの御要望どおりにやってみようじゃないか」

ネッド・ギャモンは肯いた。「皆さんの爽やかな囀《さえず》りが何より空気を清浄にしてくれる。さあ、やってみよう」

彼はカメラの隣りに下がった。助監督が叫んだ。「カメラ」、そしてシーンは中断なく進行した。「カット」とギャモンが言った。「そいつを現像にまわせ。みんな、昼食にしよう」

俳優たちはあらっぽく造られた木の階段を降りて、ウィルソンに向かって肯いた。メイヴィス・ウェルドが最後だった。彼女は立ち止まってテリークロスのローブを羽織り、ビーチ・サンダルを履いた。そして私の顔を見て立ちすくんだ。ウィルソンが進み出た。

「こんにちは、ジョージ」と彼女は私をじっと見ながら彼に言った。「私に何か用事があるの？」

「ミスタ・マーロウが君に少し話したいことがあるそうだ。いいかい？」

「ミスタ・マーロウ？」

ウィルソンは鋭い視線を私にさっと向けた。「バルウのオフィスから見えた。君も知っていると思っていたんだが」

「会ったことあるかもしれない」と彼女はなおも私を見ながら言った。「何の用？」

私は何も言わなかった。

少し間があり、彼女は言った。「ありがとう、ジョージ。私のドレッシング・ルームにいらして、ミスタ・マーロウ」

彼女は振り向き、セットの遠い端をぐるりとまわって歩いていった。緑と白に塗られたドレッシング・ルームが壁に向かって立っていた。ドアの上には「ミス・ウェルド」という名前があった。ドアの前で彼女はあたりを用心深く見回した。それからその愛らしいブルーの瞳を私に向けた。

「さあ、それで？　ミスタ・マーロウ」

「私のことは覚えているね？」

「いやでも」

「この前の続きから話を始めようか。それともまったくの最初からやり直すかね？」

「誰かがあなたをここに入れた。誰が、どうして？　まずその説明がほしいわ」

「私は君のために働いている。手付け金ももらったし、その領収書はバルウが持っている」

「それは手回しのよろしいこと。でも私があなたに働いてもらいたくなんかないと言ったらどうなるの？　あなたのやろうとしていることが何であれ」

「まあ、君の好きにすればいいさ」と私は言った。私は〈ダンサーズ〉で撮られた写真をポケットから出し、差し出して見せた。彼女は写真に目を落とす前に、長いあいだ私の顔を見据えていた。それから自分とスティールグレイブがブース席に座ったスナップショットを見た。身動きひとつせず、重々しい表情で見ていた。とてもゆっくりと手を上げて、顔の片側に張りついた巻き毛に触れた。ほんの僅か彼女は身震いをした。手を伸ばしてその写真を取り、まじまじと見つめた。それから時間をかけて視線が上げられた。

「それで？」と彼女は尋ねた。

「ネガもあるし、プリントもほかに何枚か持っている。君だってもっと時間があり、探すべき場所がわかっていれば、ひと揃い手にすることもできたんだ。あるいは彼がもっと長生きして、君にそいつを売りつけることができていたらね」

「少し寒気がする」と彼女は言った。「昼食もとらなくちゃいけない」、彼女は写真を私に返した。

「君は少し寒気がするし、昼食もとらなくてはならない」

彼女の喉もとが細かく震えているように見えた。しかし照明が貧弱なせいで、定かではない。彼女は淡い笑みを浮かべた。そこには貴族的な、倦《う》んだ趣があった。

「これのどこがそんなに重要なのか、よくわからないわ」と彼女は言った。

「君はヨットの上に長くいすぎたんだ。君が言いたいのはこういうことかね？　私は既に君を知っているし、またスティールグレイブのことも知っている。だからわざわざ私に大金を払うような価値が、その写真のいったいどこにあるのかと」

「そうね」と彼女は言った。「どんな価値があるの？」

「私にはわからない」と私は言った。「しかしもしそれを発見することが、君のそのお姫様ぶった演技をひっぺがすのに必要なのだとしたら、私はいずれ発見するだろう。またその一方で、君はまだ少し寒気がするし、昼食もとらなくてはならない」

「そしてあなたはいささか長く待ちすぎた」と彼女は静かな声で言った。「あなたには売りつけるものもない。おそらく自分の命のほかにはね」

「それなら安く売ってもいいね。サングラスと、キンポウゲみたいな青い色の帽子と、尖ったハイヒールを頭に一発食らうのが何より好きだから」

彼女の口許が、まるで今にも笑い出しそうにぴくぴくとひきつった。しかしその目には笑いの色はうかがえなかった。

「顔に三発、平手打ちを食らったことも忘れないで」と彼女は言った。「さよなら、ミスタ・マーロウ。来るのが遅すぎたわ。あまりに遅すぎた」

「私にとってかな、それとも君にとってかな?」。彼女は後ろに手を伸ばして、ドレッシング・ルームのドアを開けた。

「双方にとってよ」、彼女はさっさと中に入った。でもドアは開けっ放しだった。

「中に入ってドアを閉めてちょうだい」、ドレッシング・ルームの中から声が聞こえた。

私は中に入り、ドアを閉めた。それは豪勢なスター用のドレッシング・ルームではなかった。必要なものが最小限あるだけだ。みすぼらしいソファ、一人用の椅子、ライトが二つついた小さな鏡台。鏡台の前にはまっすぐな椅子がひとつ置かれ、コーヒーの載ったトレイがあった。

メイヴィス・ウェルドは身を屈めて、円形の電気ヒーターのプラグを差し込んだ。それからタオルを取り上げ、髪の濡れた先端を拭いた。私はソファに腰を下ろして待った。

「煙草を一本ちょうだい」、彼女はタオルを脇に放った。それに火をつけてやるとき、彼女の目が私の顔の近くに来た。「私たちがヨットの上でアドリブでやったちょっとしたシーンについて、どう思った?」

「意地が悪いね」

「私たちはみんな意地が悪いの。笑顔がいくぶん多いか少ないか、それだけの違いよ。それがショウ・ビジネス。そこには何かしら安っぽいものがある。それはこれまでもずっとあった。俳優なんて裏口からしか入れてもらえない時代がかつてあった。今でもほとんどの連中はそれがお似合いよ。ストレスも多いし、常にせき立てられ、みんな誰かにかりかりしている。だからあちこちで爪を立て合う。

でも意味なんてないのよ」

「猫の会話のように」と私は言った。

彼女は手を伸ばし、私の頬に指先をつけて下ろした。それは焼いた鉄のように熱かった。「あなたはどれくらい稼いでいるの、マーロウ？」

「一日に四十ドルと経費だ。それもこちらの言い値でね。一日二十五ドルでも引き受ける。もっと安い料金で働いたことだってある」、私はオーファメイのくたびれた二十ドルのことを思った。

彼女はもう一度指で私の頬を撫でたが、私はあえてその手を摑んだりはしなかった。彼女は私から身を引き、椅子に腰を下ろし、ローブの前を合わせた。電気ヒーターのおかげで小さな部屋は暖かくなった。

「一日、二十五ドル」と彼女は感心したように言った。

「ささやかにして孤独なドルたちだ」

「彼らはそんなに孤独なの？」

「灯台のように」

彼女が脚を組むと、明かりを受けた肌のほんのりと白い輝きが部屋を満たしたように思えた。

「じゃあ、私に質問をするといいわ」、彼女はあらわになった両腿を隠そうという気配もなく言った。

「スティールグレイブというのは誰なんだ？」

「何年も前から知っている人よ。好意を抱いている。彼はいろんなものを所有している。レストランが一、二軒。どこの出身なのか、そんなことは知らない」

「でも彼をよく知っている」

「彼と寝ているのかって、率直に尋ねたら？」

「そういう質問はしないんだ」

彼女は笑い、煙草の灰をはじき落とした。「ミス・ゴンザレスなら喜んで教えてくれるわよ。彼女は黒髪で、美人で、情熱的。そしてとてもとても親切」

「そして郵便ポスト並みに貞節だ」と私は言った。「彼女のことはどうでもいい。スティールグレイブの話をしようじゃないか。彼は何かのトラブルに巻き込まれたことはあるのか？」

「トラブルに巻き込まれない人っているかしら？」

「警察とのトラブルだよ」

彼女の瞳は大きく見開かれた。いささかわざとらしく。そしてその笑い声は少しばかり快活すぎた。「馬鹿を言わないで。彼は二百万ドルの財産を持っているのよ」

「それを手に入れた経緯が知りたいね」

「そんなこと私が知るわけがないでしょう」

「わかった。それは君の関知しないことだ。おっと、指が焦げるぜ」、私は身を乗り出し、彼女の手から短くなった煙草を取り上げた。その手はむき出しの腿の上で開かれていた。私はその手のひらに指先で触れた。彼女は私から身を引き、拳を握り締めた。

「そんなことよして」と鋭い声で言った。

「いいじゃないか。子供の頃よく女の子に同じことをしたぜ」

「でも嫌なの」、彼女はいくらか息を切らせていた。「そんなことされると、自分がまだ無垢で、お転婆な女の子みたいな気がするの。実際はもうぜんぜん若くもなく、無垢でもないのに」

「つまり、君はスティールグレイブのことをほとんど何も知らない」

「私を拷問にかけたいの、それとも<u>もの</u>にしたいの、どっちか早く心を決めて」

「どちらにも興味はない」と私は言った。

しばし沈黙があり、彼女は言った。「私は本当に何か食べなくちゃならないのよ、マーロウ。午後もずっと仕事があるの。私にセットで倒れてほしくないでしょう?」

「そんなことが許されるのはスターだけだよ」と私は言った。「よろしい、引き上げよう。私は君のために働いている。それを忘れないでもらいたい。君が誰かを殺したと思っていたら、そんなことはしない。でも君は現場にいた。君はいちかばちかのチャンスに賭けた。なんとしても手に入れなくてはならないものがそこにあったからだ」

彼女はどこかから写真を取りだし、唇を嚙みながらそれをじっと見た。そして顔は伏せたまま、目だけを上げた。

「それはまず、この写真ではあり得ないわね」

「でもそいつは彼が念入りに隠して、だからこそ見つけられなかったものだ。でもそんな写真にどれほどの価値がある? 君とスティールグレイブなる男が〈ダンサーズ〉のブース席に座っている。それだけのことだ。何の意味もない」

「意味なんてまったくない」と彼女は言った。

「とすれば、意味を持つのはスティールグレイブの方だ。それとも日付だ」

彼女の目は再び写真の上に落ちた。「日付を示すものはここにない」と彼女は早口で言った。「仮にそれが何かを意味しているとしてもね。ただこのカットされた部分が――」

「ここにある」と私は言って、カットした部分を彼女に渡した。「拡大鏡がなきゃ何もわからんがね。スティールグレイブに見せてやるといい。それが意味するところを、彼に尋ねてみるんだね。あるいはバルウに訊いてもいいが」

私はドレッシング・ルームの出口に向かった。「日付なんか特定できないと、自分をごまかさないことだね」と私は肩越しに言った。「スティールグレイブはそこまで甘くないだろうが」

「あなたは砂のお城を築いているのよ、マーロウ」

「そうだろうか?」、私は振り向いて、笑みも浮かべず彼女に言った。「本気でそんなこと思っているのかい? 笑わせないでほしいね。君はそこに行った。男は殺されて、君は拳銃を手にしていた。あいつは札付きの悪党だ。そして私はあるものを発見した。警察が手にしたら大喜びするだろうと思ったから、私はそれを隠した。海水に塩が含まれているのと同じくらい、そこには動機がたっぷりと含まれているはずだから。警察がそれを嗅ぎ当てない限り、私の許可証は無事安泰だ。ほかの誰かがそれを嗅ぎ当てない限り、私の首の後ろにアイスピックが突き立てられることはない。どうだい、これでも探偵稼業が気楽だと思うかね?」

彼女はそこに座って、黙したまま私を見ていた。片手が膝頭を固く握りしめていた。もう一方の手は椅子の肘掛けに置かれ、指が次々に忙しく動き回っていた。

私はドアノブを回し、外に出ていくだけでよかった。なのにそれがどうしてひと仕事だったのだろう。

20

オフィスの外の廊下には、普段並みの人の行き来があった。ドアを開け、狭い待合室のカビ臭い空気の中に足を踏み入れたとき、二十年前に干上がったまま訪れるものもない井戸に落ちたような、いつもの感覚があった。古い埃の匂いが空中に漂っていた。フットボール試合のインタビューみたいに単調で、ぱっとしない匂いだ。

私は内側のドアを開けた。その奥にもやはり生気を欠いた匂いがした。ベニヤの壁に沿って同じ埃が浮かんでいた。同じように反故《ほご》にされた安逸な生活の約束があった。私は窓を開け、ラジオをつけた。音量が大きすぎたのでボリュームを絞ったが、それで電話のベルが聞こえるようになった。しばらく前から鳴り続けていたような雰囲気がそこにはあった。私はかぶせていた帽子をどかし、受話器を取り上げた。

なるほどそろそろ彼女から電話がかかってくる頃合いだった。そのクールで簡潔な声が言った。

「今度は偽りなく話をするわ」

「それは何より」

「前は嘘をついたの。今度は本当のことを言う。オリンから連絡があった」

「いいねえ」

「私の言うことを信じていないでしょう。声でわかるんだから」

「声からは何もわからない。なにしろ探偵だからね。彼からどうやって連絡があったんだ?」

「ベイ・シティーから電話で」

「ちょっと待って」、私は受話器をしみのついた茶色の下敷きの上に置き、パイプに火をつけた。急ぐことはない。嘘はいつだって我慢強い。私は受話器を再び取り上げた。

「その話は前に済んだ」と私は言った。「君は若いわりにいささか忘れっぽいようだ。ドクター・ザグスミスは喜ぶまい」

「からかわないで。真剣な話なんだから。兄は私の手紙を受け取ったの。郵便局に行って、保管されていた自分宛の手紙を受け取った。そして私の滞在先を知り、いつ頃なら私に連絡がつくかもわかった。そして電話をかけてきた。彼はこっちで知り合った医者の家に世話になって、仕事を手伝っているの。二年ほど医学を勉強したって言ったでしょう」

「その医者には名前があるのかな?」

「おかしな名前なの。ドクター・ヴィンセント・ラガーディー」

「ちょっと待って。誰かが来ているようだ」

私は受話器をとても用心深く下に置いた。それは脆いものかもしれない。ひょっとしてガラス糸で織り上げられているかもしれない。ハンカチを出して、受話器を握り締めていた方の手のひらを拭いた。立ち上がって造り付けの洋服ダンスに行き、ひびの入った鏡に顔を映した。確かに自分の顔だ。緊張で堅くなっている。人生を急いで生きすぎたのだ。

ドクター・ヴィンセント・ラガーディー。ワイオミング・ストリート九六五番地。ガーランド葬儀社のはす向かいの角地に建った木造家屋。穏やかで上品な地域だ。死んだクローゼンの友だち。おそらく。そうではないと本人は言うが、真には受けられない。

私は電話の前に戻り、不自然な声を絞り出した。「綴りを教えてくれないか」

彼女は綴りを言った。すらすらと正確に。「これでもう仕事は終わった。そういうことだね？」と私は言った。「四海平穏にして一件落着。カンザス州マンハッタンではどのような表現を用いるのかわからないが」

「からかうのはやめて。オリンはトラブルに巻き込まれているのよ。どこかの――」、彼女の声は震え、呼吸が速くなった。「どこかのギャングが彼を追っている」

「よしてくれよ、オーファメイ。ベイ・シティーにギャングなんているものか。連中はみんな映画界で働いている。それでドクター・ラガーディーの電話番号は？」

彼女は教えてくれた。正しい番号だった。細かい断片がひとつにまとまりかけている、とまでは言わない。しかし少なくともそれらが同じパズルの断片であることは、だんだん確かになってきた。それだけでも上出来だ。

「そこに行って、兄に会って助けていただけないかしら。彼はその家を出ることを怯えているの。そのぶんの料金は払ったでしょう」

「そいつは返したはずだが」

「ええ、だけどもう一度それを差し出した」

「君は他にも何やかや差し出してくれたよ。こちらがとくに望みもしないものまでね」

沈黙があった。

「わかったよ」と私は言った。「わかった。こんなに長いあいだ私が自由の身でいられるというのは、つまり私がひどい面倒に巻き込まれているということだ」

「どうして？」

「嘘ばかりついて、真実を語らない。私の場合こんなことはいつまでも続かない。私は誰かさんのように幸運じゃないからね」

「でも私は嘘をついていないわ、フィリップ。本当よ。取り乱しているだけ」

「大きく息を吸って、もう一度取り乱してみてくれないか。よく聞こえるように」

「兄は殺されるかも」と彼女は冷静な声で言った。

「そしてその傍ら、ヴィンセント・ラガーディー先生は何をしている？」

「彼は事情を知らないのよ、もちろん。だからお願い、ねえ、すぐにそちらに行って。住所を教えるわ。ちょっと待ってね」

そこで小さなベルがちりんと鳴った。廊下のつきあたりの更に奥の方からそれは聞こえてきた。大きな音ではない。しかしよくよく耳を澄ませた方がいい。どれほど騒音がまわりに溢れていようと、そいつだけは聞き逃さない方がいい。

「電話帳に出ているだろう」と私は言った。「そしてなぜかうちにはベイ・シティーの電話帳がある。四時頃に電話をくれ。あるいは五時か。五時の方がいいな」

急いで電話を切った。席を立ち、ラジオを消した。ラジオで語られていたことは一言も耳に入らなかった。また窓を閉めた。デスクの抽斗を開けてルガーを取りだし、ホルスターに装着した。帽子をぴたりとかぶった。出がけにまた鏡に顔を映してみた。

そこには車ごと崖から飛び出そうと心を決めた男の顔があった。

21

ガーランド葬儀社では葬儀がひとつ終わりかけているところだった。大きな灰色の霊柩車が脇の入り口の前で待っていた。道路の両側に車がぎっしりと駐車していた。ヴィンセント・ラガーディー医師の診療所のある側にも、三台の黒いセダンが並んでいた。チャペルを出た人々がしめやかに歩道をやってきて、角に停めていた車に乗り込んだ。私はブロックを三分の一ほど進んで車を停め、そこで待った。車は動かなかった。やがて三人の人が出てきた。深々とヴェールをかぶった黒ずくめの服装の女性が一緒だった。彼らは半ば抱えるようにして、彼女を大きなリムジンに乗せた。葬儀社の主宰が、ショパンの曲の終結部を思わせる細やかな身振り手振りを見せながら、ひらひらと歩き回っていた。その灰色の顔はとても細長く、首の二周分はあろうかと思えた。

人々が馴れぬ手で棺を担いで脇のドアから出てきた。プロの担ぎ手たちがそれを引き受け、霊柩車の後部に苦もなく滑り込ませた。バターロールを並べた平皿でも扱うみたいに軽々と。棺の上に花が山のように積み上げられた。ガラスのドアが閉められ、あたりの車のエンジンが一斉にかけられた。

しばしの後、残っているのは通りの向かい側に停められた一台のセダンと、葬儀社の主宰一人だけになった。彼は売り上げの勘定をするために屋内に戻る途中、足を止めてバラの匂いを嗅いだ。満面の笑みを浮かべて彼がドアの奥に引っ込んでしまうと、世界は再び静まりかえり、空っぽになった。一台残ったセダンはずっと動かぬままだった。私は少し前に進み、Uターンしてその後ろに車を停めた。運転手は青いサージの服を着て、きらきらしたまびさしのついた柔らかい帽子をかぶり、朝刊のクロスワード・パズルをやっていた。私はミラー式のサングラスを鼻にかけ、彼の後ろを通り過ぎてラガーディー医師の診療所に向かった。男は目も上げなかった。数メートル進んだところでサングラスを取り、ハンカチでレンズを拭く振りをして、ミラーの面で男の様子を見た。彼は相変わらず顔を上げなかった。どうやらただクロスワード・パズルをやっているだけらしい。私はサングラスをかけなおし、診療所の玄関に向かった。

ドアには「ベルを鳴らして、中にお入り下さい」と書いてあった。私はベルを鳴らしたが、ドアは押しても引いても開かなかった。少し待ち、それからもう一度ベルを鳴らした。そしてまた待った。ドアの奥はしんとしていた。それからドアがほんの僅か、とてもこっそりと開いた。表情のない細い顔が、白衣の上から私を覗き見た。

「申し訳ありませんが、先生は今日は診察をなさいません」、彼女は目を細めるようにしてミラーグラスを見た。どうやらそれが気に入らないようだ。その舌は唇の内側で落ち着きなく動き回っていた。

「私はミスタ・クエストを探しているのです。オリン・P・クエストです」

「誰ですって?」。彼女の目の奥に、ショックの仄《ほの》かな片鱗が見て取れた。

「クエスト。Qは『典型的な（クインテッセンシャル）』のQ。Uは『制約のない（アンインヒビティッド）』のU。Eは『超感覚の（エクストラセンサリー）』のE。Sは『潜在意識下（サブリミナル）』のS。Tは『おねえちゃん（トゥーツ）』のT。それをひとつにすると、兄弟《ブラザー》という単語になる」

彼女はまるで、溺れかけた人魚を小脇に抱えて海底から浮かび上がってきた人間でも見るみたいな目で私を見た。

「申し訳ありませんが、ドクター・ラガーディーは本日――」

彼女は見えない手によって脇に押しやられ、そのあとには痩せた黒髪のどことなく不吉な男が、半ば開かれた戸口に立っていた。

「私がドクター・ラガーディーです。どのようなご用でしょう？」

私は名刺を渡した。彼はそれを読んだ。そして私を見た。青白い、やつれた顔をしていた。惨事が起こるのをじっと待ち受けている顔だ。

「以前、電話でお話ししたことがあります」と私は言った。「クローゼンという男のことで」

「お入りなさい」と彼は早口で言った。「そのことは覚えていないが、とにかく中に」

私は中に入った。部屋は暗かった。ブラインドが下ろされ、窓は閉められていた。暗くて、ひやりとしていた。

看護婦は後ろに下がり、小さなデスクの奥に座った。普通の造りの居間で、木の部分は明るい色で塗装されていた。家の建てられた時代からすると、たぶん本来は暗い色合いに塗られていたのだろう。角形のアーチが居間の部分と食堂部分を区切っていた。いくつかの安楽椅子と、雑誌を載せたセンター・テーブルがあった。いかにも一般住宅が開業医の待合室に改造されたという風だった。

看護婦の前に置かれた電話が鳴った。彼女ははっとして手を出しかけたが、そのまま手を止めた。そして電話をじっと睨んでいた。やがて電話は鳴りやんだ。

「なんというお名前を口にされましたかね？」とラガーディー医師は柔和な声で私に尋ねた。

「オリン・クエストです。ここで彼が働いているという話を彼の妹から聞いたのです、ドクター。私はこの数日、その男の行方を捜しています。昨夜、彼は妹に電話をかけました。ここから電話をかけた、と彼女は言っています」

「そういう名前の人物はここにはおりませんよ」とドクター・ラガーディーは丁重に言った。「前にいたこともありません」

「まったく彼のことを知らない?」

「その名前を耳にしたことはありませんな」

「じゃあどうしてそんなことを妹に言ったのだろう?」

看護婦はこっそりと目を押さえた。デスクの上の電話機が大きな音で鳴りだし、再び彼女を飛び上がらせた。「電話に出るんじゃない」とドクター・ラガーディーはそちらに顔を向けることなく言った。

ベルが鳴っているあいだ我々はただ待っていた。電話のベルが鳴っているあいだ、人は待つものだ。やがてそれは鳴りやんだ。

「もう帰っていいよ、ミス・ワトソン。今日のところもう用はない」

「ありがとうございます、ドクター」、彼女はじっとそこに座って、デスクを見下ろしていた。絞り込むように目をつぶり、それからぱっと大きく開けた。そしてあきらめたように頭を振った。

ドクター・ラガーディーは私の方を向いた。「私のオフィスにいらっしゃい」

我々は部屋を横切り、別のドアから廊下に出た。まるで卵を踏むような気分だった。家の中の空気は予感で満ちていた。彼はドアを開け、私をかつては居室だったとおぼしき部屋に通した。今はそこには居室の面影はなく、こぢんまりとした医師のオフィスになっていた。開いたドアの向こうには検査室の一部が見えた。片隅では消毒器が作動し、たくさんの注射針がその中で消毒されていた。

「ずいぶんたくさん注射針がある」と私は言った。常に頭が素速く働く。

「お座りなさい、ミスタ・マーロウ」

彼はデスクの奥にまわってそこに腰を下ろし、長いほっそりとした郵便開封用のナイフを手に取った。

彼は悲しみを湛えた目でまっすぐ私を見た。「いや、私はオリン・クエストという名前の人物を知りません、ミスタ・マーロウ。そしてまたそういう名前の人物が、私のところにいると自ら主張する理由も思いつけません」

「彼は身を隠しているのです」

彼の眉毛が上げられた。「何から?」

「彼の首の後ろにアイスピックを突き立てたいと思っているかもしれない連中からです。小型のライカで手速く写真を撮るのが得意だったという理由でね。人々がかまわれたくないと思っているときに、写真を撮るんですよ。いや、もっと違うことかもしれない。たとえばマリファナの密売を通報しようとしたせいかもしれない。私の言っていることは謎かけみたいでしょうかね?」

「警察をここに寄越したのは君だな」と彼は冷ややかな声で言った。

私は何も言わなかった。

「君が電話をかけてクローゼンの死を通報した」

私はやはり無言でいた。

「うちに電話をかけてきて、クローゼンを知っているかと尋ねたのも君だ。私は知らないと答えた」

「しかしそれは真実ではない」

「君に情報を与える責務はなかった、ミスタ・マーロウ」

私は肯いて煙草を取りだし、火をつけた。ドクター・ラガーディーは時計に目をやった。椅子を回して、消毒器のスイッチを切った。私は注射器を見ていた。たくさんの注射器がある。以前ベイ・シティーで、たくさんの注射器を消毒している男がらみで面倒に巻き込まれたことがある。

「どうやっているんだい？」と私は尋ねた。「ヨット・ハーバーかな？」

彼は気味の悪いペーパーナイフを取り上げた。銀の握りは女の裸体の格好をしている。それで自分の親指の付け根の膨らんだ部分をつついた。そこに暗い色の血の玉が浮かぶと、彼はそれを口にあてて吸った。「血の味が好きだ」とソフトな声で言った。

玄関のドアが開けられ、閉じられるとおぼしき音が遠くから聞こえた。我々はその音に注意深く耳を澄ませた。正面階段を降りて去っていく足音が聞こえた。我々はしっかり耳を澄ませていた。

「ミス・ワトソンは帰宅した」とドクター・ラガーディーは言った。「この家にいるのは我々二人だけだ」。彼はそれについて考えを巡らせ、また血を吸った。ナイフをデスクの下敷きの上にそっと置いた。「ああ、ヨット・ハーバーについて何か言っていたね」と彼は付け加えるように言った。「メキシコがすぐ近くにあるということを君は示唆しているのだろうな。疑いの余地なく。マリファナを仕入れるには――」

「マリファナのことなんか、もうとくに考えてはいないよ」。私はまた注射器をじっと見つめた。彼は私の視線を目で追った。そして肩をすくめた。

私は言った。「どうしてこんなにたくさんあるんだ？」

「君にどんな関係がある？」

「私と関係があることなんて何もないさ」

「しかし君は私が質問に答えることを求めているようだ」

「ただ話をしているだけだよ」と私は言った。「話しながら、何かが起こるのを待っているんだ。この家の中で何かが持ち上がろうとしている。そいつが片隅からちらちらと私をうかがっている」

ドクター・ラガーディーはまた親指の血の玉を舐めた。

私はじっと彼を見ていた。しかしどれだけ見ても、彼の正体は見抜けなかった。物静かで、暗く、打ちのめされているように見えた。人生のすべての悲惨さがその目に浮かんでいた。しかしそれでもなお物腰は穏やかだった。

「注射器の話をしてもいいかな？」と私は言った。

「もちろんかまわない」と彼は言って、長くて細いナイフをまた取り上げた。

「それをやめてくれないか」と私は鋭く言った。「見ていると気持ちが悪くなる。蛇を撫でるのを見ているみたいだ」

彼はナイフをまたそっと下に置き、微笑んだ。「話が堂々巡りになっているみたいだな」

「ちゃんと前に進んでいるさ。注射器の話をしている。二年ほど前、ある事件がらみで私はこの街に来たことがある。そしてオルモアという医者と関わり合った。彼はオルテア通りに住んでいた。この人物にはおかしな習慣があった。夜になると皮下注射器を詰めた大きな鞄を持って外出するんだ。いつでも往診いたしますというわけだ。鞄にはモノが詰まっている。彼は特殊な患者を抱えていた。酔っぱらい、金持ちのジャンキー、世間が考えているよりこういう連中は遥かに数多くいる。刺激剤を取りすぎて神経が休まらなくなった連中、不眠症患者——あらゆるタイプの神経症だ。自分ではことを収められない。錠剤を飲むか、それとも腕に一本打ってもらう必要がある。そうしないときついヤマを越えられない。やがてヤマはどんどんきつくなっていく。医者にすればいい商売だ。オルモアはそんな連中の御用達だった。今ではこれも口に出せる。彼は一年ほど前に死んだからね。自分の扱う薬物が命取りになったかもしれないと、君は考えているのかな？」

「そして私がそのあとを継いだかもしれないと、君は考えているのかな？」

「誰かが引き継ぐことになる。そこに患者がいる限り、医師は必要とされる」

彼はさっきより更に消耗したように見えた。「私に言わせれば、君は阿呆だ。私はオルモアという医者は知らない。そして彼がやっていたと君が主張するような商売を、私はやっていない。そして注射器について言うなら――君が持ち出したことだからいちおう説明をしておくが――今日の医療では実に頻繁に使用されるものだ。ビタミン投与のような無害な目的にも使用される。そして針はすぐに鋭さを失う。針先が鈍くなると、患者の痛みは増す。だから一日に一ダースの針を使うことも珍しくはない。麻薬に使われるとは限らない」

彼はゆっくりと顔を上げ、紛れもない侮蔑の色を浮かべた目で私を睨んだ。

「私が間違っているのかもしれない」と私は言った。「昨日、クローゼンの部屋でマリファナの匂いを嗅ぎ、彼がおたくに電話をかけ、あなたをファースト・ネームで呼ぶのを目にした。それでつい早とちりをしたのかもしれない」

「麻薬中毒の人間を診ることもある」と彼は言った。「医者なら誰だってそういう経験はある。まったくの時間の無駄だ」

「時には治癒されることもある」

「薬物を強制的に取り上げられることはある。そして大いに苦しみ抜いたあとで、薬物抜きで生きていけるようにはなる。しかしそれは治癒とはいえない。彼らをそもそも中毒患者にした神経的な、あるいは情緒的な欠陥がそれで取り除かれるわけではないからね。それは彼らを物憂げな、気力のない人間に変えるだけだ。日向に座り込んで、親指をただぐるぐる回し、限りない退屈と無為の中で死んでいくような人間に」

「そいつはずいぶん荒っぽい説だね、ドクター」

「もともと君が持ち出した話題だ。私はそれについて意見を述べた。話題を変えよう。君はこの家に漂っているある種の雰囲気なり緊張に、既に気づいているかもしれない。その馬鹿げたミラー・グラスをかけていてもだよ。もう取ってもいいんじゃないかね。そんなものかけたってケイリー・グラントのようには見えないぞ」

私はサングラスを外した。「かけていたことをすっかり忘れていたよ」

「警察がここに来たんだよ、ミスタ・マーロウ。マグラシャン警部補という人物がね。クローゼンが殺された事件を調査していた。彼はきっと君に会いたがるだろう。私から彼に電話をかけようか？きっとここに飛んでくるだろうね」

「かまわない。電話をすればいい」と私は言った。「私は自殺をしにいく途中でここに寄っただけだ」

彼の手は電話に伸びたが、ペーパーナイフの磁力に引き寄せられるように、脇にそれていった。彼はまたそれを取り上げた。どうしても手に取ってしまうのだ。

「そいつで人を殺すこともできそうだ」と私は言った。

「とても簡単に」と言って彼は少し微笑んだ。

「首の後ろに数センチの深さでいい。後頭部のくぼみのすぐ下の、きっかり真ん中にね」

「アイスピックの方が良い武器になる」と彼は言った。「とくに短めのものを、やすりできりきりに尖らせるんだ。そうすればたわまない。もし脊椎を外したら、相手に大きなダメージを与えることはできない」

「医学的な知識がいくぶん必要になるわけだ」、私はくしゃくしゃになった哀れなキャメルの箱を取りだし、セロファンの中からなんとか一本を抜き出した。

彼は微笑み続けていた。とてもうっすらした、どちらかといえば悲しげな微笑みだった。それは怯えている人間が浮かべる微笑みではなかった。「医学的知識はあれば役に立つだろう」と彼は穏やかな声で言った。「しかし少し器用な人間なら、十分もあればコツを摑めるはずだ」

「オリン・クエストは二年間医学を勉強していた」と私は言った。

「さっきも言ったように、私はそういう名前の人間を知らない」

「ああ、そう聞いたよ。しかしそのまま信用したわけじゃない」

彼は肩をすくめた。しかし彼の目は最後にはいつもナイフに引き寄せられた。

「我々は恋するカップルのようだ」と私は言った。「ただここに腰を下ろし、向かい合ってらちもない会話を交わしている。何がどうなろうとかまわないみたいにね。なぜなら日暮れまでには二人とも豚箱に入っているだろうから」

彼はまた眉を上げた。私は続けた。

「あなたがしょっぴかれるのは、クローゼンがあなたのファースト・ネームを知っていたからだ。そしてあなたが彼と話をした最後の人物であるからだ。私の場合は、私立探偵が免許を持ち続けるためにはやってはならないことを、残らずやったからだ。証拠を隠匿し、情報を隠し、死体を発見しながら、美しく廉潔なことで高名なベイ・シティー警察署に神妙に出頭しなかった。そう、私には逃げ道はない。もう絶体絶命さ。しかし今日は何やらきつい香水の匂いがあたりに漂っているじゃないか。でもそんなことはとくに気にもならない。それとも私は恋をしているのだろうか。なんだかどうでもよくなってきた」

「飲みすぎたんだろう」と彼はゆっくりと言った。

「私が酔わされているのはシャネルの五番と、キスと、美しい脚の青白い輝きと、深いブルーの瞳の見せかけの誘惑、それくらいだ。そういう罪のないものさ」

彼は今までよりも更に悲しげに見えた。「女は男をとことん骨抜きにできる。そう思わないか？」と彼は言った。

「クローゼンの話だ」

「救いようのないアル中だ。どんな風だかは君にもわかるだろう。酒ばかり飲みまくって、何も食べない。そしてビタミンの不足が少しずつ譫妄《せんもう》状態をつくり出していくんだ。彼らに対してできることはひとつしかない」と彼は言って消毒器を見た。「注射、また注射だ。そんなことをしていると、自分が汚らしく思えてくる。私はソルボンヌ大学を出ている。それなのにこんなみすぼらしい街のみすぼらしい連中相手に医療を行っている」

「どうしてだね？」

「昔に起こったあることのせいだよ――別の街での出来事だがね。あまり質問をしないでほしいね、ミスタ・マーロウ」

「彼はあなたをファースト・ネームで呼んでいた」

「それはある種の階級の習慣だよ。かつて俳優だった連中。かつて悪党だった連中」

「他には何もない？」と私は言った。

「それだけだ」

「じゃあ、もし警官がここに来ても、あなたとしてはクローゼンに関してやましいことなど何ひとつないわけだ。どこか別の場所で遠い昔に起こった別の出来事が気にかかるだけだ。あるいはそれはひょっとしたら愛かもしれない」

「愛？」、彼は舌の先からその言葉をゆっくりと落とした。その味わいを最後まで愛おしみながら。苦々しい小さな微笑みが、言葉のあとに残った。銃が発射されたあとに空中に残る火薬の匂いのように。彼は肩をすくめ、それから机上のシガレット・ボックスを、書類皿の背後から私の側に押して差し出した。

「どうやら愛ではないらしい」と私は言った。「私はあなたの心を読もうとしているんだ。ソルボンヌ大学で学位を受けた男がここにいる。医師だ。ところが今ではみすぼらしい街でみすぼらしい商売をやっている。そこまではわかる。でもここで実際に何をやっているんだ？ クローゼンみたいな連中を相手に何をやらかしている？ 何をやって躓《つまず》いたんだね、ドクター？ 麻薬か、堕胎か、それともひょっとしてどこか東部のホットな街で、ギャング御用達の医者を務めていたのかな？」

「たとえばどのあたりだね？」、彼は薄い笑みを浮かべた。

「たとえばクリーブランド」

「おそろしく乱暴な推測だね」、彼の声は今では氷のようだった。

「この上なく乱暴な」と私は言った。「しかし私のようにきわめて限られた脳味噌しか持っていない人間は、自分の知っている諸事をひとつのパターンに当てはめていくものなんだ。時としてそれは間違っている。しかし職業病のようなものでね。そっちさえよければ、頭にあることを話したいんだが」

「聞こうじゃないか」、彼は再びナイフを手に取り、デスクの下敷きをそれで軽くつついた。

「あんたはクローゼンを知っていた。クローゼンはアイスピックで手際よく殺された。私がその家の二階で、ヒックスという詐欺師と話している間にね。ヒックスは早々にそこを出て行ったが、出がけに宿泊者台帳のページを一枚破っていった。オリン・クエストの名前が書かれたページをね。その日の午後に、ヒックスはロサンジェルスでやはりアイスピックを突き立てられて死んだ。彼の部屋には捜索された形跡があった。そこには女が一人いた。彼から何かを買い取るべくやってきた女だ。しかし手に入れることはできなかった。私には彼女よりも時間の余裕があり、それを見つけることができた。ここから推測になる。推論A、クローゼンとヒックスは同じ人物の手で殺されたが、その理由は同じとは限らない。ヒックスが殺されたのは、彼がほかの誰かの商売に首を突っ込もうとしたからであり、またそれを独り占めしようとしたからだ。クローゼンが殺されたのは、彼が口の軽いアル中で、ヒックスを殺しそうなのが誰かを知っていたからだ。ここまではいいかな？」

「私にはとんと興味の持てない話だ」とドクター・ラガーディーは言った。

「ところがあんたはそのとんと興味の持てない話におとなしく耳を澄ませている。とびっきり躾《しつけ》がいいらしい。いいだろう。そこで私は何を見つけたか？　おそらくは元クリーブランドの顔役で、今はハリウッドのレストランのオーナーだかなんだかがある日、華やかな映画女優と昼食を共にしている写真だ。この元クリーブランドの顔役は当日、郡の刑務所に入っていることになっていた。そしてちょうど同じ日に、この元クリーブランドの顔役の旧い仲間が、ロサンジェルスのフランクリン・アヴェニューで射殺された。どうしてその人物は檻にぶち込まれていたのか？　彼の素性をばらすたれ込みがあったからだ。そしてロサンジェルス市警には何かと問題はあるものの、彼らは東部のギャングを黙って自分たちの街にのさばらせておいたりはしない。じゃあ、いったい誰が警察にちくったのか？　警察にひっぱられたご当人が、実は自ら警察にばらしたのさ。というのは彼のかつての仲間が今では何かと面倒のタネになっていて、そいつを始末する必要があった。そしてその殺害時に刑務所に入っていることは、彼にとってまたとない強力なアリバイになったからさ」

「実に空想的な話だ」、ドクター・ラガーディーは疲れた微笑みを浮かべていた。「まったくもって空想的な話だ」

「そのとおり。そして話は更に途方もないものになる。警官たちはその元ギャングについて何ひとつ立証できない。クリーブランドの警察はさらさら興味を示さない。ロサンジェルス市警はやむなく彼を釈放する。しかしもし彼らがその写真を目にしたら、釈放どころの話じゃなくなる。かくしてその写真は立派な脅迫ネタになり得る。まず第一に、その元クリーブランドの顔役を相手にね。もちろんもし彼が本当に元クリーブランドの顔役であったなら、ということだが。そして第二に、その人気映画女優を相手に。彼女がギャングと親しくおつきあいをしていたということで。気の利いた人間ならその写真で一財産作ることができるだろう。しかしヒックスにはそこまでの力量はない。ここで改行。ここから推論Bになる。オリン・クエストという私が探している青年が、その写真を撮影した。コンタックスかライカ、フラッシュをたく必要のないカメラで、写されている人間にも自分が写されたことがわからない。クエストはライカを所持しており、そういう隠し撮りを趣味としていた。でももちろん今回の件については、彼はより商業的な目論見を持っていた。質問。彼はどうやってその写真を撮る機会を得たか？　答え。その映画女優が彼の姉だったからだ。だから彼女に近寄って声をかけることができた。彼は仕事にあぶれ、金に不自由していた。女優は弟に、自分にもう近づかないことを条件として、なにがしかの金を与えたのだろう。身内なんて彼女には邪魔なだけだ。これでもまだまったくもって空想的な話かね、ドクター？」

彼はむっつりとした顔で私を見ていた。「さあ、わからんね」と彼はゆっくりと言った。「少しはもっともらしくなってきたかもな。しかしどうして君はそんな剣呑《けんのん》な話を、わざわざ私に話して聞かせなくちゃならないんだね？」

　彼はシガレット・ボックスに手を伸ばし、一本を私に放って寄越した。私はそれを受け、眺めてみた。エジプト煙草、楕円形で膨らんでいる。私には味がリッチ過ぎる。だから火をつけなかった。指のあいだにそれをはさんだまま、そこに座って彼の暗い、不幸そうな目を見ていた。彼は自分の煙草に火をつけ、神経質に吹かせた。

「今度はあなたをその話に組み込もうじゃないか」と私は言った。「あなたはクローゼンを知っていた。仕事の上でね。私が私立探偵だと明かすと、彼はすぐにここに電話をかけようとした。しかしまともに話をするには酔っぱらいすぎていた。私は彼の回した番号を記憶しておいて、その後あなたにクローゼンが死んだことを教えた。どうしてか？　もしやましいところがないなら、あなたはすぐ警察に通報するはずだからだ。ところがしなかった。どうしてか？　あなたはクローゼンを知っていたからだ。そしてクローゼンと同宿している連中のことも、おそらくは知っていたのだろう。どっちにしろ証拠はない。ここで改行。ここからが推論Cになる。あなたはヒックスか、クエストか、あるいはその両方を知っていた。ロサンジェルス市警は元クリーブランドの顔役の正体を特定することができなかった。あるいはあえてしなかった——この人物にそろそろ名前を与えよう。スティールグレイブと呼ぶことにしよう。しかし誰かにはその正体を暴くことができたに違いない。もしその写真に、殺人を犯すだけの値うちがあったとするなら、当然そうなる。あなたはクリーブランドで医者をやっていたのかな、ドクター？」

「とんでもない」、彼の声はずっと遠方から聞こえてくるようだった。彼の目も遠くにあった。煙草の煙がやっと出し入れできるほどしか、唇は開かれていなかった。彼はひどくもの静かだった。

　私は言った。「電話局に行けば、一部屋いっぱい電話帳が置いてあるんだよ。全国の電話帳が集められている。そこであなたの名前を調べてみた」

「ダウンタウンのオフィス・ビルの続き部屋《スィート》だった」と私は言った。「それが今では、このちっぽけな浜辺の街で何やら胡散臭い診療をしている。きっと名前も変えたかったんだろうね。しかし医師免許の名前を変更することはできない。誰かが今回の事件を裏で操っていたはずなんだよ、ドクター。クローゼンはアル中で、ヒックスは間抜けな田舎もので、オリン・クエストは根性の曲がったちんぴらだ。しかし彼らは使えた。あなたが自らスティールグレイブに立ち向かうことはできない。そんなことをしたら、歯を磨くほどの時間も命はもたなかっただろう。となると、兵隊を使って仕事をするしかない。使い捨てのできる兵隊をね。さて、これで話は通じるかな？」

彼ははかない笑みを口に浮かべたまま、ため息とともに、椅子の中で背中を後ろにそらせた。「推論Dだよ、ミスタ・マーロウ」、彼の声はほとんど囁きになっていた。「君は手のつけようのないほどの愚か者だ」

私はにやりと笑い、むっくりとしたエジプト煙草に火をつけようとマッチに手を伸ばした。

「もうひとつ付け加えれば」と私は言った。「オリンの妹が電話をかけてきて、あなたのところに兄が潜んでいると言った。それらの要素をひとつにまとめて結論を出すのは、いささか無理があるかもしれない。そいつは認める。しかし焦点は徐々にあなたの上に結ばれつつあるように見える」。私はその煙草をのんびりと吹かせた。

彼は私を見ていた。彼の顔は波打っているように見えた。そしてぼんやりと霞んできた。奥の方に引っ込んで、またこちらに寄ってきた。胸が締めつけられるような感覚があった。頭の働きが亀の歩みのようにのろくなった。

「いったいどうなっているんだ？」。私の声は舌がもつれていた。

私は椅子の肘掛けに両手を置いて、身体を持ち上げようとした。「どうやらへまをしたようだな」

と私は言った。口にまだ煙草をくわえ、まだそれを吸っていた。へまをしたというような生易しい代物ではない。そのためにまったく新しい言葉をこしらえる必要がある。

私は椅子から身体を乗り出そうとしたが、二本の足はセメントの樽に突っ込まれたみたいになっていた。しゃべろうとしても、真綿を通したような声しか出なかった。

私は椅子の肘掛けから手を離し、煙草を取ろうとした。二度ばかり大きく的を外した。それからやっと摑むことができた。でもそれは煙草には思えなかった。まるで象の後ろ脚みたいだ。それも爪を尖らせたやつだ。その爪は私の手に食い込んだ。手を振り払うと、象はさっと脚を引いた。

ぼんやりとした、しかしひどく長身の人影が私の前に素速く回り込んだ。そしてラバが私の胸を思い切り蹴飛ばした。私は床に尻餅をついた。

「カリウム・シアン化水素を少量」と声が言った。その声は大西洋間海底電話を通して聞こえてきた。「命に別状はない。危険性すらない。ただリラックスさせる――」

私は床から起き上がろうとした。一度試してみるといい。しかしまず最初に釘で床を固定しておく必要がある。この床ときたらなにしろ宙返りするのだ。しばらくするとなんとか少しは安定した。四十五度の角度に私は落ち着くことができた。私は体勢をたてなおし、どこかに向かい始めた。地平線にはナポレオンの墳墓とおぼしきものが見えた。目標としては悪くない。私はそちらを目指した。私の心臓は早鐘を打っており、うまく肺を開くことができなかった。フットボール試合で息を涸らせた状態に似ている。呼吸が再び正常に復することなんてあり得ないように思える。絶対に、何があろうと、二度と。

それはもうナポレオンの墳墓には見えない。それは大波の上の筏《いかだ》だ。男がその筏に乗っている。見覚えのある男だ。いいやつで、我々は仲良くやっていた。私は彼の方に向かいかけたのだが、そこで肩が壁にどすんとぶつかった。おかげで身体がくるっと回転した。私はその何かに爪でしがみついて体を支えようとした。しかしそこにはカーペットしかなかった。どうしてこんなところに私はいるのだ？　尋ねても無駄だ。それは秘密なのだ。何かを質問するたびに、顔に床を押しつけられることになる。オーケー、私はカーペットの上を這い回り始めた。かつては自分の手であり、膝であったものを用いて私は四つん這いになった。でも感覚はそのことを証明してはくれなかった。私は暗い色合いの木の壁に向かって這っていった。あるいはそれは黒い大理石だったかもしれない。再びナポレオンの墳墓が現れた。私がいったいナポレオンに何をしたというのだ？　いったい何のために、彼は私に向かって自分の墓をいちいち押しつけなくてはならないのだ？

「水を飲まなくては」と私は言った。

私はこだまに耳を澄ませた。しかしこだまはない。誰も何も言わなかった。たぶん私も何も言わなかったのだろう。それは頭の中にふと浮かんだ考えに過ぎなかったのだろう。カリウム・シアン化水素。腹ばいになってトンネルをくぐり抜けながら考えるには、いささか長すぎる単語だ。命に別状はないとあの男は言った。オーケー、これはただのお楽しみだ。それとも半分くらいの命取りとでも呼ぶべきなのか。フィリップ・マーロウ、三十八歳、いかがわしい評判をとっている私立探偵。昨夜グランド・ピアノを背中に担いで、バローナ雨水排水溝をくぐり抜けようとしていたところを、警察に逮捕された。ユニヴァーシティ・ハイツ警察署で尋問されたマーロウは、クート・ベラールのマハラジャのもとにピアノを届けるところだったと供述した。どうして拍車をつけていたのかという質問に対しては、依頼人の秘密は神聖なものだと答えた。マーロウは更なる調査のために拘置されている。ホーンサイド署長は、今の時点でそれ以上警察から発表できることはないと語った。ピアノは調律されていたかという質問に対し、『ミニット・ワルツ』を三十五秒間弾いてみたが、自分にわかる限りではピアノにはピアノ線が一本もついていなかったと語った。代わりにほかの物がそこにあったことを、署長は仄《ほの》めかした。新聞発表用の完全なステートメントは十二時間以内に用意されるとホーンサイド署長は語り、唐突に話を打ち切った。マーロウは死体を始末しようとしていたのではないかという推測がなされている。

暗闇の中から顔がぬっと現れて、こちらに寄ってきた。私は向きを変え、その顔の方に向かった。しかしもう午後も遅くなっていた。太陽は沈みかけ、あたりは急速に暗くなっていった。そこには顔はなかった。壁もなく、机もなかった。そして床もなかった。そこにはなんにもなかった。私さえそこにはいなかった。

22

黒くて大きな手を持つ黒くて大きなゴリラが、その黒くて大きな手を私の顔にあて、首の後ろにねじ込もうとしていた。私はそれを押し返した。主張のぶっつけ合いにおいて劣勢な側に立つのは、私の特技である。相手が私の目を開かせまいとしていることにやがて気がついた。

それならば目を開けてやろうと私は決心した。ほかの人々はみんなそうしてきたのだ。どうして私にできないわけがあろう。私は全力を傾注し、ほんの僅かずつ背中をまっすぐにし、腿と膝を曲げ、両腕をロープ代わりにして、錨のように重い両方の瞼をやっとこさ持ち上げた。

私は床に仰向けになって寝ころび、天井を見上げていた。職業上の理由で時として、余儀なくとらされる姿勢だ。私は首を回してみた。肺はこわばり、口はからからになっていた。部屋は相変わらずドクター・ラガーディーの診察室だ。同じ椅子、同じデスク、同じ壁と窓だ。まわりには沈黙が重くたれ込めていた。

私は床の上に尻餅をついたかたちでがんばって身体を起こし、頭を振った。ひどいめまいがした。頭は二千メートルばかりのきりもみ急降下に入った。私はなんとかそれを安定させ、水平飛行に持ち直した。私は目をそばめた。同じ床、同じデスク、同じ壁。しかしドクター・ラガーディーの姿はない。

私は唇を湿らせ、漠然とした音を出してみた。しかしそれは誰の関心も引かなかった。私は両足で立ち上がった。私はダルウィーシュ教（熱狂的に踊ることで法悦を得るイスラムの神秘教団）の教徒のようにくらくらして、おんぼろの洗濯機のように弱々しく、アナグマの腹のように低くさまよい、シジュウカラのように怯え、義足をつけたバレエ・ダンサーのように勝算を欠いていた。

這いつくばるようにしてデスクの向こう側まで行き、ラガーディーの椅子にどさっと座り込んだ。そして机の中をやみくもに漁ってみた。液体肥料みたいな見かけの瓶が見つからないものかと。しかしそんなものはない。また立ち上がった。私の身体は死んだ象みたいに重かった。よろめく足でいくつかの、ぴかぴかと白いエナメルの戸棚の中を探し回ったが、そこには私以外の人が急いで必要とするものしか入っていなかった。四年間の服役労働もかくやという労苦の末、私の小さな手はようやくエチル・アルコール入りの六オンス瓶を摑んでいた。とにかくラベルにはそう書いてある。あと必要なものはグラスと少量の水だ。善人ならそれくらいは入手できてしかるべきだ。私は検査室に通じる戸口に向かった。空中には相変わらず、熟れすぎた桃のような強い香水の匂いが漂っていた。戸口を抜けようとしてその両側にどすんとぶつかり、視力を回復するために一息つかなくてはならなかった。

そのとき私は、足音が廊下をこちらに向かってくることに気づいた。私は壁に力なくもたれかかり、耳を澄ませた。

ゆっくりとした足取りで、一歩と一歩のあいだに長い間が空いた。最初は忍び足で歩いているのかと思った。でもやがて、ひどく疲れているためらしいとわかった。最後の安楽椅子になんとか辿り着こうとしている老人だ。私にもお仲間ができたわけだ。それからとくにわけもなく、カンザス州マンハッタンの家のポーチにいるオーファメイの父親のことを思い出した。彼は冷たいパイプを手に、こっそりと揺り椅子まで歩いてそこに腰を下ろし、芝生の先に目をやりながら、きわめて経済的な喫煙を楽しもうとしている。マッチも不要、煙草も不要、居間のカーペットを汚すこともない喫煙を。私は彼のために椅子を案配してやった。ポーチの端っこの、密生したブーゲンビリヤが木陰をつくっているところに腰を下ろせるように。彼は見上げ、まともな側の顔を私に向けて謝意を表す。背中をもたせかけるとき、彼の指の爪が椅子の肘掛けをひっかいた。

指の爪がひっかいているのは、どこかの椅子の肘掛けではなかった。そいつは現実の音だった。すぐ近く、閉まったドアの外から聞こえてくる音だ。検査室から廊下に通じるドア。弱々しい、微かなひっかき音。きっと子猫が中に入りたがっているのだろう。オーケー、マーロウ、お前は年季入りの動物好きだ。行って、子猫を中に入れてやれ。私はそちらに向かった。端っこに輪っかのついた素敵な検査用の長椅子と、素敵で清潔なタオルの助けを借りて、ようやくそこまで辿り着くことができた。ひっかく音は止んだ。かわいそうな子猫ちゃん、部屋を閉め出されて、中に入りたがっている。涙が目に溜まり、皺の寄った頬を伝って落ちた。検査用テーブルから離れ、ドアまでの障碍《しょうがい》のない四メートルを歩いた。胸の奥で心臓が派手な音を立てた。肺にはまだ、倉庫に二年ばかり保管されていたような感覚がある。私は深く息を吸い込み、ドアノブをしっかり握り、それを開けた。まさにその瞬間、銃に手を伸ばさなくてはという考えが私の頭に浮かんだ。しかしそのときの私にできたのは、「考えが頭に浮かぶ」というくらいのことだ。私は浮かんだ考えを光のそばに持っていって、とっくり眺めるのが好きな人間だ。本当ならドアノブから手を離すべきだったのだ。しかしそれは私の手に負いかねる大事業だった。そんなわけで結局ドアノブを回し、ドアを開けることになった。

男は白蠟でできたような四本の指を曲げて、戸口の枠にしがみついていた。目はくすんだ灰色まじりのブルー、大きく見開かれ、僅か数ミリの奥行きしかなかった。目は私に向けられていたが、私を見てはいなかった。我々の顔のあいだには僅かな隙間しかなく、我々の吐く息は空中でぶつかりあった。私の呼吸は速く荒々しく、男の呼吸は遙か遠くの囁きのようで、まだ臨終の喉鳴りには至っていなかった。口の中には血が溢れ、顎を伝ってこぼれていた。無意識に下に目をやると、彼のズボンの中を流れた血がゆっくりと靴の中に溜まり、靴から溢れた血が床に流れているのが見えた。とくに急ぐでもなく時間をかけてそれは流れていた。血は既に小さなたまりを作っている。

男がどこを撃たれたのか、私にはわからなかった。歯はかたかたと音を立てて、私に何かを語りかけていた。あるいは何かを語ろうと試みていた。しかしそれが彼の発することのできる音のすべてだった。彼は息をすることをやめた。がっくりと口が開き、それから喉鳴りが始まった。喉鳴りといっても喉が勢いよく鳴るわけではない。そこには勢いの良さなど見受けられない。

絨毯とドアの敷居のあいだにあるリノリウムの床の上で、ゴム底の靴が軋んだ。白い指が戸口の枠から離れた。男はなんとかそこに立とうと試みたが、足は身体を支えることを拒否した。両脚が交差し、彼の上半身はまるで波に乗って泳ぐ人のように、空中でくねり、私に飛びかかってきた。

それと同時に、それまで見えなかった方の片腕が現れ、さっと振り上げられた。その動作は痙攣的なもので、生体的な意志はまったく関与していないように見えた。その腕は、前に向かおうとした私の左肩に落ちた。肩胛骨のあいだに蜂が刺したような感覚があった。それまで私の握っていたアルコールの瓶と共に、他の何かが音を立てて床に落ち、からからと転がって壁の腰板にぶつかった。

私は歯を食いしばって脚を広げ、男を腕に受け止めた。その体重は普通の人間の五倍はあった。私は一歩後ろに下がり彼を支えようとしたが、それは倒れた樹木の片端を持ち上げようとするようなものだった。私は男と共に倒れた。彼の頭はごつんと床を打ったが、それはやむを得ないことだった。私は満足に身体を動かすことができなかったのだから。私は相手の身体を少しまっすぐにし、彼から身を離した。両膝をついて身体を起こし、前屈みになって耳を澄ませた。喉鳴りは止んでいた。長い沈黙があった。それから押し殺したため息が聞こえた。どこまでも静かでのんびりとして、急《せ》いたところのないため息だ。再び沈黙。そしてまた更にゆっくりとしたため息が聞こえた。頭を垂れたバラの間を抜ける夏の微風のような、物憂く平和なため息だ。

何かが彼の顔に、そして顔の内奥に起こった。あの常に不可解にして困惑させられる一刻に持ち上がる、曰く言い難いことが起こったのだ。その表情は和らぎ、無垢なる時代へと歳月を遡った。今では漠然とした内的な愉楽が顔に浮かび、唇の両端はほとんど悪戯っぽいまでに持ち上げられていた。それはいささかおかしな話だった。というのはオリン・P・クエストがそういう類の少年でなかったことは、どう考えてもわかりきったことだったからだ。

遠くの方でサイレンが鳴っているのが聞こえた。私はそこに膝をついたまま耳を澄ませた。車はそれを鳴らしながらどこか遠くに去っていった。私は立ち上がり、横手の窓際に行って外を見た。ガーランド葬儀社の玄関では別の葬儀の準備が進められていた。通りは駐車する車で再び混雑していた。人々はバラの茂みの前をゆっくりと歩いて抜けていった。とてもゆっくりと。男たちはその小さなコロニアル風のポーチに着くずっと前から、既に帽子をとって手に持っていた。

私はカーテンを下ろし、エチル・アルコールの瓶を拾い上げ、ハンカチで拭って脇に置いた。アルコールに対する欲求はもう消えていた。もう一度前のめりになったときに肩胛骨の間に蜂の刺し傷を感じ、他にまだ拾い上げるべきものがあることを思い出した。丸みのある白い木製の柄《つか》を持った物体が、壁の腰板の前に転がっていた、刃にやすりをかけたアイスピック、刃の長さは七センチもない。それを明かりにかざし、鋭い先端を眺めた。そこに私の血が微かについているかいないか、よく見えなかった。先端あたりにそっと指を滑らせてみた。血はついていない。先端はおそろしく鋭かった。

私はハンカチでもう少し拭いてから、身を屈め、そのアイスピックを男の右手に握らせた。カーペットのくたびれたけばの上に置かれた白い蠟のような右手に。それはいかにも偽装されたように見えた。私は彼の腕を振って、アイスピックがぽろりと床に落ちるようにした。ポケットを探ってみることを考えた。しかし私なんかよりもっと容赦ない手が既にそれを行っているはずだ。

一瞬のパニックに襲われて、私は自分のポケットを探った。何も奪われてはいなかった。脇に吊したルガーまでそのままになっている。抜き出して匂いを嗅いでみた。発射されていない。調べるまでもないことだ。ルガーで撃たれたら、そのへんをよろよろ歩き回ったりはできない。

戸口の黒い血だまりをまたぎ、廊下を見渡した。家の中は相変わらずしんとして、何かを待ち受けていた。廊下を抜けて血のあとを辿っていくと、書斎のような部屋に着いた。寝台兼用ソファと机があり、何冊かの本と医学雑誌があった。むっくりとした楕円形の煙草の吸い殻が五つ、灰皿にあった。ソファの足もとに落ちている金属のきらめきは、三二口径オートマチックの使用済み薬莢だった。あとひとつを机の下に見つけた。私はそれらをポケットに入れた。

部屋を出て階段を上った。階上には寝室が二つあり、どちらも使用されている形跡があった。ひとつの方は衣類がほとんど根こそぎなくなっていた。灰皿には更に多くの、ドクター・ラガーディーの残した楕円形の吸い殻があった。もうひとつの寝室にはオリン・クエストの乏しい衣類があった。替えの背広とオーバーコートがクローゼットにきちんとかけられていた。シャツと下着と靴下は抽斗に、やはり同じように整然と収められていた。奥のシャツの下に、F2レンズ付きのライカを見つけた。

私はそれらをすべて元あった場所にそのまま残した。それから男が横たわっている階下の部屋に戻った。死人はもう細かいことにこだわる必要はない。私は更にいくつかのドアノブの指紋を拭き取った。余計なことをせずにはいられない性格なのだ。待合室の電話の前でしばし躊躇したが、結局電話には手を触れなかった。私がこのように生きて歩きまわっているのはとりもなおさず、あの善良なるドクター・ラガーディーは誰も殺していないことを意味していた。

向かいの葬儀社では、人々はまだ小径をのろのろと歩いて、不自然なほど小さなコロニアル風ポーチに向かっていた。オルガンの奏でる悲嘆の調べが聞こえた。

私は家の角を曲がって自分の車に乗り込み、そこを離れた。ゆっくりと車を走らせながら、肺の奥まで深く息を吸い込んだ。それでもまだ酸素が足りないように思えた。

海岸から六キロほどでベイ・シティーは終わる。市境にいちばん近いドラッグストアに車を停めた。また匿名の電話をかけなくてはならない。死体をひとつ運び出しに来ていただきたい。私が誰かって？　死体に巡り会っては警察に通報している、ただの幸運な男です。謙虚な性格で、自分の名前が人の口にのぼることを好みません。

ドラッグストアのガラス扉の中では、つり上がった眼鏡をかけた娘が雑誌を読んでいた。オーファメイ・クエストに似ていなくもない。喉の奥で何かがぎゅっと縮まった。

クラッチを繋ぎ、そのまま車を走らせた。法律になんと書かれていようが、まず最初に知らせを受ける権利が彼女にはある。そして私は既に法律から遠く離れた場所にいた。

23

私は鍵を手にしたまま、オフィスのドアの前で立ち止まった。それから足音を忍ばせて隣りのドアに向かった。いつも鍵をかけずにおく待合室の方に。そしてドアの前で耳を澄ませた。彼女は既にそこにいて、私を待っているかもしれない。つり上がった眼鏡の奥で目をきらりと光らせ、キスを求めるように小さな唇を湿らせているかもしれない。彼女が夢にも思わない厳しい事実を、そこで私は口にしなくてはならない。そして彼女は去り、もう二度と顔を合わせることもあるまい。

物音は聞こえなかった。私はオフィスのドアに戻り、鍵を開けた。郵便物を拾い上げ、それを机の上に放り出した。その中には私の気持ちを盛り立ててくれそうなものはひとつもなかった。郵便物はそのままにして部屋を横切り、待合室に通じるドアの掛けがねを外した。そしてゆっくり間をおいてからドアを開けた。部屋は無人でしんとしていた。畳まれた紙片が私の足下にあった。ドアの下に押し込まれていたのだ。それを拾い上げて開いた。

「自宅に電話を下さい。緊急の件があり、お会いしたいのです」。Dと署名があった。

私はシャトー・バーシーの電話番号を回し、ミス・ゴンザレスを呼び出した。どちら様でしょうか？　しばらくお待ち下さい、ミスタ・マーロウ。ぶううん、ぶううん、ぶううん。

「アロー?」

「今日はちっとアクセントが強すぎるんじゃないか」

「ああ、あなたなのね、アミーゴ。あなたのオフィスでずいぶん待ったのよ。変てこでちっぽけなオフィスで。お話があるんだけど、こっちに来ていただけるかしら?」

「そいつは無理だね。私はここで電話を待っているんだ」

「じゃあ、そっちに行ってもかまわない?」

「いったい何があったんだ?」

「電話では言えないことよ、アミーゴ」

「じゃあ来ればいい」

　私はそこに座って電話のベルが鳴るのを待った。ベルは鳴らなかった。私は窓の外を眺めた。道路は人々で溢れていた。隣りのコーヒー・ショップの日替わりランチの匂いが、その換気シャフトから盛大に漂ってきた。時間は流れた。私はデスクに突っ伏して手の上に顎を載せ、正面の壁の芥子色の漆喰を見つめた。その壁に短いアイスピックを持った、死んだ男の姿がぼんやり浮かび上がった。肩胛骨の間の微かな痛みも戻ってきた。ハリウッドが無名の人間にどれほどのことをなし得るか、まさに驚くばかりだ。トラック運転手のシャツにアイロンをかけているのがお似合いのさえない田舎娘が、妖しくも燦然《さんぜん》たるクイーンになる。弁当箱を持って仕事にでかけているはずのどこかの育ちすぎた小僧が、筋肉もりもりのヒーローとなり、目を星のように輝かせ、にっと微笑んで性的な魅力を振りまく。漫画の登場人物程度の読み書き能力しかないテキサスのドライブインのウェイトレスが、国際的な社交界の華となり、六人の大富豪と六回の結婚をし、退廃と気取りの中にどっぷりと浸り、やがては汗臭いアンダーシャツを着た家具運搬人を誘うことにしか刺激を感じなくなってしまう。

またそれは遠隔操作によって、オリン・クエストのような田舎町から出てきた堅苦しい若者を、たったの数カ月でアイスピック殺人者にまで変えてしまうかもしれない。ただのあさましさを、連続殺人鬼の古典的サディズムにまで高めてしまうのだ。

彼女が到着するまでに十分少しかかった。ドアが開き、閉じられる音が聞こえた。待合室をのぞくと彼女はそこにいた。全米に輝く比類なき花として。息を呑まぬわけにはいかない。彼女の瞳は深く黒く、そこには微笑みの影はなかった。

この前の夜と同じく黒ずくめの身なりだ。しかし今日の衣裳は男仕立てだった。幅広の黒いストロー・ハットは洒落た角度に傾けられ、白いシルクのシャツの襟が上着の外に出されていた。褐色の喉はしなやかで、唇は新しい消防自動車みたいに赤かった。

「ずいぶん待ったのよ」と彼女は言った。「お昼ご飯もとらなかった」

「私はとったよ」と私は言った。「カリウム・シアン化水素をたっぷりとね。顔色がようやく戻ってきたところだ」

「今朝は冗談を楽しむ気分じゃないのよ、アミーゴ」

「君が楽しむことはない」と私は言った。「私が一人で漫才をする。自分で冗談を言って、自分で笑い転げるんだ。中に入ろう」

私は我が熟考用私室に彼女を導き、そこに二人で腰を下ろした。

「君はいつも黒い服を着ているのか?」と私は尋ねた。

「ええ、そうね。でも服を脱いだときの方がもっとぐっと来るわよ」

「そういう娼婦のようなしゃべり方しかできないのかい?」

「あなたは娼婦のことをよく知らないのよ、アミーゴ。彼女たちは常にしかるべき敬意を払われているわ。もちろん、すごく安っぽい人たちはべつだけど」

「なるほど」と私は言った。「良いことを教えてもらった。ところでその緊急を要する案件とは？　君とベッドに行くことはとくに緊急を要しない。それならいつだってできる」

「あなた、虫の居所が悪いの？」

「オーケー、私は虫の居所が悪い」

彼女はバッグから長い褐色の煙草を取り出し、金色のピンセットに注意深くはさみ込んだ。そして私が火を差し出すのを待った。私は差し出さなかった。だから彼女は金のライターを出して自分で火をつけた。

彼女はその名前のよくわからないものを、黒い長手袋で包まれた手で持ち、底しれぬ黒い瞳で私を見つめた。そこにはもう笑みの影はなかった。

「あなたは私とベッドに行きたいの？」

「大抵の人間は行きたがるさ。しかし今のところセックスは抜きにしよう」

「ビジネスとセックスとの間にあまり明確な線は引かないことにしているの」と彼女は平坦な声で言った。「だからって軽く見ないでね。セックスは愚かな人たちを捕らえる網なの。そういう人たちのあるものは役に立つし、気前がいい。ときには危険な人もいるけれど」

彼女は考え深げに口をしばしつぐんだ。

私は言った。「それが誰を意味しているか見当はつく、みたいなことを私が言い出すのをもし君が待っているのだとしたら――いいとも、私はそれが誰かを知っている」

「それを証明できるかしら？」

「できないだろうな。警察にだってできなかった」

「警察はね」と彼女は馬鹿にしたように言った。「自分たちが何を知っているか、正直に口にするとは限らない。自分たちに証明できることを常に証明するとは限らない。この二月に十日ばかり彼が刑務所に入っていたことは知っているわね？」

「知っている」

「保釈を受けなかったのはちょっと変だとは思わない？」

「どんな容疑で彼が収監されたのか私は知らない。もし重要証人としてであれば――」

「もし彼がその容疑を、何か保釈可能なものに変更したいと本気で望めば、そうできたとは思わない？」

「そこまでは考えなかったな」と私は嘘をついた。「私はその人物のことをよく知らないんだ」

「彼と話をしたことないと言うの？」と彼女は気怠い声で尋ねた。いささか気怠さが過ぎた。

私は返事をしなかった。

彼女は短く笑った。「昨夜よ、アミーゴ。メイヴィス・ウェルドのアパートメントの外で。私は通りの向かいに停めた車の中から見ていた」

「じゃあ、私はたまたま鉢合わせしたんだ。あれがその男だったのか」

「おとぼけはよしてよ」

「オーケー。ミス・ウェルドはいささかきつく私に当たった。気分を悪くして出てきたところで、彼女の部屋の鍵を手にした男に会った。私はその鍵を奪い、茂みの奥に放り投げた。それから詫びて、鍵を拾ってきた。なかなか感じの良い男のようだった」

「すごーく、感じがいいわ」と彼女は言葉を引きずるように言った。「彼は私のボーイフレンドでもあるの」

私は鼻を鳴らした。

「意外かもしれないが、私は君のラブ・ライフにさして関心がないんだよ、ミス・ゴンザレス。それはずいぶん広大な領域をカバーすることだろうな。スタインから遙かスティールグレイブに至るまでね」

「スタイン?」と彼女はソフトな声で尋ねた。「スタインって誰よ?」

「クリーブランドの大物ギャングで、この二月に君のアパートメントの前で射殺された。彼もそこに住んでいた。君も顔を合わせたことがあるんじゃないかな」

彼女は鈴の音のように軽やかに笑った。「アミーゴ、世の中には私が知らない男性もたくさんいるのよ。シャトー・バーシーの中にさえ」

「記事によれば、彼はその二ブロック先で殺された」と私は言った。「いっそ玄関先で殺されればよかったのに。そして君が窓からその現場を目撃していればよかった。犯人が逃げ出すのを君は目にする。そしてちょうど街灯の下を通るときに男は振り向き、明かりが彼の顔をしっかりと照らし出す。それがもしかのスティールグレイブ氏でなかったとしたら、まさに驚きだ。ゴムの鼻をつけて、鳩を仕込んだシルクハットをかぶっていても、君には彼だとちゃんとわかる」

彼女は笑わなかった。

「あなたはその方がよかったと思っている」と彼女は猫が喉を鳴らすように言った。

「我々にとって、その方がもっと金になる」

「でもスティールグレイブはそのとき留置場に入れられていた」。彼女は微笑んだ。「そしてもし仮に留置場に彼がいなかったとしても――たとえばもし私がその当時郡留置場の専属医師だったドクター・チャーマーズなる人物と懇意にしていて、二人で親密に過ごすひとときに、彼が『私はスティールグレイブに歯医者に行く許可を与えたんだよ』って打ち明けても――もちろん看守の付き添いのもとにだけど、その看守はなかなか物わかりのいい人なのね――そしてもしそれがスタインが射殺されたまさにその日であったとしても、もしそれがたまたま真実であったとしても、そんな情報をねたにスティールグレイブをゆするのは、実に危ない橋だと思わない？」

「偉そうなことは言いたくないが」と私は言った。「でも私はスティールグレイブなんてちっとも怖くないね。一ダースばかり束になってかかってきたところで平気だ」

「でも私は怖いわ、アミーゴ。この国ではギャングの起こした殺人事件で証人になるのは、決して心穏やかなことではないの。いいえ、私たちはスティールグレイブを脅迫したりはしない。そしてスタインなる人物について何かを語ったりもしない。私が彼を知っていたかどうかに関係なく。メイヴィス・ウェルドが大物ギャングと親しく交際し、同席しているところを人に見られたというだけでも十分すぎるくらいよ」

「彼が大物ギャングであることを、我々は証明しなくてはならない」と私は言った。

「できないかしら？」

「どうやって？」

彼女は失望したように口をすぼめた。「だってこの何日かあなたがやっていたのは、まさにそのことだという確信を持っていたのだけど？」

「なぜそう思う？」

「内密の理由があるから」

「君がそれを内密なものに留めている限り、私にとっては関わりのないことだ」

彼女は褐色の吸い殻をとって、私の前の灰皿に捨てた。私は前屈みになり、短い鉛筆でそれを潰した。彼女は長手袋に包まれた指で私の手にそっと触れた。彼女の微笑みは人を麻酔にかけるのと正反対の作用を及ぼした。彼女は身を後ろにそらせ、脚を組んだ。彼女の瞳の中で小さないくつかの光が踊り始めた。男を誘う間がかなり空いた。彼女としてはということだが。
「愛なんてまったくぱっとしない単語ね」と彼女は考え込むように言った。「愛の詩の傑作を幾多生み出してきた英語が、そんな弱々しい言葉で我慢しているなんてまさに驚きだわ。そこには生命もなければ、共鳴もない。それが私に思い起こさせるのは、しわだらけのサマードレスを着た少女の姿ね。小さなピンク色の微笑みを浮かべ、おずおずした小さな声を出して、たぶんぜんぜん似合わない下着を着せられて」

私は何も言わなかった。彼女はしゃべりのテンポを微塵も変えることなく、ビジネスライクな話題に戻った。

「メイヴィスはこれから映画一本で七万五千ドルをとることでしょう。そしてゆくゆくは十五万をとる。彼女は上り坂にあるし、それを阻むことは誰にもできない。もちろんたちの悪いスキャンダルがなければだけど」

「そこで誰かがスティールグレイブの正体を、彼女に教えなくてはならない」と私は言った。「君がやればいいことじゃないか。それにだいたいもし我々がみんな、彼の正体を暴く証拠を握っているとしたら、みんなが寄ってたかってウェルドを恐喝しているあいだ、スティールグレイブご本人はいったい何をやっていたんだ?」

「彼がそれを知ってなくちゃならないわけ? 彼女はスティールグレイブにはたぶん何も言わないと思う。だいたい彼女が、スティールグレイブとこれからも関係を持ち続けるとは、私には思えないのよ。でもそれは私たちにとってはどうでもいいことね。もし私たちが証拠を握っていて、彼女がそれを承知しているとしたら」

黒い長手袋に包まれた彼女の手が黒いバッグに伸びたが、そこで止まり、デスクの縁を軽くこつこつと叩いた。それから手はさりげなく元に戻った。彼女はバッグを見もしなかった。私も見なかった。私は立ち上がった。「私はミス・ウェルドに対して責務を負う身であるかもしれない。そのことは考えてみたかい？」

彼女はただ微笑んだだけだった。

「そしてもしそうだとしたら」と私は言った。「今こそ君がこのオフィスから退散する潮時ではないだろうか？」

彼女は椅子の肘掛けに両手を置き、顔に微笑みを浮かべたまま、立ち上がろうとしかけた。彼女が身体の向きを変える前に、私はバッグを素速くかっさらった。彼女の目は怒りに燃えた。唾を吐きかけるような音を立てた。

私はバッグを開け、中を調べてみた。そしていささか見覚えのある白い封筒を見つけた。封筒を振ってみると、〈ダンサーズ〉で撮られた写真が出てきた。二つの断片が組み合わされて、別の紙の上に糊で貼ってあった。

私はバッグを閉じ、彼女に投げて返した。

彼女は今では席から立ち上がっていた。唇は歯で嚙みしめられていた。彼女はじっと黙っていた。

「面白いね」と私は言った。そして写真の光沢のある表面をぱちんと指で打った。「もし写真が拵《こしら》え物じゃなければ、こいつはスティールグレイブということかな？」

銀のような軽やかな笑い声がまたこぼれた。「あなたって滑稽な人なのね、アミーゴ。本当に滑稽な人。そんな人がまだ生息していたなんてちっとも知らなかったわ」

「戦前からの残りものでね」と私は言った。「同類は日々減少しているが。こいつをいったいどこで手に入れたんだね？」

「メイヴィス・ウェルドのドレッシング・ルームにあったメイヴィス・ウェルドのバッグからよ。彼女がセットに出ているあいだにね」

「彼女はそのことを知っているのか？」

「いいえ、知らないわ」

「彼女はどこからこれを手に入れたんだろう？」

「あなたからよ」

「馬鹿馬鹿しい」、私は眉毛を五センチばかり持ち上げた。「いったいどこから私がこんなものを手に入れられる？」

彼女は長手袋をはめた手をデスク越しに差し出した。その声は冷ややかだった。「それを返して下さらない？」

「これはメイヴィス・ウェルドに返す。そしてこんなことを君に言うのはまことに心苦しいんだがね、ミス・ゴンザレス、私は脅迫には向かない人間だ。もともと愛嬌のない性格でね」

「それを返しなさい！」と彼女は鋭い声で言った。「さもないと――」

彼女はそこで言葉を切った。私は続きの台詞を待った。彼女の整った顔に軽侮の色が浮かんだ。

「わかったわ。私の見込み違いね。あなたは少しは気の利いた人かと思ったんだけど、結局はありふれた鈍くさい私立探偵だった。惨めったらしいちっぽけなオフィス」、彼女は黒い手袋に包まれた手を振って部屋を示した。「そこでこそこそと送られる惨めったらしい人生。あなたがどれほど愚かな人か、見て取るべきだったわ」

「一目瞭然のはずなんだが」と私は言った。

彼女はゆっくり振り向いてドアに向かった。私はデスクを回ってそちらに行った。彼女は私にドアを開けさせてくれた。

彼女はゆっくりと外に出た。その物腰は決してビジネス・カレッジで習得されたものではなかった。そして振り返りもせず廊下をまっすぐ歩いていった。美しい歩き方だった。

ドアが気圧式の自動クローザーにぶつかり、それからゆっくりと閉まって、最後にかちりと音を立てた。そこまで行くのにずいぶん長い時間がかかったみたいに思えた。私はじっと立って、新奇なものでも見るみたいにその過程を眺めていた。それから部屋に入り、デスクに戻ろうとしたところで電話のベルが鳴った。

受話器を取った。相手はクリスティー・フレンチだった。「マーロウか？　本署においで願いたい」

「今すぐかい？」

「今すぐでも遅すぎるんだよ」、彼はそう言って電話を切った。

私は下敷きの下から張り合わされた写真を取りだし、ほかのものと一緒に金庫の中に入れた。帽子をかぶり、窓を閉めた。待つべきものもない。腕時計の秒針の緑色の先端を見た。五時まではまだ間がある。秒針は文字盤のまわりを、まるで戸口から戸口へと巡るセールスマンのように休みなく回り続けていた。他の二本の針は四時十分を指していた。まだ彼女から電話がないというのは妙だ。私は上着を脱ぎ、肩のストラップを外してルガーごとデスクの抽斗にしまい、鍵をかけた。警官は銃を身につけた人間が訪ねて来ることを好まない。もしその誰かが銃の携行許可を持っていたとしてもだ。彼らは人々が恭しくへりくだり、帽子を手に警察を訪れることを好む。小声で丁重に話し、目にどのような表情も浮かべていないことを。

私はもう一度時計に目をやった。耳を澄ませた。その夕方、建物はことのほか静かだった。ほどなくそこには沈黙が降り、黒ずんだモップを持ったマドンナが、脚を引きずりながら廊下をやってきて、鍵がかかっているかどうかドアノブをひとつひとつ確認していくことだろう。

私はもう一度上着を着て、待合室との仕切りのドアに鍵をかけ、ブザーのスイッチを切って廊下に出た。そこで電話のベルが鳴った。急いでオフィスに引き返すとき、あやうくドアを蝶番からもぎとってしまうところだった。やはり彼女からの電話だった。しかしその声のトーンは今まで耳にしたことのないものだった。クールで均衡の取れた声色だ。平板でもなく生気を欠いてもいないし、虚ろでもない。子供っぽくさえない。それは私の知らないどこかの娘の声であり、同時に私がよく知っている娘の声だった。その声の中に何があるかは三語も聞かないうちにわかった。

「電話をするように言われたから、かけているのよ」と彼女は言った。「でも説明は不要よ。私もその場所に行ったから」

私は両手で受話器を握りしめていた。

「君はその場所に行った」と私は言った。「よろしい、それは聞こえた。それで？」

「私——車を借りたの」と彼女は言った。「通りの向かいに駐車した。たくさんの車がいたから、あなたは気づかなかったはずよ。向かいが葬儀場だったし。べつにあなたのあとをつけたわけじゃないの。あなたがその家から出てきたとき、あとをついていこうと思ったんだけど、そのへんの地理がまったくわからなくて見失った。だからそこに引き返したの」

「何のために引き返したんだ？」

「よくわからないわ。あの家から出てきたときのあなたの顔つきがなんだか妙だったからだと思う。

あるいは予感みたいなものがあったかもしれない。だってなんといっても私の兄なんですもの。だからその家に戻って呼び鈴を押したの。でも応答はなかった。それも妙な話だと思った。私には霊能力みたいなのがあるのかもしれない。でも突然、自分はこの中に入らなくっちゃと思ったの。やり方はわからないけど、とにかく何があろうと中に入らなくてはと」

「私にもそれと同じようなことが起こってね」と私は言った。それは私の声だった。しかし誰かが私の舌を紙ヤスリ代わりに使っていたみたいだった。

「警察に電話をかけて、銃声が聞こえたと言った」と彼女は言った。「警官がやってきて、一人が窓から中に入り、ドアを開けてもう一人を中に入れた。少しして私も中に入れてくれた。そしてそのまま帰してくれなかった。私はすべてを話すことになった。彼が誰か、そして私が銃声について嘘をついたことも。私としてはただオリンのことが心配だったのだと説明した。あなたのことも話さないわけにはいかなかった」

「それはかまわない」と私は言った。「君に先に知らせなくてはと思っただけだ。そのあとすぐ、私自身が警察に洗いざらい話すつもりだった」

「あなたの立場はまずいものになったかしら?」

「その通りだ」

「逮捕されたりするかもしれない?」

「かもしれない」

「あなたは床に倒れた兄を置き去りにした。彼の死体を。でもそれは必要なことだった。そうなんでしょう?」

「私にはそうしなくてはならない理由があった」と私は言った。「納得してもらえないかもしれないが、とにかく理由はあった。そして彼にとってはどちらでも違いはなかった」

「そうね、あなたにはきっと理由があったんでしょう」と彼女は言った。「あなたはとても頭が切れるもの。いつだってあなたには何かしらの理由があるのよ。警察にもその理由を説明することね」

「その必要はないかもしれない」

「あら、きっとそうしなくてはならないはずよ」とその声は言った。そこには得体の知れぬ喜びの響きが聴き取れた。

「そんなことを論じ合うのはよそう」と私は言った。「ただでは済まないわよ。あなたはみっちりとっちめられるんだから」

「私の職業では依頼主を保護するべく力を尽くす。時には少しばかり行き過ぎることもある。それが今回のケースだ。痛い目に遭わされても文句が言えない立場に、私は自分を追い込んでしまった。しかしすべてが君のためだったわけじゃない」

「あなたは兄の死体を床に置き去りにした」と娘は言った。「この先どんな目に遭おうと私の知ったことじゃない。刑務所に送られたら、いい気味だと思う。あなたならきっと雄々しい態度で苦境に立ち向かうのでしょうね」

「そのとおり」と私は言った。「顔に微笑みを絶やすことなくね。ところでお兄さんが手に持っていたものを君は見たかい？」

「兄は何も持っていなかった」

「じゃあ、手の近くに何か落ちていなかった？」

「何もなかった。何ひとつそこにはなかった。どんなもののことを言ってるの？」

「じゃあいいんだ」と私は言った。「そいつは何よりだ。それでは失礼するよ。今から本署に出向かなくちゃならない。私に話があるらしい。君の幸運を祈るよ。この先もう会えないかもしれないからね」

「幸運は自分のためにとっておけば」と彼女は言った。「必要になるかもしれなくてよ。そして私はそんなもの、求めてはいない」

「君のために私は全力を尽くした」と私は言った。「そもそもの最初に君がもっと多くの情報を与えてくれていたなら――」

最後まで言わないうちに彼女は電話を切った。

私は赤ん坊でも扱うみたいにそっと優しく受話器を戻した。ハンカチで両方の手のひらを拭いた。洗面台に行って両手と顔を洗った。冷たい水を顔にかけ、タオルでごしごしと拭い、鏡に映した。

「威勢よく崖から飛び出したもんだ」と私は自分の顔に向かって言った。

24

部屋の中央には、細長い黄色の樫材のテーブルがあった。テーブルの縁には煙草の焼け焦げによってできた不揃いなくぼみがついていた。その後ろには窓がひとつあり、模様つきガラスの上に金網がかけられていた。テーブルの向こう側にはフレッド・ビーファス刑事が座っていた。彼の前には書類がだらしなく散乱していた。テーブルの端っこには、肘掛け椅子の二本脚だけを床につけて後ろにふんぞりかえっている、肉付きの良い大男がいた。以前新聞の写真で見かけた顔にどことなく似ていた。顎が公園のベンチを思わせる。歯の間に大工の使う鉛筆のお尻の方をくわえている。彼は目を覚まして呼吸をしているように見えたが、それを別にすればただそこに座っていた。

テーブルのもう一方の端にはロールトップの机が二つあり、もうひとつ窓があった。ロールトップの机のひとつは窓に向かって置かれ、その机の脇に付いたタイプライター・スタンドで、オレンジ色の髪の女が報告書をタイプしていた。窓に向かって縦方向に置かれたもうひとつの机では、クリスティー・フレンチが背を後ろに傾けた回転椅子に座り、両足を机の角に載せていた。彼は窓の外を見ていた。開いた窓からは、警察の駐車場と立て看板の裏側という心躍る風景が一望できた。

「そこに座れよ」とビーファスが言って、指さした。

彼の向かいの、肘掛けのないまっすぐな樫材の椅子に私は座った。その椅子はお世辞にも新しいとは言えなかったし、新品のときだって決して美しいとは言えなかったはずだ。

「こちらはベイ・シティー警察のモーゼズ・マグラシャン警部補だ」とビーファスは言った。「俺たちに劣らず、君に対して好意を抱いてはいない」

モーゼズ・マグラシャン警部補は口にくわえた大工用の鉛筆を取り、太い八角形の尻の部分についた歯形を眺めた。それから私を見た。その目はゆっくりと私を検分し、特徴を見てとり、目録に記載した。終始無言だった。また鉛筆をくわえなおした。

ビーファスは言った。「ひょっとしたら俺は同性愛者かもしれないが、たとえそうだとしても、君には亀に対するほどのセックス・アピールも感じない」、彼は隅っこでタイプをしている女の方に身体を半分向けた。「ミリー」

彼女はタイプライターから離れ、速記用のノートに向かった。「名前はフィリップ・マーロウだ。念のために言えば、最後にｅがつく。許可証番号は？」

彼は私の顔を見た。私は番号を教えた。オレンジの女王は顔も上げずにそれを書きとめた。時計の針さえ止めてしまいそうなご面相だったというのは彼女に対する侮辱になるだろう。それは暴走する馬だって止められただろうから。

「さて、もしよろしければ」とビーファスが私に言った。「昨日中断したところから、続きを洗いざらい聞かせていただこうか。かいつまんで、なんてのは困るぜ。流れのままに淀みなく、根こそぎすらりとしゃべっていただろう。裏は摑んでいるから、ごまかしはきかんよ」

「供述書をつくるつもりかい？」

「みっちり隙間のないやつをね」とビーファスは言った。「楽しそうだろう、なあ？」

「この供述書はあくまで自発的なものなんだね。強制されたものではなく」

「そうだよ。供述書はみんなそうだ」、ビーファスはにやりと笑った。

マグラシャンはひとしきりじっと私を見た。オレンジの女王はタイプライターの前に戻って仕事を始めた。まだ彼女の出番はない。三十年もこの仕事をしていれば、自分の出番のあるなしは空気でわかる。

マグラシャンはよく使い込まれた分厚い豚革の手袋を、ポケットから取りだして右手にはめ、指を馴染ませるように折り曲げた。

「それは何のためだ?」とビーファスが彼に尋ねた。

「ときどき指の爪を嚙んぢまうんでね」とマグラシャンが言った。「不思議だが、右手の爪しか嚙まない」、彼はもったりとした両目を上げて私を睨んだ。「自発的な人間もいれば、あまり自発的でない人間もいる」と彼は気怠い声で言った。「それは腎臓に関係あるという話を耳にした。それほど自発的じゃないタイプの人間を何人か知っている。そういう連中は自発的になったあと数週のあいだ、十五分おきに便所に通わなくてはならなかった。小便をためておくことができないようだ」

「なんとまあ」とビーファスは感心したように言った。

「それから、囁くような声でしか話せなくなる連中もいる」とマグラシャンは続けた。「首にしこたまくらったパンチ・ドランクの拳闘選手のようにな」

マグラシャンは私を見た。どうやら私が発言する番のようだった。

「それから便所にまったく行こうとしないタイプの連中もいる」と私は言った。「頑張りすぎるタイプだ。こういう椅子に三十六時間もぶっ続けで座らされ、やがて倒れて脾臓を壊すか、膀胱を破裂させたりする。協力的に過ぎるとそうなる。早朝裁判のあと、留置場が空になったとき、暗い片隅で死んでいるのが発見される。医者に診せるべきだったんだ。しかしなかなかそこまで考えは及ばない。そういうことかな、警部補？」

「ベイ・シティーではそのへんは抜かりなく考慮している」と彼は言った。「考慮すべきものがあるときにはな」

彼の顎の角には硬い筋肉の瘤があった。目の奥には熱く煮えたつものがあった。

「お前さんにはたっぷりいい思いをさせてやれそうだ」と彼はじっと私を見ながら言った。「たっぷりとな」

「それについては疑いを持たないよ、警部補。ベイ・シティーではこれまでずいぶん楽しい思いをさせてもらったからね。少なくとも意識のあるあいだは」

「長いあいだ意識を保たせておいてやるよ、ベイビー。これでもかというほど。そいつは俺がしっかり保証する。個人的に、とびっきり念入りにお相手してやるよ」

クリスティー・フレンチは頭をそろりとこちらに向けて、あくびをした。「ベイ・シティーの警官はどうしてそんなにタフになれるんだろうな」と彼は尋ねた。「キンタマを塩水で漬けるとか、そういうことをしているのかい？」

ビーファスは舌の先を僅かに出して、唇を舐めた。

「俺たちは常にタフでやってきた」とマグラシャンは相手に顔も向けずに言った。「タフにやるのが俺たちの流儀だ。ここにおられるような剽軽者《ひょうきん》は、俺たちの士気を高めてくれるのさ」、彼は私の方を振り向いた。「あんたがクローゼンの死を通報してくれた親切なお方なんだな。公衆電話がお好みのようだね、スイートハート」

私は何も言わなかった。

「お前さんに言ってるんだぜ」とマグラシャンは言った。「お前に質問をしているんだよ、スイートハート。質問には答えをもらいたい。わかったか、スイートハート」

「ずっと話し続けていれば、あんたが自分で質問に答えることになるよ」とクリスティー・フレンチが言った。「たぶんその答えはあんたの気に入らんだろうから、そしてあんたはとびっきりタフだから、その手袋で自分をぶん殴らなくちゃならないことになる。いっちょう試してみるといい」

マグラシャンは背筋をきりっと伸ばした。五十セント硬貨ほどの大きさの赤い斑点が、頬に鈍く浮かび上がった。

「俺は協力してもらうためにここに出向いてきた」と彼はフレンチにゆっくりと言った。「家でなら何を言われてもかまわん。女房の口からならな。ここで仲間内からそんな洒落た口を利かれるとは思ってもみなかったぜ」

「協力はするが、一九三〇年あたりの映画の台詞をぱくるのは勘弁してほしい」とフレンチは言った。そして椅子を回転させ、私の方を向いた。「まっさらな紙を取りだして、一から捜査を開始するつもりでやってみようじゃないか。そちらの言い分はわかっている。その当不当は俺の判断することじゃない。ポイントはそちらにしゃべる意志があるのか、それとも重要証人として拘置されたいのかということだ」

「質問をしてくれ」と私は言った。「もし答えが気に入らなければ、重要証人として拘置すればいい。そうなれば私としては電話をかけさせてもらうことになる」

「そのとおり」とフレンチは言った。「もし俺たちが君を拘置すればな。でもそんな必要はないんだ。俺たちはのんびり取り調べをすればいい。何日もかかるかもしれない」

「缶詰のコーンビーフでも出してやるよ」とビーファスが楽しそうに言った。

「厳密に言えばそれは合法的じゃなかろう」とフレンチは言った。「でもそれくらいしょっちゅうやっている。やってはならんことを君がちょくちょくやるのと同じようにな。この事件がらみで法を犯していないと断言できるかね？」

「できない」

マグラシャンは喉の深いところから「ふん」という声を出した。

オレンジの女王に目をやると、彼女は既にノートの前に戻っていた。何も言わず、関心もなさそうに。

「そちらには護らなくてはならない依頼人がいる」とフレンチが言った。

「おそらく」

「依頼人がいたということなんじゃないのか。彼女は君を密告したんだぜ」

私は何も言わなかった。

「彼女の名前はオーファメイ・クエスト」、フレンチは私の顔を見ながら言った。

「質問はなんだ？」

「アイダホ・ストリートで何があった？」

「彼女の兄をそこに探しに行った。兄の行方がわからないので、自分でここまで探しに来たと彼女は言った。彼女は心配していた。管理人のクローゼンは酔っぱらっていて、何を言っているのかよくわからなかった。宿泊者台帳を見ると、クエストの部屋に新しい間借り人が入っていることがわかった。この人物と話をしたが、役に立ちそうな話は聞けなかった」

フレンチは手を伸ばして机の上の鉛筆を取り上げ、それで歯をこんこんと叩いた。「その男をあとで見かけたか？」

「見かけた。私は彼に素性を名乗った。下に降りるとクローゼンが死んでいた。そして誰かが宿泊者台帳のページを破り取っていた。クエストの名前があったページだよ。私は警察に電話をかけた」

「しかしその場に留まらなかった」

「私はクローゼンの死について何ひとつ情報を持っていなかった」

「しかしその場に留まらなかった」とフレンチは繰り返した。マグラシャンは喉の奥で荒々しい音を立て、大工用の鉛筆を部屋の端っこまで飛ばした。それが壁にぶつかって床に落ち、転がって止まるのを私は見ていた。

「いかにも」と私は言った。

「ベイ・シティーではな」とマグラシャンは言った。「それだけで俺たちはお前をひねり殺すことができる」

「ベイ・シティーの警察は、青いネクタイを締めているというだけで私をひねり殺せるさ」と私は言った。

彼は立ち上がりかけた。ビーファスが横目で彼を見て言った。「クリスティーに仕切らせろ。あんたの出番はまたあとである」

「その件で俺たちは君を潰すことができる」とフレンチは抑揚を欠いた声で言った。

「仕方あるまい」と私は言った。「もともとこの商売は好きになれなかった」

「それでとにかく君はオフィスに戻った。そのあと何があった？」

「依頼人に報告した。男から電話がかかってきて、ヴァン・ナイズ・ホテルに来てほしいと言われた。アイダホ・ストリートで話をしたのと同じ男だ。しかしそのときは別の名前を名乗っていた」

「そのことを俺たちに話すこともできたよな？」

「そいつを話すと、洗いざらい話さなくてはならなくなるし、それは私の雇用条件を侵害することになった」

フレンチは肯いて鉛筆でとんとんと机を叩いた。彼はゆっくりと言った。「殺人事件ともなれば、そんな条件なんぞ吹き飛んでしまうんだよ。殺人が二件重なれば、その吹き飛び方は倍になる。同じ手口の殺人が二件となれば、そいつは三倍になる。顔色がよくないぜ、マーロウ。ひどい顔をしているぞ」

「依頼人に対してさえ、良い顔は向けられなくなる」と私は言った。「今日を最後に」

「今日いったい何があったんだ？」

「あの医者の家にいる兄から電話の連絡があったと彼女は言った。ドクター・ラガーディーのところからだよ。そして兄は危険な羽目に陥っていると。早く行って彼を護ってもらいたいということだった。私はそこに急行した。ドクター・ラガーディーと看護婦は医院を閉めていた。二人は怯えきっているみたいだった。警察が既に来ていたんだ」。私はマグラシャンを見た。

「こいつがまた電話をかけてきたのさ」とマグラシャンは唸るように言った。

「今回は私じゃない」と私は言った。

「わかった。続けろ」、一息置いてからフレンチが言った。

「ラガーディーはオリン・クエストなんて人間はまったく知らないと言った。彼は看護婦を帰らせた。それから私に麻薬入りの煙草を吸わせ、私はそこでしばらく意識を失った。意識が戻ったとき、家の中には誰もいなかった。しかしやがてそうじゃないことがわかった。オリン・クエストがもうほとんど虫の息で、ドアを引っ掻いた。私がドアを開けると、彼はどさっと倒れ込んできてそのまま死んでしまった。最後の力を振り絞って、彼はアイスピックで私を刺そうとした」。私は肩を動かした。肩と肩との間のその箇所はいくらかこわばって、ちくちくした。その程度のものだ。

フレンチはきつい目でマグラシャンを熟視した。マグラシャンは首を振ったが、フレンチはなおも見ていた。ビーファスは息をつきながら軽く口笛を吹き始めた。何の曲か最初はわからなかったが、やがて『モーゼ老は死んだ』だと判明した。

フレンチは首を曲げ、ゆっくりと言った。「アイスピックは死体のそばにはなかった」

「私は手を触れなかったぜ」と私は言った。

マグラシャンは言った。「どうやらもういっぺん手袋をはめなくちゃならんようだな」、彼は指の間でそれを引っ張った。「誰かが嘘をついているし、それは俺じゃない」

「わかった」とフレンチは言った。「よくわかった。芝居がかった真似はよそう。あの若い男は手にアイスピックを持っていたとしよう。しかし彼がそれを手にくっつけたまま生まれてきたということにはならない」

「ヤスリをかけて尖《とが》らせてあった」と私は言った。「柄《つか》から針先まで約七センチ。金物屋で買ったときのままじゃない」

「なぜあんたを刺したがる?」、ビーファスが嘲るような笑みを浮かべて言った。「あんたは妹に頼まれてやつを保護するために駆けつけたんじゃないのか」

「私はただ、彼と明かりの中間に立っている何かだったんだよ」と私は言った。「動く何かで、ひょっとしたら人間で、ひょっとしたら彼に害をなした人間かもしれない。彼は立ったまま死にかけていた。それまでに彼に会ったことはなかった。向こうが私を見たことがあるのかどうか、そこまではわからない」

「美しい友情が生まれたかもしれないのにな」とビーファスがため息混じりに言った。「もちろんアイスピック抜きでの話だが」

「そして彼がそいつを手に、私を刺そうとしたという事実は、それなりの意味を持つかもしれない」

「たとえばどんな？」

「彼のような状況に置かれた人間は本能に従って行動する。新しい手法を生み出したりはしない。彼は私の肩の間の一点を刺した。死にかけている人間の最後のあがきだから、それほど強くではない。ちくりと刺されただけだ。もし彼が健康だったら、もっと違った場所を、もっと深く貫かれていたかもしれない」

マグラシャンは言った。「いったいいつまで俺たちはこの猿野郎の与太話につきあっていなくちゃならないんだ？　おたくはまるで人間の相手をするみたいに、こいつと話をした。今度は俺のやり方でやらせてもらおう」

「うちの部長はそれを好まない」、フレンチはあっさりそう言った。

「部長なんぞくたばっちまえ」

「うちの部長は田舎町の警官にくたばっちまえと言われることを好まない」とフレンチは言った。

マグラシャンが歯を食いしばると、顎の線が白くなった。目が細まってぎらりと光った。鼻の穴から深く息を吸い込んだ。

「ご協力をありがとうよ」と彼は言って立ち上がった。「帰らせてもらうぜ」。彼はテーブルの角を回って、私のそばで立ち止まった。左手を出して私の顎を上げ、もう一度自分の方に向けた。

「また会おうぜ、スイートハート。今度は俺の町でな」

そして手袋の手首の側で、私の顔を二度ぴしゃりと打った。ボタンが鋭く食い込んだ。私は手を上げて、下唇を撫でた。

フレンチは言った。「頼むぜ、マグラシャン。おとなしくそこに座って、その男にしゃべらせろ。荒っぽいことはしてくれるな」

マグラシャンは彼を見返して言った。「俺に命令できると思ってるのか？」

フレンチはただ肩をすくめただけだった。少ししてマグラシャンはその大きな手で口元をさすり、ゆっくりと自分の椅子に戻った。フレンチは言った。

「どういう筋書きになっているのか、考えがあるなら言ってみろよ、マーロウ」

「まずだいいちに、クローゼンはおそらくマリファナを売っていた」と私は言った。「アパートにマリファナの匂いが漂っていた。台所ではいかつい小男が金を勘定していた。銃と、先を尖らせた細いヤスリを持っていて、私に向けて使おうとした。それを取り上げると、さっさと消えてしまった。売人だろう。クローゼンは酒浸りで、頭がふやけている。組織はその手の人間を好まない。売人は私を警官だと思ったらしい。クローゼンが逮捕されたらまずいことになる。あっという間にすべてを吐いてしまうだろう。その家の中で警官の匂いがした途端に、クローゼンは始末される」

フレンチはマグラシャンを見た。「筋は通っているかな？」

「あり得るかもしれん」と面白くもなさそうにマグラシャンは言った。

フレンチは言った。「オリン・クエストが、その話のどこに絡んでくるんだ？」

「マリファナくらい誰だって吸うさ」と私は言った。「気分が落ち込み、孤独で職にあぶれていれば、手を出したくもなる。しかしそうすると、頭が歪んで感情が鈍化してくる。マリファナは人によって様々な影響を及ぼす。タフになりもすれば、ちゃらちゃらお気楽になりもする。クエストが警察に通報すると脅して、誰かをゆすったとしよう。三件の殺しがすべてマリファナ密売組織に関係しているとしてもおかしくない」

「先を尖らせたアイスピックをクエストが持っていたことと、話が合わないぜ」とビーファスが言った。

私は言った。「ここにおられる警部補によれば、彼はそんなもの持っていなかった。私はきっと幻影でも見ていたんだろう。いずれにせよ、彼はそれをどこかで拾っただけかもしれない。あるいはそれはドクター・ラガーディーの家では常備品になっていたのかもしれない。で、ドクターの行方はわかったのか?」

彼は首を振った。「まだわからん」

「彼は私を殺さなかった。おそらく誰も殺してはいるまい」と私は言った。「クエストは妹に、妹の言いぶんによればだが、ドクター・ラガーディーのところで働いていると言った。そしてどこかのギャングにあとを追われていると」

「そのラガーディーだが」とフレンチはペン先でデスクの下敷きをこつこつと叩いて言った。「どういう男だと君は思う?」

「かつてクリーブランドで開業医をしていた。ダウンタウンで羽振り良くやっていた。ベイ・シティーに身を潜めなくてはならない理由が何かあったらしい」

「クリーブランドだと?」とフレンチは語尾を引き延ばすように言って、天井の端っこを見た。ビーファスは書類に目をやった。マグラシャンが言った。

「堕胎かもな。俺もその男にはしばらく注意の目を注いでいた」

「どっちの目を?」とビーファスは穏やかに彼に尋ねた。

マグラシャンは顔を赤くした。

フレンチは言った。「きっとアイダホ・ストリートに注いでいなかった方の目だろう」

マグラシャンは荒々しく席を立った。「お前さんらはよほど自分の頭が切れると思っているらしいな。ああ、どうせ俺らは小さな町の警察だよ。あっちこっちいろんな仕事をかけもちで片づけなくちゃならないんだ。でもな、それはそれとして、マリファナがらみの犯行説は買えるよ。おかげでいろんな手間が省けたぜ。そっちの方を突っ込んでみることにしよう」

彼は堂々とした足取りでドアまで歩き、部屋を出て行った。フレンチはその後ろ姿を見ていた。ビーファスも同じことをした。ドアが閉まると二人は顔を見合わせた。

「今夜にでもまた例の手入れをするんだろう」とビーファスが言った。

フレンチは肯いた。

ビーファスは言った。「洗濯屋の二階の貸部屋に、海岸から三人か四人、浮浪者を引っ張ってきて放り込んでおくんだ。そしてそこを急襲して、連中をカメラの前に並ばせるわけだ」

フレンチは言った、「ちょっとしゃべり過ぎだぜ、フレッド」。ビーファスはにやりと笑って黙った。フレンチは私に言った。「もういっちょう頭を働かせて、連中がヴァン・ナイズ・ホテルの部屋でいったい何を探していたのか、推理してくれないか？」

「マリファナがぎっしり入ったスーツケースの受取証だな」

「なるほどね」とフレンチは言った。「それがどこにあったか、そこまで見当はつくかい？」

「それについてはずっと考えていた。ベイ・シティーでヒックスと話をしたとき、彼はかつらをつけていなかった。家の中では普通かつらはつけないものだからな。でもヴァン・ナイズ・ホテルのベッドの上ではかつらをつけていた。あるいは彼は自分でそれをつけたのではないかもしれない」

「それで？」とフレンチは言った。

私は言った。「受取証の隠し場所としては悪くない」

フレンチは言った。「接着テープでそこにとめておくことができる。なかなか優れたアイデアだ」

沈黙が降りた。オレンジ色の髪の女はタイプ打ちに戻っていった。私は自分の爪を眺めた。もっときれいにできる余地があるかもしれない。しばしの休みのあとで、フレンチがゆっくりと言った。

「たとえほんのいっときだって、自分の疑いが晴れたなんて思われちゃ困るぜ、マーロウ。もっと頭を働かせてもらおう。なんでまたドクター・ラガーディーは、クリーブランドの話を君の前で持ち出したんだろう？」

「彼のことをちょっと調べてみたのさ。診療を続けたいと思ったら、医者は名前を変えることができない。アイスピック殺人はウィーピー・モイヤーを思い出させるし、ウィーピー・モイヤーはクリーブランドを縄張りにしていた。サニー・モー・スタインの縄張りもクリーブランドだ。アイスピックの使い方は違うが、それでもアイスピックはアイスピックだ。技術が上達したという可能性もある。あんたがいつか言ったようにな。そしてギャング連中がいれば、そこには必ず彼らが御用達にする医者がいる」

「無理のある推測だ」とフレンチは言った。「繋がりがゆるゆるだぜ」

「それを少しきつく締めたら、私の立場は少しは良くなるだろうか？」

「そんなことできるのか？」

「試してみよう」

フレンチはため息をついた。「クエストの妹の裏は取った」と彼は言った。「カンザスの母親とも話をした。彼女は本当に兄の行方を捜すためにこっちに来ている。そしてそのためにあんたを雇った。彼女はあんたのことを褒めている。あるところまではな。兄は何かまずいことに巻き込まれたのではないかと、案じていた。引き受けて、ちっとは金になったのか？」

「あまりならなかった」と私は言った。「彼女に金は返したよ。懐が寒そうだったものでね」

「金を返せば、所得税を払う必要もないし」とビーファスは言った。

フレンチは言った。「これでお開きにしよう。あとは地方検事の手に委ねられる。エンディコットの通常のやり方からすれば、この件をどのように扱うか結論を出すのに来週の火曜日まではかかるはずだ」。彼はドアの方を手で示した。

私は立ち上がった。「街を離れなければ、それまで自由の身ということか？」

彼らはわざわざ返事をしてはくれなかった。

私はそこに立ったまま彼らを見ていた。アイスピックで突かれた肩の後ろには、今では乾いた痛みがあった。まわりの皮膚が硬くこわばっていた。マグラシャンのよく使い込まれた豚革の手袋でひっぱたかれた頬と口はひりひりと痛んだ。私は深い水の底にいた。そこは暗く、見通しが悪く、口の中には塩の味がした。

二人はそこに座って私を見返していた。オレンジの髪の女王は盛大にタイプの音を立てていた。警官のおしゃべりは彼女には、ダンス監督にとっての脚と同じほどの意味しか持たない。彼らは厳しい状況に置かれた壮健な男たちの、鍛えられた静かな顔をしていた。そしてあのお馴染みの目。凍った水を思わせる、曇ったグレーの目だ。堅く結ばれた口、目の脇の硬い小さな皺。厳しくも虚ろな、真意を欠いた凝視。とことん残忍というのではないが、親切さからは千マイルも離れている。見栄えしない吊しの服、洒落た着こなしとは無縁だ。そこには人を見下したような趣きさえある。貧しくはあっても、自らの力に誇りを持つ男たちの顔だ。それを相手に感じさせる方法を見つけるべく、怠りなく窺っている。その力を誰かの身体に食い込ませ、ねじり上げ、相手がのたうつのを見て笑う。容赦はないものの、悪意まではない。残酷だが、常に不親切というのでもない。彼らに何を求めればいいのか？　文明は彼らには何の意味も持たない。彼らがそこに見出すのは失敗や、汚れや、ごみ屑、錯乱や嫌悪、そんなものでしかない。

「そこに突っ立って何してる？」とビーファスがきつい声で訊いた。「俺たちにお別れの熱いディープ・キスでもしてもらいたいのか？　それともお得意の気の利いた台詞が思いつけないのか？　そいつは生憎《あいにく》だな」。彼の声は語尾が伸ばされてのったりとしていた。眉をしかめ、デスクの上から鉛筆を一本取り上げると、素早い動作でそれを折り、二つの破片を手のひらに載せて差し出した。「俺たちはお前さんに猶予《ブレーク》を与えているんだよ、こんな具合に」と彼は味気のない声で言った。微笑みはきれいに消えていた。「さっさとどこかに行って帳尻を合わせてこいよ。何のために俺たちがお前さんを解放すると思っているんだ？　マグラシャンは雨天順延切符をくれた。そいつを上手に使うことだ」

私は手を上げて、唇をさすった。口の中には歯が多すぎた。

ビーファスはテーブルの上に視線を落とした。一枚の紙を取り上げて読み始めた。クリスティー・フレンチは椅子の上で身を回転させ、両足を机に載せ、開いた窓の外の駐車場を眺めた。オレンジの髪の女王はタイプを打つのをやめた。部屋は突然、落としたケーキのような重い静寂に包まれた。

私は水中を歩むみたいにその沈黙をかきわけ、部屋を出た。

25

オフィスは再び空っぽになった。脚のきれいなブルネットの女も、つり上がった眼鏡をかけた小娘も、ギャングスターの目をした、身なりのいい黒髪の男もいない。

私はデスクの上に座って、光が薄れていくのを眺めていた。人々が帰路につく物音もやがて聞こえなくなった。外ではネオンサインが、大通りを隔てて互いを眩しく照らし合い始めた。何かを済ませなくてはならないのだが、何をすればいいのかわからなかった。それに何をしたところでどうせ無益なのだ。廊下のタイルの上を引きずられるバケツの音に耳を澄ませながら、私はデスクの上を片づけた。書類を抽斗に仕舞い、ペン立てをまっすぐにし、雑巾を出して窓を拭き、電話機を拭いた。薄れゆく明かりの中で電話機は暗く、滑らかに見えた。今夜はもうそのベルが鳴ることはあるまい。誰も私に電話をかけてはこないだろう。今、この時間には。おそらくこれから先も。

私は埃を中に包んだまま、雑巾を仕舞った。そして煙草も吸わず、考えることすらせず、ただ背中を後ろにもたせかけてそこに座っていた。私は空白の男だった。私には顔もなく、意味もなく、個性もなく、名前さえろくになかった。食欲はなく、酒を飲む気も起きない。私はくず箱の底でくしゃくしゃになったカレンダーの昨日のページだった。

電話機を手元に寄せ、メイヴィス・ウェルドの番号を回した。ベルは延々と鳴り続けた。全部で九回。ずいぶんな回数じゃないか、マーロウ。きっと留守なんだよ。お前が電話をかける先はどこもかしこも留守なのさ。私は受話器を置いた。さあ次はどこにかけよう？　お前の声を聞きたがってるような友だちはどこかにいないのか？　いや。そんなもの、どこにもいない。

どうか電話のベルを鳴らしてくれ。誰か私に電話をかけてくれる人間を創り出し、プラグを接続して私をもう一度人類の一員にしてくれ。警官でもいい。マグラシャンだってかまわない。私を好いてくれる必要もない。この凍りついた星から下ろしてくれるだけでいいんだ。

電話が鳴った。

「アミーゴ」と女が言った。「問題が起きたの。困った問題が。彼女があなたに会いたがっている。あなたのことを好いているのよ。あなたを正直な人間だと思っている」

「どこにいる？」と私は尋ねた。それは質問とも言えない。ただそういう音声を発しただけだ。私は冷えたパイプを吸い込み、頬杖をつき、電話に向かって熟考していた。何かを口にしなくてはならないから口にしただけだ。

「来てくれる？」

「今夜は病気のオウムの看病だってしたいくらいさ。どこに行けばいいんだ？」

「私があなたのところに迎えに行く。十五分後にその建物の前で。目的の場所に行くのは簡単ではないから」

「帰り道はどうなんだ？」と私は尋ねた。「それともそこまで考える必要はないのかな？」

しかし彼女は既に電話を切っていた。

下に降りて、ドラッグストアのランチ・カウンターで二杯のコーヒーを飲み、メルト・チーズのサンドイッチを詰め込む時間はあった。サンドイッチには代用ベーコンが二きれもぐり込んでいた。水を抜いたプールの底の泥に埋もれた魚の死骸よろしく。

頭がどうかしていたに違いない。それはうまかった。

26

黒いマーキュリーのコンバーティブル、幌の屋根は上げられていた。私がドアで身を屈めると、ドロレス・ゴンザレスはレザー・シートの上を滑るようにこちらに身を寄せた。

「運転をして、アミーゴ。私はあまり運転が得意じゃないから」

ドラッグストアの照明が彼女の顔を照らした。また身なりを変えていたが、炎のように鮮やかなオレンジ色のシャツを別にすれば、相変わらず黒ずくめだった。スラックスに、男物のような大振りのカジュアルなジャケット。

私は車のドアにもたれかかった。「なぜ彼女が自分で電話をかけてこない？」

「したくてもできなかったの。電話番号を知らないし、時間の余裕もなかった」

「どうして？」

「誰かがちょっと席を外した隙に、急いで電話をかけたようだったわ」

「どこから彼女は電話をかけたんだ？」

「通りの名前は知らない。でもそこに行くことはできる。だから迎えに来たのよ。早く車に乗って。急ぎましょう」

「乗ってもいい」と私は言った。「でも乗らない方がいいかもしれない。老齢と関節炎が私を用心深くさせている」

「どんなときでも冗談を言うのね」と彼女は言った。「ほんとうにかわった人」

「いつも冗談を言ってられればそれに越したことはない」と私は言った。「でも同時に私は、頭を一個しか持ち合わせていないきわめて当り前の人間でもあり、その頭は時としてかなり手荒く扱われてきた。そしてそういう目にあう時はおおむねこの手の始まり方をするんだ」

「私と今夜、良い仲になるのかしら？」と彼女は柔らかな声で尋ねた。

「そいつはひと言では答えにくい質問だ。でもたぶんならないと思う」

「後悔はさせせない。私はそのへんの、マッチが擦れそうなほど肌がかさかさした、造り物みたいな金髪女とは違う。大きなごつごつの手をして、膝が尖って、胸が発育不全の洗濯女あがりとはね」

「半時間だけでもいいから」と私は言った。「セックスの問題を忘れようじゃないか。セックスは素晴らしいものだ。チョコレート・サンデーのように。でもそんなことをするくらいなら、喉を掻き切った方が賢明という場合もある。私もそろそろ自分の喉を掻き切りたくなってきたよ」

私は反対側に回り、運転席に座った。そしてエンジンをかけた。

「西に向かってちょうだい」と彼女は言った。「ベヴァリー・ヒルズを通り過ぎて、そのまままっすぐよ」

私はクラッチを繋ぎ、サンセット大通りに向かって南にハンドルを切った。ドロレスはいつもの長い茶色の煙草を取りだした。

「拳銃は持ってきた？」と彼女は尋ねた。

「いいや。どうしてそんなものが必要になるんだ？」。私の左腕の内側には、ホルスターに入ったルガーがぴたりと押しつけられていた。

「まあその方がいいかもしれない」。彼女はその煙草を金色の小さなピンセットのようなものにセットし、金色のライターで火をつけた。彼女の顔をぱっと照らした明かりは、底知れず深い黒い瞳にそのまま吸い込まれてしまったみたいに見えた。

サンセット大通りを西に曲がり、三車線のレース場に踏み込んだ。まわりのドライバーたちはどこに行くためでもなく、何かをするためでもなく、ただスピードを競って車を威勢良く走らせていた。

「ミス・ウェルドはどんなトラブルに巻き込まれているんだね？」

「わからない。ただトラブルに巻き込まれると言っただけ。彼女はとても怖がっていて、あなたを必要としていた」

「もう少しまともな話をでっちあげられないのかい？」

彼女は返事をしなかった。信号で止まったときに、私は彼女の方を向いた。彼女は暗がりの中でこっそりと泣いていた。

「私には、メイヴィス・ウェルドの髪の毛一本だって傷つけるつもりはない」と彼女は言った。「あなたが話を鵜呑みに信じてくれるとは期待していないけれど」

「その一方で」と私は言った。「君が筋の通った話を用意していないという事実が、逆に信憑性を与えるかもしれない」

彼女はシートの上を滑るようにして、私の方に身を寄せようとした。

「ずっとそっちの側にいてくれ」と私は言った。「私はこのろくでもない車を運転しなくちゃならないんだから」

「私の頭を肩に載せたくないの？」

並んだ。スエットシャツを着た太った男が怒鳴った。

「この交通事情ではね」

フェアファックスで青信号のときに車を停めた。左折する車に道を譲ったのだ。背後からいくつかの荒々しい警笛が聞こえた。再び車をスタートさせたとき、すぐ後ろにいた車が横に出て、私の車に並んだ。スエットシャツを着た太った男が怒鳴った。

「ハンモックでも買ってきやがれ！」

彼はそのまま進み、荒っぽく前に割り込んだので、私はブレーキを踏み込まなくてはならなかった。

「昔はこの街が好きだった」と私は言った。ものを深く考えないために、ただ何かを口にしたかっただけだ。「遙か昔のことだよ。ウィルシャー大通りに並木があった。ベヴァリー・ヒルズは田舎町だった。ウェストウッドは剝げちょろけの丘で、千百ドルで土地が売りに出ていたが、買い手はなかった。ハリウッドは街道沿いの集落に過ぎず、木造住宅が何軒か並んでいるだけだった。ロサンジェルスはただの日当たりの良い、がらんとした乾いた場所だった。建物はどれも垢抜けしない不細工なものだったが、人情が良くてのんびりしていた。気候は今みんなが自慢たらしく言い立ててるのと同じものだった。人々は外に出てポーチで眠った。インテリを気取った少数のグループは、アメリカのアテネと称していた。それは言い過ぎだが、かといってネオンの灯ったスラムでもなかった」

我々はラ・シエンガを横切り、ザ・ストリップのカーブに入った。〈ダンサーズ〉は煌々《こうこう》と輝いていた。テラスは人でいっぱいだった。駐車場は熟れすぎた果実に蟻が群らがっているように見えた。

「今じゃスティールグレイブみたいな輩がレストランを所有している。私をさっき嘲った太っちょのような手合いも増えている。大金が動き、あくどい山師が暗躍し、利ざやを稼ぐだけの連中、濡れ手に粟の金を求める連中が出没し、ニューヨークやシカゴやデトロイトからやくざが流れ込む。あるいはまたクリーブランドから。そんな連中が経営するけばけばしいレストランやナイト・クラブが登場した。ホテルやアパートメント・ハウスも同じ連中が経営している。そこには詐欺師、ペテン師、いかがわしい女たちが暮している。高級娼婦やら、ゲイの室内装飾家やら、レズビアンの服飾デザイナーやらがはびこっている。そして強面《こわもて》の大都市に巣喰うあぶくのような連中、紙コップほどの人格も持ち合わせないやつらだ。小綺麗な郊外では父親がピクチャー・ウィンドウの前で、靴を脱いで新聞のスポーツ・ページを読んでいる。そして三台の車が収まるガレージがあるから、自分は上流階級だと思っている。母親は派手な鏡台の前で、スーツケースくらいある目の下のくまを化粧品で消そうと頑張っている。息子は電話にしがみつき、ハイスクールの同級生の女の子たちを順繰りに呼び出している。ろくに英語もしゃべれず、化粧セットの底に避妊具を忍ばせているような娘たちをね」

「大都市はどこも同じようなものなのよ、アミーゴ」

「本物の都市は何かしら実質を具えている。泥の下にも、独自の堅固な骨組みのようなものがあるんだ。ロサンジェルスにはハリウッドがあるが、それを憎悪している。それがあることを幸運と思うのが道理なのに。ハリウッド抜きにすれば、ロサンジェルスなんてただの通信販売みたいな都市じゃないか。カタログにある商品はどれも、もっと良質なものがよそで買えるんだ」

「今夜はシニカルなのね、アミーゴ」

「私はいくつかのトラブルを抱えている。こうして君を隣りに乗せてこの車を運転しているのは、あまりに多くのトラブルを抱えていて、それがひとつふたつ増えたところで、ケーキのアイシング程度の違いしかないからだ」

「あなたは何かまずいことをしたの？」と彼女は尋ねた。そしてシートの向こうから私に近づいてきた。

「ああ、死体をいくつかコレクションしただけさ」と私は言った。「ものの見方にもよるが。警察は我々アマチュアが余計な手出しをすることを好まない。連中には連中のやり方がある」

「彼らはあなたにどんなことをするのかしら？」

「私をこの街から追い出すかもしれない。そうされてもちっともこたえないがね。身体をそんなに押しつけないでくれ。ギアをチェンジするのにその腕が必要なんだ」

　彼女はむっとしたように身を引いた。「まったくいけ好かない人なんだから」と彼女は言った。

「ロスト・キャニオン・ロードを右に曲がって」

　少しあとでユニヴァーシティ通りを越えた。街は今ではすっかり明かりに彩られていた。光の広大な絨毯が南に向けてほとんど果てしなく、斜面を下って続いていた。飛行機が鈍いエンジン音を響かせ、両翼の信号灯を交互に点滅させながら、すぐ頭の上を過ぎていった。ロスト・キャニオンを右に折れ、いくつもの大きな門扉の前を通り過ぎ、ベルエアに向かった。道路は曲がりくねった上り坂になった。車の交通量は多く、ヘッドライトが怒ったようにぎらぎらと、曲がりくねった白いコンクリートの道路を照らし出した。軽いそよ風が峠を越えて吹き降りてきた。野生のサルビアの匂いがした。ユーカリのきつい匂いが鼻を突き、静かに漂う埃が嗅ぎ取れた。斜面の途中の家々の窓には明かりが煌々と灯っていた。二階建ての大きな純白の屋敷の前を通り過ぎた。モンタレー風の家で、建てるのに七万ドルはかかっただろう。玄関には「ケアン・テリア（スコットランド原産の犬）」という明かりつきの切り抜き看板が出ていた。

「次を右よ」とドロレスが言った。

　右に曲がると道路はより険しくなり、より狭くなった。塀や密な茂みの背後に家屋が並んでいたが、こちらからは何も見えない。やがて分岐点があったが、そこには赤いスポットライトをつけた警察の車が一台停まっていた。右に向かう道路には車が二台、直角に駐車していた。灯火が上下に振られた。

私は速度を落とし、パトカーの隣りに車を停めた。二人の警官が車内で煙草を吸っていたが、身動きひとつしなかった。

「いったいどうなっているんだ?」

「私にもさっぱりわからないわ」、彼女の声にはたじろぐような、押し殺された響きがあった。少し怯えているようでもある。何を怖がっているのかまではわからない。

灯火を持った長身の男が車の脇にまわり、私の顔に光を浴びせ、それから下ろした。

「この道路は今夜は通行止めだ」と彼は言った。「目当ての行き先はあるのか?」

私はブレーキを引き、ドロレスが物入れから出した懐中電灯を手に取り、その長身の男に光を当てた。彼はいかにも高級品のズボンをはき、ポケットにイニシャルの入ったスポーツシャツを着て、水玉模様のスカーフを首のまわりに結んでいた。角縁の眼鏡をかけ、艶のある黒い髪を波打たせていた。絵に描いたようなハリウッド人種だ。

私は言った。「説明は一切なしか。それともあんたが法律を作っているのか?」

「法律が気になるのなら、あちらにいる連中に話せばいい」、男の声には見下したような響きがあった。「我々は近隣に住んでいる一般市民だ。ここは閑静な住宅地域だし、ずっと今のままにしておきたい」

猟銃を手にした男が闇の中から現れ、長身の男の脇に立った。彼は銃を左腕にはさみ、銃口を地面に向けていた。しかし彼が身体のバランスをとるためにそれを持っているのでないことは明らかだった。

「異論はないよ」と私は言った。「ずっと今のままでいてもらってけっこうだ。我々はただある場所に行こうとしているだけだ」

「どんな場所だ？」と長身の男が冷ややかな声で尋ねた。

私はドロレスを見た。「どんな場所だね？」

「ずっと上の、丘のてっぺんにある白い家よ」と彼女は言った。

「そこで何をするつもりだ？」と長身の男が尋ねた。

「そこに住んでいる人が私の友だちなの」と彼女はぴしりと言った。

彼は明かりを彼女の顔にあてた。「べっぴんさんだね」と彼は言った。「しかしそのあんたのお友だちは気に入らないな。この近隣で賭場を開くような輩は許しちゃおけない」

「賭場のことなんて知らないわ」とドロレスは鋭い声で言った。

「警官たちも何も知らんそうだ」と長身の男は言った。「知りたくもないらしい。あんたのお友だちの名前はなんていうんだね、ダーリン？」

「そちらの知ったことじゃない」とドロレスは吐き捨てるように言った。

「うちに帰って靴下でも編んでいるんだな、ダーリン」と長身の男が言った。そして私の方を向いた。

「今夜この道路は通行止めだ」と彼は言った。「今ではその理由がわかっただろう」

「そんな言いぶんが通用すると思っているのか？」と私は尋ねた。

「俺たちの決意を挫《くじ》くにはあんた一人じゃ足りない。俺たちがどれくらい税金を払っていると思う。なのにあのパトカーの猿どもは――役所のお偉方も同様だが――法律が施行されることを俺たちが訴えても、知らん顔だ」

私はロックを外し、ドアを開けた。彼は後ろに下がって私を通してくれた。私はパトカーのところに行った。二人の警官はだらしなくシートにもたれていた。声が辛うじて聴き取れる程度に無線が小さくつけられていた。一人はリズミカルにチューインガムを嚙んでいた。

「あの道路封鎖を解いて、一般市民を通すつもりはないのか?」と私は彼に尋ねた。

「何の命令も受けていない。我々は治安を保つためにここにいる。誰かが何かをおっ始めれば、それをやめさせる」

「道路の先に賭場があると彼らは言っている」

「彼らはそう言う」と警官は言った。

「言いぶんを信じないのか?」

「余計なことはしないようにしてる」と彼は言って、私の肩越しに唾を吐いた。

「もし私が、重要な用件があってこの先に行きたいのだとしたら?」

彼は無表情に私の顔を見て、ひとつあくびをした。

「お世話さま」と私は言った。

私はマーキュリーに戻り、札入れから名刺を出して長身の男に渡した。彼はその名刺に明かりを当てた。そして言った。「それで?」

彼は懐中電灯のスイッチを切り、そのまま黙っていた。闇の中で彼の顔がぼんやりとかたちを取っていた。

「仕事の用件だ。私にとっては大事なことなんだ。通してくれたら、明日にはたぶんもうこの道路封鎖は必要なくなっているだろう」

「大口を叩くね、フレンド」

「もぐりの賭場に出入りできるほどの金を私が持っているように見えるか?」

「彼女が持っているかもしれない」と彼はドロレスの方を目配せした。「彼女があんたを用心棒として雇ったのかもな」

彼はショットガンの男を振り向いて見た。「どう思う？」

「いいんじゃないか。二人きりだし、どっちも素面だ」

長身の男がもう一度懐中電灯をつけ、前後に光を振った。一台の車がエンジンをかけた。道路を塞いでいた車のうちの一台がバックして路肩に乗り上げた。私はマーキュリーに乗り込んでエンジンをかけ、車の間を抜けた。ミラーを見ていると、車はまた元の位置に戻り、ハイビームのライトを消した。

「ここを通らないとそこには行けないのかい？」

「彼らはそう思っているようね、アミーゴ。もうひとつほかの道もあるのよ。でも私道で、人の敷地を抜けているの。そしてそこを通るにはヴァレーの側をぐるっと迂回しなくちゃならなかった」

「あやうく足どめをくらうところだったんだぜ」と私は言った。「これがたまたまの巡り合わせとは思えないんだが」

「あなたならうまく切り抜けられると思っていたわ、アミーゴ」

「何かが匂うな」と私は嫌みを込めて言った。「そしてそれは野生のライラックの匂いじゃない」

「まったく疑り深い人ね。私にキスしたいとも思わないわけ？」

「あの道路封鎖のところで、君はその手を使うべきだった。あの背の高い男は淋しそうに見えたぜ。茂みに連れ込めばよかったんだ」

彼女は手の甲で私の口許を打った。「ひどいこと言うじゃない」と彼女は何でもなさそうに言った。

「次のドライブウェイを左に入っていただけるかしら」

小高くなったところを越えると道路は唐突に、真っ黒な広いサークルになって終わっていた。その縁には白塗りの石が並べられている。真正面には幅広いゲートがついた金網のフェンスがあり、「私道につき通り抜けを禁ず」という札がかかっていた。ゲートは開いて、柱についた鎖がほどかれ、その片端に南京錠がぶら下がっていた。白いキョウチクトウの茂みを回り込むように車を進めると、白く細長い建物があり、車寄せがあった。建物の丈は低く、タイルの屋根で、車が四台入る車庫が角にあった。車庫の上は囲われたバルコニーになっている。ガレージの広いドアは両方とも閉じられ、家の明かりは消えていた。高く浮かんだ月が、白いスタッコ塗りの壁に青みの混じった光を投げていた。下の階の窓のいくつかは雨戸が下ろされ、ごみでいっぱいになった段ボール箱が四つ、階段の足もとに一列に並べられていた。逆さにされた空っぽの大きなゴミの缶がひとつあった。ドラム缶が二つあり、中には紙が入っていた。

家からは物音ひとつ聞こえない。人の気配もない。私はマーキュリーを停め、ライトを消してエンジンを切った。しばらくじっとそこに座っていた。ドロレスが隅の方で動いた。シートに震えのようなものが感じられた。手を伸ばして彼女に触れると、その身体は小刻みに震えていた。

「どうしたんだ?」

「外に——外にでて。お願い」と彼女は言ったが、歯がかちかちと音を立てているみたいだった。

「君はどうする?」

彼女は自分の側のドアを開け、外に飛び出した。私も車を降りた。ドアは開けっ放し、キーは差したままだ。彼女は車の後ろを回り込むようにして、私の方にやってきた。身体に触れるまでもなく、その震えは感じ取れた。彼女はその身体を私にぴたりと押しつけた。太腿に太腿を、胸に胸を。彼女の両腕は私の首に巻かれた。

「とても愚かよね」と彼女はそっと言った。「こんなことしたら、彼は私を殺すに決まっている。スタインを殺したみたいに。キスして」

私はキスをした。彼女の唇は熱く乾いていた。「彼は中にいるのか?」

「そうよ」

「ほかには?」

「誰もいない。メイヴィスのほかには。きっと彼女も殺されるわ」

「いいか――」

「もう一度キスをして。私はそんなに長生きできないのよ、アミーゴ。あんな男の手先をつとめていたら、どうせ若死にすることになる」

私は彼女を押しやった。どちらかというと優しく。

彼女は後ろに下がり、素速く右手を上げた。その手には拳銃が握られていた。

私は銃を見た。高く浮かんだ月がそれを鈍く輝かせていた。水平に銃を構えた彼女の手はもう震えていなかった。

「悪く思わないでちょうだいね」と彼女は言った。

「道路にいる連中のところまで銃声が聞こえるぜ」

彼女は首を振った。「いいえ、あいだに小さな丘がひとつあるの。銃声が届くとは思わないわ、アミーゴ」

彼女が引き金を引いたら、銃口が跳ね上がるだろう。うまくタイミングを合わせてさっと身を伏せれば――

いや、そんな気の利いたことはできそうにない。私は無言のままでいた。口の中で舌が大きくなったように感じられた。

疲弊を感じさせるやわらかな声で彼女は話し続けた。「スタイン殺しなんてどうでもいいのよ。あいつなら私にだって喜んで殺せた。死ぬのはたいしたことじゃないし、殺すのもたいしたことじゃない。でも殺しの手引きをするというのは……」、そこで言葉が詰まった。すすり泣きのようにも聞こえた。「アミーゴ、あなたのことがなぜかけっこう気に入ってるのよ。そんなナンセンスは私には無縁のはずのものなのに。メイヴィスが彼を私から奪ったわ。でも彼にメイヴィスを殺してもらいたいとは思わなかった。まとまった金を持った男なら世の中にはたくさんいる」

「なかなか感じの良い男のように見えるが」と私は言ったが、目は拳銃を握った手から離れなかった。手は今では微動だにしない。

彼女は馬鹿にしたように笑った。「そんなことわかりきっている。そう見えるからこそ今のようになれたのよ。あなたは自分のことをタフだと思っているでしょう、アミーゴ。でもスティールグレイブに比べたら、ふにゃふにゃの桃みたいなものよ」、彼女は銃口を下げた。飛びかかるには好機だ。でもやはり私はそこまで敏捷ではない。

「彼は十指に余る人々を殺した」と彼女は言った。「一人殺すごとに微笑みを浮かべてね。私は彼のことを長く知っている。クリーブランド時代から」

「アイスピックを持っていた頃から?」と私は尋ねた。

「拳銃を渡したら、私のために彼を殺してくれる?」

「そう約束したとして、私を信じられるかな?」

「信じるわ」、丘の下の方のどこかで車の音がした。でもそれは火星くらい遠くにあり、ブラジルのジャングルの猿たちのおしゃべりのように意味をなさなかった。私にはまったく縁のないものだった。

「そうする必要があれば、私は彼を殺す」、私は唇を湿しながら言った。

私は膝を曲げ、少し前屈みになり、もう一度飛びかかれるように身構えた。

「おやすみなさい、アミーゴ。私が黒い服を着るのはね、私がきれいでよこしまで、そして――行き場を失っているからよ」

彼女は銃を差し出し、私はそれを取った。私は銃を握ってそこにただじっと立っていた。沈黙の瞬間があり、どちらもまったく動かなかった。それから彼女は微笑み、頭をさっと振り、車に飛び乗った。エンジンをかけ、ドアを勢いよく閉めた。車をアイドリングさせながら私を見ていた。今ではその顔に笑みが浮かんでいた。

「ねえ、なかなか真に迫っていたでしょう」と彼女は柔らかい声で言った。

それから車はアスファルト舗装された路面に、切り裂くようなタイヤ音を立てながら、乱暴にバックした。ライトがさっとついた。車はカーブを曲がり、キョウチクトウの茂みの向こうに見えなくなった。ヘッドライトが左に折れ、私道に入った。ライトは樹木の間を移ろい、その音は間延びしたアオガエルたちの声に呑み込まれて消えていった。やがてその声も止み、一瞬の間すべての音が消えてしまった。くたびれた昔ながらの月の光のほかには、この地を照らすものもない。

拳銃から弾倉を取りだした。七発の銃弾が装塡され、薬室に一発入っていた。全弾装塡の状態からは二発少ない。銃口の匂いを嗅いでみると、掃除をされたあとに発射した形跡があった。たぶん二発が撃たれたのだろう。

私は弾倉をもう一度銃に突っ込み、手のひらに載せた。三二口径、白い象牙の銃把がついている。オリン・クエストは弾丸を二発くらっていた。部屋の床から私が拾い上げた二つの薬莢は三二口径だった。

そして昨日の午後、ヴァン・ナイズ・ホテルの三三二号室で、タオルで顔を隠した金髪女が私につきつけたのも、白い象牙の銃把を持った三二口径だ。

どう考えればいいのだろう。想像力をたくましくしすぎて、過ちを犯すかもしれない。それとも想像力がまったく足りなかったということになるかもしれない。

27

ゴム底の靴で足音を殺してガレージまで歩き、幅の広い二枚のドアのひとつを開こうとした。ハンドルがないところを見ると、スイッチで開ける仕掛けらしい。小さなペンシル・ライトで枠の部分をあちこち探してみたが、スイッチは見つからなかった。

そこを離れ、ゴミ缶の方に行った。木の階段が上の通用口に通じていたが、都合良くドアに鍵がかかっていないというようなことはまずあるまい。ポーチの下にもうひとつドアがあった。そちらには鍵がかかっておらず、奥には暗闇が広がり、束ねられたユーカリの薪の匂いがした。私は中に入ってドアを閉め、もう一度小さな懐中電灯をつけた。隅の方に別の階段があり、隣りに小型エレベーターらしきものがあったが、音を立てたくなかったので階段を使った。

どこか遠くで何かがぶうんという音を立てた。歩を止めると音は止んだ。再び歩き始めたが、もう音はしなかった。階段を上がったところで、ノブのないドアに行き当たった。ドアはぴたりと閉じられている。またまた新趣向の仕掛けだ。

しかし今度はスイッチを見つけることができた。取り外しのできる細長いプレートがドア枠について、数多くの汚れた手がそのスイッチに触れていた。それを押すとかちっという音がして、ドアが小さく内側に開いた。最初の赤ん坊を取り上げる若いインターンのように、そっとドアを押し開けた。

中は廊下になっていた。雨戸を下ろされた窓の隙間から差し込む月光が、ガス台の白い片隅と、その上のクロームの熱板を照らしていた。台所はダンス教室が開けそうなほど広かった。ドアのないアーチ式の通路が、天井までタイルの貼られた配膳室に通じていた。流し台、壁に埋め込まれた巨大な冷蔵庫、勝手に飲み物を調合してくれる電気製品がたくさん。お好きな毒を選んでボタンを押して下さい。四日後に葬儀屋の施術台の上で目を覚ますことになります。

配膳室の奥にはスイング・ドアがついていた。スイング・ドアの向こうには暗い食堂があり、その奥はガラス張りのラウンジに続き、月の光が放水中のダムみたいな勢いでそこに注ぎ込んでいた。絨毯を敷かれた廊下がどこかに通じていた。また平らなアーチがあり、そこからアーチ状の梁《はり》が階段上方の更なる暗闇へと伸びていた。その先の闇の中には微かに瞬くものがあった。ガラス・ブロックかステンレス・スティールだろう。

ようやく居間とおぼしきところに出た。カーテンが引かれて真っ暗だが、広い部屋らしい雰囲気があった。暗闇はとても深かったが、私の鼻はそこに漂う香りを嗅ぎつけた。それほど古いものではない。私は呼吸を止め、耳を澄ませた。暗闇の中には虎たちが潜み、私を見つめているかもしれない。大きな銃を持った男たちがしっかり位置を定め、口を薄く開けて静かに呼吸しているかもしれない。あるいはそこはまったくの無人で、私が場違いな想像を膨らませているだけかもしれない。

私はじりじり後ろに下がり、手探りで壁のスイッチを求めた。どこかに照明のスイッチはあるはずだ。照明スイッチのない部屋はない。普通、入ってすぐ右手にある。真っ暗な部屋に入ったら、明かりが欲しいと思うのが人情だ。ごく自然な高さの、ごく自然な位置に照明スイッチはついている。しかしその部屋は違った。何に寄らず普通ではない家なのだ。ドアにせよ照明にせよ、当たり前にはできていない。またまた珍奇な仕掛けが施してあるのかもしれない。高音のCの上のAを出して歌ったら、あるいはカーペットの下の平らなスイッチを踏んだら明かりがつくみたいな。それともただ単に「光あれ」と言うと、マイクがその声を拾い、波動を低出力の電気パルスに変換し、変換器がそれを十分な電力に換え、無音の水銀スイッチに伝達するのかもしれない。

私はその夜、霊能力者になっていた。私は暗闇の中に友人を求め、そのためには大金を支払うつもりでいる人間だった。わきの下におさめたルガーと、手に持った三二口径が私を勇気づけていた。二丁拳銃のマーロウ、シアン化物峡谷《サイアナイド・ガルチ》から来たガンマンだ。

私は唇の皺を伸ばし、声を出した。

「こんにちは。どなたか、私立探偵のご用はありませんか?」

私の声に答えるものはなかった。こだまの役を引き受けるものさえいなかった。私の声の響きは、羽毛枕に落ちた疲弊した頭のごとく静寂の中に沈んだ。

それからやがて、その広い部屋を一周する天井蛇腹《コーニス》の裏側に、琥珀色の光が浮かび上がった。光はゆっくりと時間をかけて明るくなっていった。舞台用のコントロール・パネルで操作されているみたいに。アプリコット色の厚いカーテンが窓を覆っていた。

壁の色もアプリコットだった。奥の隅には壁つきのバーがあって、それは少し斜《はす》になり、配膳室わきのスペースに引っ込んでいた。窪みになった場所には、小さなテーブルと詰め物をした椅子があった。フロア・スタンドと柔らかな椅子とラブ・チェアと、そのほか居間にあるべきものがひととおり揃っていた。フロアの真ん中には布をかけられた長いテーブルがいくつか並んでいた。

なるほど道路封鎖をしていた男の、賭場が云々という言い分には一理あったようだ。しかしその場所は今は使用されていなかった。部屋には生命の気配もなかった。いや、ほとんどなかったと言うべきだろう。皆無であったわけではない。

淡いココア色の毛皮のコートを着た金髪の女が、袖のついた安楽椅子に寄りかかるように立っていた。両手はコートのポケットに突っ込まれている。彼女の髪はかまわれないまま外にはねていた。彼女の顔が蒼白に見えなかったのは、ただ灯りに色が着いていたからだ。

「ようこそ」と彼女は生気のない声で言った。「来るのがやはり遅すぎたみたいだけれど」

「何に遅すぎたのかな？」

私は彼女の方に歩いていった。それはいかなる場合であれ心愉しい行為だった。こんな状況でも、あまりに静かすぎる家の中であっても。

「あなたって魅力的なところがあるかもしれない」と彼女は言った。「そんなことこれまで考えもしなかったけれど。あなたはなんとか中に入ることができたのね。あなたは――」、彼女の声はそこで途絶え、喉の奥でもつれた。

「一杯飲みたいわ」、彼女は重く間を取り、そう言った。「そうしないと倒れ込んでしまいそう」

「素敵なコートだね」と私は言った。私は彼女のそばに寄った。そして手を伸ばしてコートに触れた。彼女は動かなかった。その口は震えながら、内側に外側に動いていた。

「ムナジロテン」、彼女はあえぐように言った。「四万ドル。映画のための借り物」

「こいつも映画の一部なのかい？」、私は部屋の中をぐるりと手で示した。

「これはすべての映画を終わらせるための映画なのよ――私にとってはね。本当にお酒がほしいの。でも歩くことさえ――」、最初は明瞭な声だったが、徐々に囁きに近くなり、最後には消えていった。瞼が頼りなく上下していた。

「遠慮なく気を失っていい」と私は言った。「最初の跳ね返りで抱き留めるから」

なんとか微笑もうとする努力が彼女の顔にうかがえた。唇を堅く結び、倒れるまいと必死に努めている。

「私が来るのがどう遅すぎたのだろう?」と私は尋ねた。「何に対して遅すぎたのかな?」

「撃たれるのに遅すぎたということ」

「それは残念。今夜はそれをずっと楽しみにしていたのにな。ミス・ゴンザレスが私をここに連れてきた」

「知っている」

私は手を伸ばして、もう一度コートに触れた。四万ドルは素晴らしい触り心地だ。たとえ借り物であっても。

「ドロレスはさぞやがっかりするでしょうね」と彼女は言った。唇の縁が白かった。

「しないさ」

「彼女はあなたをおびき寄せたのよ。スタインのときと同じように」

「最初はそのつもりだったかもしれない。でも途中で気を変えたんだ」

女は笑った。遊戯室の子供会で偉そうな態度を取ろうとする幼児のような、愚かしく実勢のない笑いだった。

「女のあしらいはなかなか見事ね」と彼女は囁くように言った。「いったいどんなコツがあるのかしら、色男さん。麻薬入りの煙草でものませるの? 身なりの良さとか、懐具合とか、人間的魅力とか、そういうものじゃないことは確かね。そんなもの、あなたは何ひとつ持ち合わせていないもの。もう若くもないし、とくにハンサムでもない。人生の盛りは過ぎて――」

彼女のしゃべり方は徐々に速くなっていった。調速機の故障したモーターみたいに。最後はほとんど囀《さえず》りのようになった。話しやめたとき、疲弊したため息が沈黙の中を流れた。彼女はよろよろと膝から崩れ、私の両腕にそのまま倒れ込んできた。

もし演技だとしたら、それは完璧な演技だった。たとえ私が服の九つのポケット全部に拳銃を収めていたとしても、そんなものバースデー・ケーキについた九本の小さなピンクの蠟燭くらいの役にしか立たなかっただろう。

しかし何ごとも起こらなかった。強面《こわもて》の男が私に剣呑《けんのん》な視線を向けることもなく、スティールグレイブが殺人者特有の、乾いた実のない笑みを薄く浮かべることもなく、足音がこっそり背後から忍び寄ることもなかった。

腕の中の彼女は、まるで濡れた布巾のようにぐったりしていた。死んでいないぶん、オリン・クエストほどずしりと重くはない。しかし膝の関節の腱に痛みを感じさせる程度には重かった。彼女の頭を私の胸から離したとき、その両目は閉じられていた。息づかいは聞こえず、僅かに開かれた唇には青ざめた色があった。

彼女の膝の裏に右手をあて、抱き上げて黄金色のソファまで運び、横たえた。それから身を起こし、バーに行った。カウンターの隅には電話機があったが、酒瓶のあるところに行く方法がわからない。だからカウンターを乗り越えた。青と銀のラベルに五つ星がついた、それらしいボトルを手に取った。コルクは開けられていた。私は暗い色合いのきりっとしたブランディーをそぐわないグラスに注ぎ、ボトルを手にカウンターを乗り越えた。

彼女はそのまま横になっていたが、目は開いていた。

「グラスは持てるか?」

持つことはできたが、いささかの助けが必要だった。彼女はブランディーを飲み、グラスの縁を唇に押しつけた。それが唇を鎮めておくために必要なことであるというように。彼女の吐く息がグラスを曇らせた。口許にゆっくりと微笑みが形づくられた。

「今夜は寒い」と彼女は言った。

彼女は両脚をソファから下ろし、床につけた。

「もっとちょうだい」、彼女はグラスを差し出した。私はブランディーを注いだ。「あなたのお酒はどこ?」

「酒は要らない。酒なんかなくても、私の感情はしっかり揺さぶられている」

二杯目を飲んで、彼女は身震いをした。しかし口許の青ざめた色は引いていたし、唇は信号のストップ・サインみたいにぎらぎら赤くはなかったし、目の脇に刻み込まれた小じわは先刻ほど目立たなくなっていた。

「誰があなたの感情を揺さぶっているのかしら?」

「何しろたくさんの女たちがあとからあとから現れて、私の首に腕をまわしたり、ぐったり気を失ったり、キスをさせたり、何やかやしてくれるんだ。ヨットも持っていない安物の探偵にしちゃ内容充実した二日間だったね」

「ヨットを持っていないのね」と彼女は言った。「それは気に入らないな。私はリッチに育てられたのよ」

「そうだね」と私は言った。「きっとキャディラックを口にくわえて生まれたんだろう。場所がどこだか見当がつくよ」

彼女の目が細められた。「そうかしら?」

「それが堅くまもられた秘密だとは、君だって思っていなかっただろう」

「私……私……」、彼女は言葉に詰まって、絶望的な仕草をした。「私、今夜は台詞が思いつけない」

「こいつはテクニカラー用の会話だ」と私は言った。「台詞が口に馴染まないのさ」

「話の筋がとおっていないわ」

「じゃあもう少し意味の通じる話をしよう。スティールグレイブはどこにいる？」

彼女はただ私の顔を見ていた。空っぽのグラスを差し出し、私はそれを取った。そして相手の目をじっと見つめたまま、それをどこかに置いた。彼女もまた私から目をそらさなかった。そのまま長い時間が経過したように感じられた。

「彼はここにいた」、彼女がようやく口を開いた。まるで言葉をいちいちこしらえながらしゃべっているみたいに、ゆっくり間をかけて。「煙草をいただけるかしら？」

「昔ながらの煙草による時間稼ぎか」と私は言った。私は煙草を二本出して口にくわえ、火をつけた。身を前に乗り出し、その一本を彼女のルビー色の唇にくわえさせた。

「これくらい陳腐なことってないわね」と彼女は言った。「バタフライ・キス（ウィンクしてまつげで相手の顔を撫でること）をべつにすればということだけど」

「質問に答えたくないときには、セックスはなかなか役に立つ」と私は言った。

彼女は何気なく煙草の煙をふっと吐き、目を細くした。そして煙草の位置をなおすために手を上げた。いつまでたっても私は、女性の好む位置にぴたりと煙草をくわえさせることができない。

彼女はさっと頭を振り、柔らかくばらけた髪を頬のまわりに踊らせた。そしてそれがどれほどの衝撃を私に与えたかを点検した。蒼白だった顔色は元に戻り、頬には少し赤みが差していた。しかし彼女の目の奥には、怠りなく待機するものがあった。

「あなたって、まっとうな人かもね」、私が突飛な行動に出ないでいると、彼女はそう言った。「あなたのような種類の人にしては」

　私はそれにも持ちこたえた。

「でもあなたがどういう種類の人なのか、本当にはわからない。そうよね？」。彼女はそこで突然笑った。いずこからともなく涙が現れ、頬をつたって落ちた。「でもたとえどのような種類の人であるにせよ、けっこうまっとうな人なのかもしれない」。彼女はひったくるように煙草を口からむしり取り、手を口にやって噛んだ。「私いったいどうしたのかしら。飲み過ぎたのかもね」

「君は時間稼ぎをしているんだ」と私は言った。「でもその目的が今ひとつわからない。誰かがここに来るまでの時間稼ぎをしているのか、それとも誰かをここから逃すための時間稼ぎをしているのか、そのどちらだろう。それとも心にショックを受け、ブランディーの酔いがまわっただけかもしれない。君はただの小娘で、ママのエプロンにすがって泣きたがっている」

「うちの母親じゃそれは無理ね」と彼女は言った。「雨水桶に涙した方がまだましよ」

「麗《うる》わしい話だ。それでスティールグレイブはどこにいるんだ？」

「それがどこであれ、彼がそこにいることをあなたは喜ぶべきよ。あの人はあなたを殺さなくてはならなかった。あるいはそうしなくてはならないと考えていた」

「君が私をここに呼んだ。そうだろ？　彼のことがそこまで好きだったのか？」

　彼女は手の甲に落ちた煙草の灰を吹いて飛ばした。その灰が私の目に入り、私は目をしばたたかせた。

「好きだったに違いない」と彼女は言った。「いっときはね」。彼女は手を膝の上に載せ、指を広げ、爪を点検した。そして頭を動かさず、目だけをゆっくり上にあげた。「もう千年くらい昔のことに思えるけど、物静かで感じの良い小柄な男と私は知り合った。彼は人前でどのように振る舞えばいいかを心得ていたし、街中のビストロに出入りしてちゃらちゃらと魅力を振りまいたりすることもなかった。ええ、彼を好きになったわ。とっても好きになった」

彼女は手を口にやって拳の関節を噛んだ。その手を毛皮のコートのポケットに入れ、白いグリップのついた自動拳銃を取り出した。私が持っている拳銃の兄弟分だ。

「でも結局はこれを持ち出すことになった」

私はそちらに行って、彼女の手から拳銃を取り上げた。銃口の臭いを嗅いだ。間違いない。これで二丁の銃が発射されたことになる。

「ハンカチでくるまないの？　よく映画でやるみたいに」

私はその銃をもう一方のポケットに入れた。おかげで興味深い煙草の葉屑が少しと、ベヴァリー・ヒルズ市役所の南東部斜面にしか生えない種子が、そこに付着することになるかもしれない。警察の鑑識課はそれでしばらく活発な時間を送れるだろう。

28

私は唇の端を噛みながらひとしきり彼女を見守っていた。彼女もこっちを見ていた。その表情に変化はなかった。それから部屋の中をゆっくりと見回してみた。長いテーブルのひとつにかけてあったダスト・カバーを持ちあげてみた。その下にはルーレットの支度が整えられていたが、ホイールはなかった。テーブルの下には何もなかった。

「マグノリアの模様が付いた椅子よ」

彼女はそう言いながら別の方向を向いていたので、その椅子がどこにあるのか自分で探さなくてはならなかった。見つけるのにどうしてそんなに時間がかかったのだろう。高い湾曲した背もたれのついたそで椅子《ウイングチエア》で、花柄の布カバーがかかっていた。その昔、燭炭《しょくたん》の火の上に身を屈めるとき、すきま風を防ぐために造られたような椅子だ。

椅子はこちらから見ると後ろ向きになっていた。私はギアをローに入れ、そっと歩いてそちらに行った。椅子はほとんど壁に対面して置かれていた。とはいえ、バーから戻るときにその姿を目にしなかったのは迂闊《うかつ》としか言いようがない。彼は頭を後ろに傾け、椅子の片隅に寄りかかっていた。襟の赤と白のカーネーションはまだ瑞々しく、ついさっき花売りの女の子がピンでとめたばかりのように見えた。そういう死体の常として、目は半開きになっていた。両目は天井の隅の一点をじっとにらんでいた。弾丸はダブル・ブレストの上着の外ポケットを貫いていた。心臓がどこにあるかを知っている誰かが射ったのだ。

　頬に手を触れると、まだ温かかった。私は彼の手を取り、下に落とした。手はぐにゃっとしていた。ごくあたり前の手の甲みたいだ。首筋の動脈に手を当ててみた。血液の動きはなく、ごく少量の血が上着ににじんでいた。私はハンカチを出して自分の手を拭いた。そしてしばしそこに立って、その小さな静かな顔を見下ろしていた。私がやったこと、やらなかったこと、間違っていたこと、正しかったこと――すべてが徒労に終わった。

　私は戻って彼女のそばに腰を下ろし、自分の膝頭をぎゅっと握った。

「だって仕方ないでしょう」と彼女は言った。「彼は私の弟を殺したのよ」

「君の弟は天使じゃなかった」

「でも殺す必要はなかった」

「誰かが殺さなくてはならなかった。それも早急に」

　彼女の目が突然見開かれた。

　私は言った。「君は不思議に思わなかったのか？　なぜスティールグレイブが私を片づけようとしなかったのか。なぜ昨日彼は君をヴァン・ナイズ・ホテルに行かせたのか。なぜ自分で行かなかったのか。彼ほどの資力もあり経験もある人間がなぜあの写真を押さえようともしなかったのか、そういうことを不思議に思わなかったのか？　何なりと手は打てたはずなのに」

　彼女は返事をしなかった。

「どれくらい前から君は知っていたんだ。あの写真が存在することを？」

「何週間も前。二カ月近く前からよ。あのあと二日ばかりして――つまり私たちが一緒にランチを食べたあとということだけど――写真の一枚が郵便で送られてきた」

「スタインが殺されたあとだね」

「そうよ、もちろん」

「殺したのはスティールグレイブだと思ったか？」

「いいえ。そんなこと思うわけがないでしょう？　今夜までは、ということだけど」

「写真を受け取ったあとどうなった？」

「オリンが電話をかけてきて、職を失って一文無しなんだと言った。お金を欲しがっていた。写真のことは口にしなかった。言う必要もなかったのよ。写真が撮られる可能性はあのとき一度きりだったんだから」

「彼はどうやって電話番号を知ったんだ？」

「電話番号？　あなたはどうやって知ったの？」

「金で買ったのさ」

「ということよ」、彼女は手で曖昧な動作をした。「警察に電話をかけてさっさとことを片づけてしまえばどうなの？」

「ちょっと待ってくれ。そのあと何があった？　写真がもっと送られてきたのか？」

「週に一枚ずつ。私はあの人に写真を見せた」、彼女は覆《おお》いのかかった椅子を手で示した。「彼はそれが気に入らなかった。オリンのことは彼には伏せていた」

「でも知っていたはずだ。知りたいことは探り出す男だ」

「きっとそうね」

「しかしオリンの居場所まではわからなかった」と私は言った。「わかっていたらもっと早く手を打っていたはずだ。君はいつスティールグレイブにその話をしたんだ？」

彼女は私から目を背けた。彼女の指は自分の腕を揉んだ。「今日よ」と彼女は言った。遥か遠くから聞こえてくるような声だった。

「どうして今日なんだ？」

彼女の喉の奥で息が詰まった。「お願い」と彼女は言った。「もう意味のない質問をするのはやめてちょうだい。私をこれ以上苦しめないで。あなたにできることはもうないのよ。前はあったと思う――私がドロレスに電話をかけた時点ではね。今はもう何もない」

私は言った。「よかろう。ただ君にはひとつわかっていないようだ。その写真の背後に誰がいるにせよ、その目的が金にあることを、スティールグレイブは知っていた。それも大金だ。そしてその脅迫者は早晩姿を見せなくてはならない、ともわかっている。スティールグレイブはその機会を待っていたんだ。写真自体に関してはまったく案じていなかった。君のためにならないということを別にすれば」

「彼は確かにそれを証明した」と彼女は疲れた声で言った。

「彼なりのやり方で」と私は言った。

耳に届く彼女の声には氷河のような静けさがあった。「彼は私の弟を殺した。自分の口からそう言ったのよ。そのときにはギャングスターの顔が丸出しになっていた。ハリウッドにはいろいろおかしな人間がいる。私も含めてね。そう思うでしょう」

「でも君は、かつては彼が好きだった」と私は容赦なく言った。

彼女の頬にさっと赤みが差した。

「今は誰のことも好きじゃない」と彼女は言った。「人を好きであることにもううんざりしたの」、そして背もたれの高い椅子の方にちらりと目をやった。「昨夜、彼を好きであることをやめたの。彼は私にあなたのことを尋ねた。あなたが誰でとか、そういうこと。私は話した。あの男が死体になってヴァン・ナイズ・ホテルに横たわっていたとき、私がその場に居合わせたと認めないわけにはいかないと、彼に言った」

「警察でその話をするつもりだったのか?」

「ジュリアス・オッペンハイマーに話すつもりだった。彼なら、どうすればいいかを知っている」

「彼が知らなくても、犬たちの誰かが知っているだろう」

彼女は微笑まなかった。私も微笑まなかった。

「もしオッペンハイマーの手に負えなければ、私の女優としての生命は終わりを迎えることになる」、そしてとくに興味もなさそうに彼女は付け加えた。「ほかのすべての場所でも、私はもう終わりを迎えたようなものだけど」

私は煙草を取り出して火をつけた。彼女に一本を差し出した。彼女はそれをとらなかった。私はまったく急いではいなかった。時間は私をつかむ手を離してしまったようだった。他のほとんどすべてのものと同じように。にっちもさっちもいかない。

「君の話は私には速く進みすぎる」、しばしの間を置いて私は言った。「ヴァン・ナイズ・ホテルに行ったときには、スティールグレイブが泣き虫モイヤーであることを、君はまだ知らなかった」

「知らなかったわ」

「じゃあいったいなんで君はそこに行ったんだ?」

「写真を買い戻すためよ」

「筋が通らないな。そのときには、その写真は君にとって何の意味も持たなかったはずだ。君と彼が一緒に昼飯を食べている、それだけのことじゃないか」

彼女は私をじっと見て、ぎゅっと目をつぶり、それから大きく見開いた。「泣いたりしないから大丈夫よ」と彼女は言った。「知らなかったと私は言ったのよ。でもその時には拘置所に入っていたわけだし、この人には後ろ暗いところがあるんだろうというくらいはわかる。何かまともじゃない仕事をしているとは思った。でも人殺しまでは考えなかった」

「なるほど」と私は言った。立ち上がり、もう一度背もたれの高い椅子の向こうに回った。彼女の目は私の動きをゆっくりと追っていた。私はスティールグレイブの死体の上に屈み込み、左側の腕の下を探った。拳銃はホルスターに収まっていた。それには手を触れなかった。戻って、彼女の向いにまた腰を下ろした。

「このあと片づけをするには、ずいぶん金がかかりそうだ」と私は言った。

彼女は初めて微笑みを浮かべた。とても淡い微笑みだったが、それでもやはり微笑みだ。「そんなお金はない」と彼女は言った。「だからそれは問題外ね」

「オッペンハイマーなら持っている。そして今では、彼にとって君は数百万ドルの価値がある」

「彼はそんな危ない橋は渡らない。最近の映画ビジネスではたくさんの人々が誰かの足をすくおうと狙っている。多少の損をしても、それくらい半年たてば忘れてしまう」

「君は彼のところに話を持ち込むつもりだったんじゃないか」

「もし面倒に巻き込まれて、こちらに落ち度がなければ、彼のところに相談に行くと言ったのよ。でもここに至ってはもう無理ね」

「バルウはどうなんだ。彼にとっても君は値打ちがあるはずだ」

「私は誰にとってももう一文の値打ちもないのよ。そんなことは忘れなさい、マーロウ。親切のつもりで言ってるんでしょうけど、連中のことは私がよく知っている」

「なるほどね」と私は言った。「それで私が呼ばれたわけだ」

「ご名答」と彼女は言った。「あなたにこの片づけをしてもらうわ、ダーリン。無料でね」、彼女の声はまた脆《もろ》く、浅いものになった。

私はソファの彼女の隣りに座った。私は彼女の腕を取り、その手を毛皮のコートのポケットから出し、そのまま握っていた。毛皮の中にあったにもかかわらず、その手は氷のように冷たかった。

彼女はこちらに顔を向け、私を正面から見た。そして小さく首を振った。「いいこと、ダーリン、私にはそんな値打ちはないのよ。たとえ寝るだけにしても」

私は手を裏返し、指を開かせた。指は硬く、抵抗した。私は一本一本、指を開いていった。その手のひらを撫でた。

「どうして君は銃を持っていたのか教えてくれないか」

「銃ですって?」

「時間稼ぎはよして、正直に答えてくれ。彼を殺すつもりだったのか?」

「当然じゃない? 私は彼にとって大事な存在だと考えていた。うぬぼれもいいところね。彼は私を手玉にとっていただけ。スティールグレイブのような輩はね、人のことを気にかけたりはしないの。メイヴィス・ウェルドのような輩も、もう人のことを気にかけたりはしない」

彼女は私から身を引き、薄い笑みを顔に浮かべた。「あなたに拳銃を渡すべきじゃなかった。あなたを殺せば、まだ逃げようもあったでしょうに」

私は拳銃を取り出し、彼女に差し出した。彼女はそれを取って、素速く立ち上がった。銃が私に向けられた。小さな疲れた笑みが、再び彼女の唇の上で動いた。彼女の指はしっかりと引き金にかけられていた。

「もっと高いところを狙った方がいい」と私は言った。「防弾下着をつけているから」

彼女は銃を持った手をだらんと下におろした。ただそこに立って、しばし私を見ていた。やがて拳銃をソファの上に放った。

「台本が好きになれない」と彼女は言った。「台詞が気に入らない。そもそも私の役じゃない。言ってることわかる？」

彼女は笑い、床に目を落とした。彼女の靴のつま先がカーペットの上を行ったり来たりした。「あなたとおしゃべりができて楽しかったわ、ダーリン。カウンターの隅に電話があるわよ」

「ありがとう。ドロレスの電話番号を覚えているかい？」

「なぜドロレスなの？」

私が答えずにいると、彼女は番号を教えてくれた。私はカウンターの隅に行って、番号を回した。手順は前と同じだった。こんばんは、シャトー・バーシーでございます。ミス・ゴンザレスですね。失礼ですがどちら様でしょう？　しばらくお待ち下さい。じりりり、じりりり、それから艶っぽい声が聞こえる。「ヘロー」

「マーロウだ。君は本当に私を殺す手引きをしたのかい？」

息が止まる音が聞こえそうだった。でも実際に聞こえたわけではない。電話ではそこまでは聞き取れない。聞こえたような気がしただけだ。

「アミーゴ、ねえ、あなたの声がまた聞けて嬉しい」と彼女は言った。「それはもう、すごく嬉しいのよ」

「手引きをしたのか、しなかったのか？」

「私は——私にはわからない。そんなことをしたかもしれないと考えるだけで、ひどく悲しくなる。あなたのことがとっても好きだから」

「私はここでいささかのトラブルに遭遇している」

「彼は——」、長い間が空く。アパートメントの電話だ。うかつなことは言えない。「彼はそこにいるの？」

「ああ——ある意味ではね。ここにいるんだが、同時にまたいないとも言える」

今回は息を呑む音がはっきり聞こえた。笛の音にも似た、ため息が長く吸い込まれるような音だ。

「ほかに誰かそこにいる？」

「誰もいない。私とその案件だけだ。君にひとつ尋ねたいことがある。とびっきり重要なことだ。本当のことを言ってほしい。君が今晩私にくれたものを、君はどこで手に入れたのだろう？」

「彼からよ。彼が私にくれたの」

「いつだ？」

「今夜、まだ早いうちに。どうして？」

「どれくらい早くだ？」

「六時くらいだったと思うけど」

「なぜ彼はそれを君に渡したのだ？」

「私にそれを持っていてくれと言ったの。彼はいつもひとつ身につけていたから」

「君にそれを持っていてくれと頼んだ。なぜだ？」

「理由は言わなかったわ、アミーゴ。それが彼のいつものやり方なの。いちいち理由を説明したりはしない」

「何かいつもとは違うところはなかったかい？　君に渡したものについて」

「どうして――いいえ、何も変わったところはなかった」

「いや、それがあったんだ。その銃が発射されていることに君は気づいた。火薬の匂いがしていたはずだ」

「でもそんなことは――」

「いや、君は気づいたのさ。その場でぱっとね。変だと君は思った。そんなもの持っていたくなかった。そんな危ないものを引き受けるわけにはいかない。だからそれを彼に返した。もともと身辺に拳銃なんて置きたくない」

長い沈黙があった。彼女はやっと口を開いた。「なるほど、そういうことね。でも、どうして彼はそれを私に預けようとしたのかしら？　つまり、それがもし実際に起こったことだったとしたらだけど」

「彼はその理由を言わなかった。ただ君にその銃を押しつけようとして、君はそれを受け取らなかった。覚えてくれたか？」

「それが、私が口にするべきことなのね？」

「そうだ《シー》」

「そうするのが私にとって安全なことなの？」

「いつ君は、安全になろうと試みただろう？」

彼女は甘い声で笑った。「アミーゴ、私のことがわかってきたようね」

「おやすみ」と私は言った。

「ちょっと待って。そこで何があったか、まだ教えてくれていない」

「私は君に電話もかけてもいないんだぜ」

私は電話を切り、後ろを振り向いた。

メイヴィス・ウェルドは部屋の真ん中に立って、私を見ていた。

「君の車はここにあるのか？」と私は尋ねた。

「ええ」

「さっさと出ていくんだ」

「そしてどうするの？」

「うちに帰る。それだけだ」

「この始末はどうするつもり？」と彼女は柔らかな声で言った。

「君は私の依頼人だ」

「あなたにそんなことさせられない。私は彼を殺したのよ。どうしてあなたが巻き込まれなくちゃならないの？」

「ぐずぐずするんじゃない。帰りは裏道を使うんだ。ドロレスが私を連れてきた道じゃなく」

彼女は私の目をまっすぐ見て、張りつめた声で繰り返した。「でも私は彼を殺した」

「何を言っているのかぜんぜん聞こえない」

彼女は下唇を酷いほど堅く噛みしめた。ろくに呼吸もできないくらい。彼女はその場に凍りついていた。私はそばに寄り、指先でその頰に触れた。強く押すと白い部分に赤みが差した。

「どうして私がそんなことをするかは」と私は言った、「君と関わりのないことだ。私は何人かの男に借りがある。私はこのゲームでずっと、クリーンなカードを使ってこなかった。向こうもそれは承知している。こっちにもわかっている。私はただ連中に私をぞんぶんに懲らしめる機会を与えようとしているだけだ」

「わざわざそんなものを与える人がどこにいるかしら」と彼女は言った。そして唐突に振り向き、歩き去った。彼女がアーチの下まで歩いていくのを私は見ていた。そしてそこで振り返るのを待った。でもそんな素振りも見せず、彼女はそのまま行ってしまった。かなりあとにがらがらという音が聞こえた。それから何か重いものがどすんとぶつかる音。ガレージの扉が上がったのだ。遠くでエンジンがかけられた。それが低くアイドリングし、また少し間があり、再びがらがらという音が聞こえた。

扉が閉まりきったとき、モーター音はちょうど遠くに消えていくところだった。あとは何も聞こえなくなった。家の中には沈黙がだらりと厚く垂れ込めた。メイヴィス・ウェルドの肩にかけられていた分厚い毛皮のコートのように。

私はグラスとブランディーの瓶をバーに持っていった。そしてまたカウンターを乗り越えた。小さな流し台でグラスを洗い、瓶を棚に戻した。今度はなんとか隠された掛けがねを見つけ、電話とは反対側の端にあったドアを開けた。そしてスティールグレイブのところに戻った。

ドロレスがくれた拳銃を取り出し、それを拭いてから、彼の力の抜けた小さな手に銃把を握らせた。しばらくそのままにして手を離した。拳銃はカーペットに鈍い音を立てて落ちた。位置は自然に見える。指紋のことは考えないことにした。銃に一切の指紋を残さないくらいのことは、この男は大昔から心得ていたはずだ。

これで三丁の銃が私の手元に残されたわけだ。彼のホルスターにあった銃を取り、バーに行ってタオルにくるみ、カウンターの下の棚に置いた。私のルガーには触れなかった。白い握りの自動拳銃が残った。彼がどれくらいの距離から撃たれたのか、一考してみた。皮膚が焦げるほど至近距離ではないが、それに近いはずだ。彼から一メートルほど離れて立ち、その背後を二発撃った。弾丸は無害に壁に食い込んだ。私は椅子を引っ張って回し、顔を部屋の方に向けた。その小さな自動拳銃は、布のかかったルーレット・テーブルの上に置いた。首の脇の大きな筋肉に手を触れてみた。通常そこから硬くなっていく。硬直が既に始まっているのかどうか、私にはわからなかった。しかし皮膚は先刻より冷たくなっていた。

ぐずぐずしている暇はない。

私は電話のところに行って、ロサンジェルス市警の電話番号を回した。交換手にクリスティー・フレンチの名を告げた。殺人課の人間が電話に出て、クリスティーはもう帰宅したが、何の用だと尋ねた。私的な用件で、彼はこの電話を待っていると私は言った。自宅の電話番号をしぶしぶ相手は教えてくれた。プライバシーを考慮したわけではない。ただ誰かに何かを教えるのがそもそも気にくわないのだ。

女が電話に出て、金切り声で彼を呼んだ。クリスティーの声は穏やかで静かだった。

「マーロウだ。何をしていた？」

「子供に漫画を読んでやっていた。もうベッドに入る時間なんだが。どうした？」

「昨日ヴァン・ナイズでのことを覚えているか？　泣き虫モイヤーの尻尾をつかまえてくれるやつがいたら、そいつはあんたの友人だとあんたは言った」

「覚えている」

「私は友人を必要としている」

彼はとくに興味を惹かれたようには見えなかった。「やつの何を握っている？」

「同一人物だと想定される。スティールグレイブとね」

「ほほう、大した想定じゃないか。同一人物だと思えばこそ、俺たちはやつをぶち込んだ。ところが見事に空振りに終わった」

「警察は内報を得た。しかしそれはやつが自ら仕組んだことだった。スタインが殺された夜、自分があんたたちの監視下にあったということになるようにな」

「思いつきで言ってるのか、それとも何か確証があるのか？」、彼の声はいくぶん堅くなった。

「もしやつが刑務所の専属医から許可証をもらって一時出所していたとしたら、それをつきとめることは可能だろうか？」

沈黙があった。子供が不満を訴える声が聞こえた。女が子供に何かを言っていた。

「そういうことがあったかどうか、俺にはわからん」と彼は重い声で言った。「簡単にそんな許可はおりない。またどこに行くにも看守が同行する。その看守が買収されたというのか？」

「それが私の仮説だ」

「仮説を楽しんでくれ。ほかには？」

「私は今スティルウッド・ハイツにいるんだ。大きな一軒家にね。賭博場として使われていて、近隣の住民は憤慨している」

「その話は新聞で読んだ。スティールグレイブはそこにいるのか？」

「ここにいる。私と差し向かいで」

再び沈黙があった。子供が叫び声を上げ、そのあと平手打ちのような音が聞こえた。子供はもっと大きな声を出し、フレンチが誰かを怒鳴りつけた。

「やつを電話に出せよ」とフレンチはようやく言った。

「今夜は脳味噌が休暇をとっているのかい、クリスティー？　なんでこうしてあんたの自宅にまでわざわざ電話をかけていると思う？」

「たしかに」と彼は言った。「やきが回ったようだ。そこの住所を教えてくれ」

「住所は知らない。しかしスティルウッド・ハイツのタワー・ロードの突き当たりにある。電話番号はホールデイル９－５０３３だ。待っている」

　彼は番号を反復し、それからゆっくり言った。「ほう、今回は逃げ出さずにお待ちいただけるってわけか」

「いつかはそういう時が訪れる」

　電話がぷつんと切れ、私は受話器を置いた。

　私は家の中を抜けて引き返し、道々スイッチを見つけては明かりをつけていった。そして裏口から出て、階段の踊り場に立った。駐車スペースには照明灯があったので、それを点けた。階段を降りてキョウチクトウの茂みの方に行った。敷地の門はやはり開けっぱなしになっていた。私はそれを押して閉め、チェーンを回して南京錠をかけた。月を見上げ、夜気を嗅ぎ、アオガエルと蟋蟀《こおろぎ》の声を聞きながら、のんびり歩いて戻った。家に入り、玄関のドアをみつけ、その上の明かりをつけた。正面には大きな車回しがあり、バラの植わった円形の芝生があった。しかしそこを立ち去るには、家の脇をすり抜け、裏手に回り込まなくてはならない。

　敷地は道路の突き当たりになっていた。隣地を抜ける引き込み道《ドライブウェイ》があるだけだ。そこには誰が住んでいるのだろう？　木立のずっと奥の方に、大きな屋敷の明かりがうかがえた。たぶんハリウッドの大物だろう。べたべたしたキス・シーンやポルノっぽい溶解《ディゾルブ》のとびっきりの手だれ、おおかたそんなところだ。

　家に入り、さっき発射されたばかりの拳銃に手を触れた。それはすっかり冷たくなっていた。そしてスティールグレイブ氏の外見には、この先もずっと死に続けるべく腹をくくったという様子が見え始めていた。

サイレンの音は聞こえない。しかし坂を上ってくる一台の車の音がようやく聞こえてきた。私はそれを迎えるべく外に出た。美しい夢を胸に。

29

彼らはいかにも警官らしい様子で家の中に入ってきた。大柄で、タフで、無口で、何も見落とすまいと目を光らせ、容易に人を信じない。

「けっこうな家だな」とフレンチは言った。「ご本人はどこだ？」

「あっちだよ」とビーファスが私の返事を待たずに言った。

彼らはとくに急ぐでもなくそちらに歩いていった。その男の正面に立ち、重々しい顔で見下ろした。

「死んでいるみたいだな」とビーファスが見解を述べた。誰かが最初のひとことを口にしなくてはならない。

フレンチは床にかがんで、引き金の部分をつまみ上げた。その両目はちらりと脇を向いた。そして顎をしゃくった。ビーファスはもうひとつの白い握りの拳銃の銃口に鉛筆を突っ込み、持ち上げた。

「指紋がすべてしかるべき場所についてるといいんだが」とビーファスが言った。そして匂いを嗅いだ。「ほほう、こいつは使われてるね。そっちはどうだ、クリスティー？」

「発射されている」とフレンチは言った。そしてまた匂いを嗅いだ。「でもつい先刻というわけじゃない」、彼はポケットからクリップ式の懐中電灯を出し、黒い拳銃の銃口の中を照らした。「何時間も前だ」

「ベイ・シティー、ワイオミング・ストリートの家で」と私は言った。

彼らの顔が同時にこちらを向いた。

「推測か？」、フレンチがそろりと尋ねた。

「そうだ」

彼は覆いを掛けられたテーブルに行って、もうひとつの拳銃から少し離れたところに持っていた拳銃を置いた。「すぐに名札を付けておいた方がいいぜ、フレッド。瓜二つだからな。どっちがどっちかわからなくなると困る」

ビーファスは肯いて、ポケットの中をごそごそと探った。そして紐で結べるようになった名札を二つ取り出した。警官は常にその手のものを持ち歩いている。

フレンチは私のところにやってきた。「推測はいらん。知っているだけのことを聞かせてもらおう」

「今夜、とある知り合いの女性に呼び出された。私の依頼人がここで危機に瀕していると彼女は言った。この人物によってね」、私は顎を突き出して、その椅子に座っている死者を示した。「その女性が私をここに連れてきた。我々は道路封鎖を抜けた。何人もが我々を見ている。彼女は家の裏手で私を下ろし、そのまま帰っていった」

「その女性には名前があるのか？」とフレンチは尋ねた。

「ドロレス・ゴンザレス。シャトー・バーシー・アパートメント。場所はフランクリン。彼女は映画に出ている」

「それはそれは」とビーファスは言って目を丸くした。

「依頼人は誰だ？　前と同じ女か？」とフレンチが尋ねた。

「いいや、まったく別の依頼人だ」

「彼女には名前があるのか？」

「今はまだない」

私を見る彼らの目つきがさっと変わり、ハードになった。フレンチの顎がほとんど引きつるように動いた。顎骨の両側に、筋肉の瘤が浮かんだ。

「新ルールかね？」と彼はソフトな声で言った。

私は言った。「守秘についての取り決めがあるはずだ。地方検事ならそのへんはわかるだろう」

ビーファスは言った。「地方検事のことをよく知らんようだな、マーロウ。彼は守秘なんて、取れたての若い柔らかな豆を食べるみたいにさくさくと食べちまうぜ」

フレンチは言った。「俺たちは、どのようなものであれ、保証なんぞ君に与えるつもりはない」

「彼女には名前はないんだよ」と私は言った。

「調べ出す方法ならいくらだってあるんだぜ」とビーファスは言った。「すんなり話した方が、みんなにとって面倒がなくていいと思うんだがな」

「名前は明らかにできない」と私は言った。「正式な刑事告発がなされるまではね」

「マーロウ、そんなこと通用しないぜ」

「なんだって言うんだ」と私は言った。「この男はオリン・クエストを殺した。その拳銃を本署に持ち帰って、クエストの中に残っていた弾丸と照合してみろ。私をつるし上げる前に、それくらいはしてくれてもいいだろう」

「マッチの燃えかすの汚れた端っこだって、君にはやらん」とフレンチは言った。

私は黙っていた。彼は冷たい憎悪を湛えた目で私を睨んだ。唇がゆっくりと動き、その声は太かった。「やつが撃たれたとき、ここに居合わせたのか?」

「いや」

「誰がいた?」

「彼がいたよ」と私は、死んだスティールグレイブを見やりながら言った。

「ほかには?」

「嘘をつきたくはない」と私は言った。「またたとえ何であれ、言いたくないことを言うつもりもない。私の言い方でしか言えない。彼が撃たれたとき誰がここにいたか、私は知らない」

「君がここに来たとき、誰がいた?」

私は答えなかった。彼はゆっくりと顔を横に向け、ビーファスに言った。「こいつに手錠をかけろ。背中で」

ビーファスは躊躇した。それから左のヒップ・ポケットから鋼鉄製の手錠を出し、私の方にやってきた。「両手を後ろに回せ」と居心地の悪そうな声で言った。

言われたようにすると、彼はかちんという音を立てて手錠をかけた。フレンチがゆっくり歩いてきて私の前に立った。半分閉じたその目のまわりの皮膚は、疲労のためにすすけていた。

「ちょっとしたスピーチをやらせてもらう」と彼は言った。「とくに聞きたくもないだろうが」

私は黙っていた。

フレンチは言った。「なあ、君に対する俺たちの気持ちを、ここではっきりとさせておこうじゃないか。俺たちは警官で、誰もが俺たちを嫌っている。そしてそれだけでは面倒がまだ足りないというのか、君まで抱え込まなくちゃならない。俺たちはただでさえありとあらゆる人間にこづき回されているんだ。署内の偉いさんやら、市庁舎の有力者やら、昼間の主任やら夜間の主任やら、商工会議所やら、殺人課の全員が働いているろくでもない三部屋を合わせたより四倍も広い立派な執務室に鎮座ましますま市長さんやらにな。昨年だけで俺たちの受け持つ殺人事件は百十四件もあった。そしてそれを片づけるために俺たちの働いている三つの部屋には、捜査員全員が腰を下ろせるだけの椅子すらないんだ。それだけでもまだ面倒が足りないっていうのか。俺たちは汚い下着をひっくり返したり、腐った歯の匂いを嗅いだりして人生を送っている。麻薬で頭がいかれた、銃を手にしたごろつきを捕まえるために暗い階段を上り、時としていちばん上までたどり着けないこともある。そんな夜にもそのほかの夜にも、女房たちは夕食を用意して待ってくれている。俺たちはもう家には戻れない。やっと帰宅できた夜だって、帰ったときにはもう疲労困憊していて、食べることも眠ることもできず、俺たちについて嘘八百を並べ立てた新聞を読むことすらできない。だからお粗末な通りのお粗末な家の中で眠れないまま横になり、通りの先で酔っぱらいが浮かれ騒いでいる声を聞いてなくちゃならないんだ。そしてようやく眠りに落ちた頃に電話のベルが鳴る。そうなるともう寝ているどころじゃない、またぞろ仕事に呼び出される。俺たちのやることはみんな正しくないんだ。いつだって、ひとつとして正しくない。自供をとれば、それは容疑者を痛めつけたからだと言われる。法廷で俺たちをゲシュタポと呼ぶ弁護士もいる。俺たちが文法を少しでも間違えると、奴らはそれを嘲笑う。何かひとつ過ちを犯すと、ひらの警官に格下げされて貧民窟にまわされる。酔っぱらいをどぶから引き上げたり、娼婦に罵声を浴びせかけられたり、ズートスーツを着たラテン系のちんぴらから刃物を取り上げたりしながら、素敵なひと夏を過ごす羽目になる。でもそれだけじゃまだ足りんらしい。俺たちはまだ限無く幸福ではないみたいだ。そして君まで抱え込むことになった」

彼はそこで言葉を切って、息を大きく吸い込んだ。汗でもかいたように、彼の顔は光っていた。腰のところで身体を曲げるように、前のめりになった。

「そして君まで抱え込むことになった」と彼は繰り返した。「私立探偵の許可証を盾に情報を隠し、要領よく法から身をかわし、方々で埃を立てては俺たちの吸う空気を汚してまわる、小利口なやつだ。証拠を隠匿し、病気の赤ん坊にも見破れそうな脳天気な筋書をでっち上げる。二枚舌のごろつきの覗き屋と呼んでもかまわんよな？」

「かまうと言ってほしいのか？」

彼はまっすぐ身を起こした。「その方が嬉しいね。喜びが倍加する」

「あんたの言うことの一部は真実だ」と私は言った。「でもすべてではない。私立探偵なら誰だって警察と協調していきたいと望んでいる。ただ時としてそのゲームのルールを作っているのが誰なのかがあやふやになる。時には警察が信用できなくなるし、そこには相応の理由がある。心ならずも面倒に巻き込まれれば、手持ちのカードで切り抜けなくてはならない。もっとましな手札を望んでも詮ないことだ。我々も生活費を稼がなくちゃならないんだよ」

「君の許可証は既に息を引き取った」とフレンチは言った。「今をもってな。そんなあれこれにもう頭を悩ませる必要もない」

「許可証が息を引き取るのは、それを交付した委員会がそういう裁定を下したときだ。それまでは生きている」

ビーファスが静かに言った。「仕事にかかろうじゃないか、クリスティー。そいつのことはあとでいいだろう」

「仕事にかかっているさ」とフレンチは言った。「俺の流儀でな。この男はまだ決めの台詞を口にしていない。何か気の利いたことを彼が言うのを待っているんだよ。当意即妙のひと言をな。弁舌の才が涸れたなんて、そんな悲しいことを今さら言ってくれるなよな、マーロウ」

「いったいどんなことを私に言ってもらいたいんだ？」と私は尋ねた。

「考えろよ」と彼は言った。

「今夜はずいぶん嚙みつくじゃないか」と私は言った。「私を叩きのめしたいらしい。しかしそれには口実が必要だ。私がそれを提供することを望んでいる」

「そういうのがあればありがたいかもな」と彼は歯の隙間から言った。

「もしあんたが私の立場だったらどうしていた？」と私は尋ねた。

「そこまで落ちぶれた自分を俺は想像できない」

彼は上唇の一点を舐めていた。右手は身体のわきに下がっていた。その指は無意識のうちに握りしめられたり、ほどかれたりしていた。

「落ち着けよ、クリスティー」とビーファスが言った。「力を抜け」

フレンチは動かなかった。ビーファスがやってきて、我々のあいだに立った。フレンチが言った。

「そこをどけ、フレッド」

「駄目だ」

フレンチは拳を握りしめ、相手の顎に一撃をくらわせた。ビーファスは後ろによろめいて、私をはじき飛ばした。両膝ががっくりと折れた。前屈みになって咳き込んだ。身を折り曲げ、頭をゆっくりと振った。少し後で彼はうめき声をあげながら、身体をまっすぐに伸ばした。後ろを向いて私を見た。笑みが浮かんでいた。

「これが新手の取り調べだ」と彼は言った。「警官どうしが激しい殴り合いをやって、それを見ていて耐えきれなくなった容疑者が口を割るんだ」

彼は手を上げて、顎の角を撫でた。それは既に腫れあがっていた。口元は笑っていたが、両目はだいぶん霞がかかっていた。フレンチはそこに突っ立ったまま、何も言わなかった。

ビーファスは煙草の箱を取り出し、一本を振って出し、フレンチに勧めた。フレンチはその煙草を見た。そしてビーファスを見た。

「十七年これをやっている」と彼は言った。「女房でさえ俺を嫌っている」

フレンチは開いた手でビーファスの頬を軽く叩いた。ビーファスはまだ笑みを浮かべていた。

フレンチは言った。「俺が殴ったのはお前だったのか、フレッド?」

ビーファスは言った。「誰も俺を殴ってはいないよ、クリスティー。誰かに殴られた覚えはないな」

フレンチは言った。「こいつの手錠をはずして、車に乗せろ。逮捕する。必要だと思ったら、手錠でどこかに繫いでおけばいい」

「オーケー」、ビーファスが私の背後に回り、手錠がとれた。「さあ、行こうぜ、ベイビー」とビーファスが言った。

私はフレンチをしっかり睨みつけた。彼は壁紙を見るような目で私を見ていた。私のことなどまったく眼中にないようだった。

アーチの下をくぐって部屋を出て、それから家の外に出た。

30

彼の名前は最後までわからなかった。警官にしてはいささか背が低く、痩せ過ぎていたが、それでもやはり警官だったに違いない。ひとつには彼がそこにいたからだし、もうひとつにはカードを取ろうとテーブル越しに身を乗り出したとき、わきの下に革製のホルスターと三八口径官給拳銃の銃床が見えたからだ。

彼はあまりしゃべらなかった。しかしたまに口を開くと、聞こえるのは心地よい声だった。柔らかな水のような声だ。そして部屋全体が温かくなりそうな微笑みを浮かべていた。

「見事なカードの引きだねだ」と私はカード越しに彼を見ながら言った。

我々は二人でやるキャンフィールド（数列を作るトランプ遊び。普通は一人でやる）をやっていた。というか彼がほとんど一人でやっているようなものだった。私はそこにいて見物していただけだ。彼の小さな、とても小綺麗でとてもクリーンな両手がテーブルの上に伸び、カードを繊細に拾い上げては別の場所に移す様子を私は眺めていた。そのあいだ彼は唇をすぼめ、メロディーのない口笛を吹いていた。まだあまり自信のないできたての若いエンジンのような、低くソフトな口笛だった。

彼は微笑んで赤の9を黒の10の上に置いた。

「余暇にはどんなことをしているんだ？」と私は彼に尋ねた。

「暇があればピアノを弾く」と彼は言った。「二メートル十センチあるスタインウェイを持っている。弾くのはだいたいはモーツァルトとバッハ、昔のものが好きなんだ。大抵の人は退屈だと思っているようだが、私はそうは思わない」

「完璧な引きだ」と私は言った。そして一枚のカードをどこかに置いた。

「モーツァルトのいくつかの作品は想像を超えてむずかしい」と彼は言った。「うまく演奏された時、それはどこまでもシンプルに聞こえるんだ」

「誰がうまく弾く？」

「シュナーベルだな」

「ルビンシュテインは？」

彼は首を振った。「重すぎる。情緒的にすぎる。モーツァルトはそれ自体が音楽なんだ。演奏者からのコメントは無用だ」

「告白する気になった人間から、コメントならたっぷり得られるだろうから」と私は言った。「この仕事は好きかね？」

彼はもう一枚のカードを動かし、指を軽く曲げた。明るい色をした爪は短く切られている。手を動かすのが好きな人間であることは、一目でわかる。手の目立たないちょっとした動き、なんということもない動作が、白鳥の綿毛のように滑らかで軽く、まるで流れるようだ。繊細に処理された繊細なものごと、一連の動作は彼にそんな印象を与えていた。でもそこに弱さはない。モーツァルト、そのとおり。言い得て妙だ。

時刻は五時半、覆いを下ろした窓の外の空はいくらか明るくなっていた。隅に置かれたロールトップ式の机は蓋が下ろされたままだ。前日の午後に私が通されたのと同じ部屋だった。テーブルの端には、大工の使う四角い鉛筆が置かれていた。ベイ・シティーのマグラシャン警部補がその鉛筆を壁に投げつけたあと、誰かがそれを拾って、もとあった場所に置いたのだろう。クリスティー・フレンチが座っていたぺったりした机の上には、煙草の灰が散らかっていた。古い葉巻の吸い差しが、灰皿の端っこにしがみつくように残っていた。頭上の明かりの上を一匹の蛾がぐるぐる回っていた。田舎のホテルならまだ残っていそうな、旧式の緑と白のガラスのシェードが、天井からコードで吊り下げられている。

「疲れたか？」と彼は尋ねた。

「へとへとだよ」

「こんなややこしい混乱の中に、君は自分の身を置くべきではなかったんだ。ここには何の意味も見えないよ」

「人を撃つことに意味がないって？」

彼は温かい笑みを浮かべた。「君は誰も撃っちゃいないさ」

「どうしてそんなことがわかる？」

「普通に考えればわかる。また私には豊富な経験がある。ここで数多くの人間を相手にしてきた」

「この仕事が好きなようだね」と私は言った。

「夜の仕事だからね。昼間にピアノの練習ができる。そんな生活を十二年続けている。たくさんのけったいな人間がここに入ってきて、出て行った」

彼はぎりぎりのところでもう一枚のエースを取り出した。我々はそろそろ手詰まりになりかけていた。

「たくさんの告白を引き出した？」

「私は告白を引き出さない」と彼は言った。「場の空気をこしらえるだけだ」

「なぜ手の内をあかす？」

彼は背を後ろにそらせ、カードの端でテーブルの端をとんとんと軽く叩いた。微笑みが戻った。

「手の内をあかしてなんかいない。君の腹は最初から読めている」

「じゃあどうして、私はまだここに留められているのだろう？」

返事はなかった。彼は首を回して壁の時計を見た。「そろそろ朝食にするか」、彼は立ち上がって戸口に向かった。ドアを半分開け、外にいる誰かにソフトな声で何かを告げた。戻ってきて、また椅子に腰を下ろし、カードの状況を点検した。

「これまでだな」と彼は言った。「あと三手で手詰まりになる。どうだ、もう一ゲームやるかい？」

「いや、もうけっこうだ。カードは好きじゃない。私はチェスをする」

彼はさっと顔を上げて私を見た。「最初からそう言えばいいのに。私もチェスの方が好みだ」

「こちらとしては熱くて苦いブラック・コーヒーの方が好みだけどね。罪深いほど苦いやつが」

「すぐに来る。ただし君がいつも飲んでいるようなものは用意できそうにないが」

「ひどい代物には慣れて……しかし、もし私が撃っていないとしたら、誰が彼を撃ったんだ？」

「それがまさに問題になっていることだろう」

「やつが撃たれてみんな喜んでいるんじゃないのか？」

「きっと喜んでいると思うよ」と彼は言った。「だが、殺され方が気に入らない」

「ずいぶんこざっぱりした殺しだと、個人的には思ったがね」

彼は何も言わずに私を見ていた。カードをひとつの塊にして両手で持っていた。彼はそれを均し、表を向けてぱらぱらとはじき、二つの山に素早く分けた。カードは目にもとまらぬ速さで彼の両手からほとばしり出るように見えた。

「拳銃の扱いもそれくらい速ければ」と私は言いかけた。

カードの奔出が止み、何かが動いた気配もなく、拳銃が出現した。彼は右手に軽くそれを持ち、銃口を部屋の端に向けていた。銃は元に戻り、カードがまた流れ出した。

「ここじゃ宝の持ち腐れだな」と私は言った。「ラス・ヴェガスにいるべきだ」

彼はカードの山のひとつを取り、軽く素速くシャッフルし、カットし、私に配った。キングを頭にしたスペードのフラッシュだった。

「スタインウェイの方が安全だ」と彼は言った。

ドアが開き、制服の警官がトレイを持って入ってきた。

我々は缶詰のコーンビーフ・ハッシュを食べ、コーヒーを飲んだ。熱いことは熱いが、薄くて味がない。その頃には外はすっかり明るくなっていた。

八時半にクリスティー・フレンチが部屋に入ってきて、帽子を後ろにずらせ、そのまま立っていた。目の下には暗いくまがあった。

私はテーブルの向かいにいる小柄な男に視線を戻した。しかしその姿はなかった。カードも消えていた。何もない。椅子がテーブルに寄せられ、食べ終えた食器がトレイに重ねられているだけだ。背筋が少しひやりとした。

それからクリスティー・フレンチがテーブルの向こうに回り、椅子をがたがたと引き出し、腰を下ろした。そして頬杖をついた。帽子を取り、髪をくしゃくしゃにした。むっつりとした厳しい目で私をまじまじと見た。私は再びいつもながらの警官たちの町に戻ったのだ。

31

「地方検事が九時に君に会いたいそうだ」と彼は言った。「そのあと帰宅できるだろう。もちろん君を告訴しなければ、ということだが。一晩その椅子に座らせたことは気の毒に思うよ」

「お気遣いなく」と私は言った。「エクササイズが必要だったからね」

「調子が戻ってきたようだな」と彼は言った。そしてトレイの上の皿を憂鬱そうに見た。

「ラガーディーは捕まえたか?」と私は尋ねた。

「いや。しかし彼が医師であったことは判明した」、彼の目は私の目に向けられた。「クリーブランドで開業していた」

私は言った。「できすぎていて気に入らんな」

「どういう意味だ?」

「クエスト青年はスティールグレイブを強請《ゆす》ろうとしている。そしてまったくの偶然によって、ベイ・シティーで一人の男に巡り会う。その相手はたまたまスティールグレイブの正体を暴くことができた。話がうますぎる」

「何かを忘れちゃいないか?」

「あまりに疲れていて、自分の名前だって忘れちまいそうだよ。どんなことだ？」

「こちらも疲れている」とフレンチは言った。「誰かが彼にスティールグレイブの正体を教えていたはずだ。写真が撮られたとき、モー・スタインはまだ殺されていなかった。スティールグレイブの正体を知らない限り、その写真には何の価値もあるまい」

「ミス・ウェルドはそれを知っていたと思う」と私は言った。「クエストは彼女の弟だった」

「筋の通らない話だぜ」、彼は疲れた笑みを浮かべた。「ボーイフレンドと自分自身を強請《ゆす》ることができるように、弟に助けの手を差し伸べたってわけかい？」

「私にもわからない。あるいは写真はただのまぐれあたりだったかもしれない。オリンの妹は――私の依頼人なのだが――兄は隠し撮りが好きだったと言う。手の込んだ隠し撮りに夢中になっていた。もっと長生きしていたら、あんたはそのうち彼を軽犯罪で逮捕することになっただろう」

「殺人罪でだよ」とフレンチは何でもなさそうに言った。

「そうかい？」

「マグラシャンはちゃんとアイスピックを見つけていた。君に教える気がなかっただけだ」

「隠しているのはそれだけじゃあるまい」

「それだけじゃないさ。しかしこれはもう片付いた話なんだ。クローゼンとおとぼけマーストンには前科があった。若者は死んだ。まともな家庭の出だが、いささか良くない血が混じっていたようで、悪い仲間とつき合うようになった。警察が今さらあれこれ暴き立てて、家名を汚す必要もなかろう」

「思いやりがあるね。それでスティールグレイブはどうなる？」

「それは俺の手を離れている」、彼は立ち上がりかけた。「ギャングスターが一人殺されたとして、捜査がいつまで続けられると思う？」

「新聞の第一面に載らなくなるあたりまでだな」と私は言った。「しかし彼の正体がどうこうという問題は残るはずだ」

「答えはノーだ」

私は彼の顔をまじまじと見た。「ノーというのはどういう意味だ？」

「ただのノーさ。正体ははっきりしている」、彼はもう席を立っていた。指で髪を梳き、ネクタイと帽子を直していた。低い声で口の端の方から言った。「ここだけの話だが、やつの身元はとっくに割れていた。かかっている容疑がなかっただけだ」

「なるほど」と私は言った。「私の中だけに留めておくよ。ところで拳銃が何丁かあったはずだが」

彼は足を止め、テーブルをじっと見下ろした。その視線は徐々に上がって、私の顔を見た。「両方ともスティールグレイブのものだった。おまけに拳銃の携帯許可証もあった。ほかの郡の保安官事務所から発行されたものだ。その理由は聞くな。その一丁は――」、彼は言葉を切り、私の頭上の壁を見た。「その一丁は、クエストを殺したもので……同じ銃がスタインをも殺している」

「どっちの方だ？」

彼は儚い笑みを浮かべた。「もし弾道鑑定の専門家が二つの銃をまぜこぜにして、どっちがどっちかよくわからなくなったとしたら、そいつは困ったことだよな？」

彼は私が何か言うのを待った。私には言うべきことが思いつけなかった。彼は片手で微妙な仕草をした。

「じゃあな。個人的な恨みはとくにないが、地方検事が君の肌をひん剝《む》いてくれることを俺としては望んでいるよ。ずるずると長くて薄い皮にしてな」

彼は振り向いて行ってしまった。

そうしようと思えば、私にも同じことができた。しかし私はただそこに座って、テーブルの先の壁を眺めていた。立ち上がり方を忘れてしまった人のように。しばらくしてドアが開き、オレンジ色の女王が入ってきた。彼女はロールトップ・デスクの鍵を開け、その尋常ではない髪から帽子を取り、むき出しの壁についたむき出しのフックに上着をかけた。近くの窓を開け、タイプライターの覆いを取り、紙を一枚はさみ込んだ。それから顔を上げて私を見た。「誰かを待ってるのですか?」

「ここに寄宿している」と私は言った。「一晩ここにいた」

彼女はまじまじと私を見た。「昨日の午後もあなたはここにいた。覚えているわ」

そしてタイプライターに向かった。その指が素早く飛びまわり始めた。彼女の背後の開いた窓から、駐車場を埋めていく車のうなりが聞こえてきた。空は白く光り、スモッグはほとんど見受けられなかった。暑い一日になりそうだ。

オレンジ色の女王のデスクの上にある電話が鳴った。彼女は聴き取れない声で何かを言ってから電話を切った。そしてまた私を見た。

「ミスタ・エンディコットがオフィスであなたを待っています」と彼女は言った。「行き方はわかる?」

「昔そこで働いていた。彼の下でではないが。クビになったよ」

彼女は役所勤めの人間にしか浮かべられない表情を浮かべて私を見た。声が聞こえた。それは彼女の口以外のいずこから聞こえたようだった。

「濡れた手袋でそいつの顔をひっぱたいてやるといい」

私は彼女のそばに行って、そのオレンジ色の髪を見下ろした。多くの髪の根本が白くなっていた。

「今のは誰の声だろう?」

「壁よ」と彼女は言った。「壁が話すの。地獄への道すがら、ここを通り過ぎていった死者たちの声よ」

私は部屋を出て、静かに歩き、どのような音も立てないように注意深くこっそりドアを閉めた。

32

両開きのスイング・ドアを抜けて中に入る。ドアの内側には、交換台と受付が一体化したものがあり、そこに女性が座っている。世界中どこの役所にも必ずいる、年齢のない女性だ。彼女たちは若かったことはなく、この先老いることもない。彼女たちには美しさも魅力もスタイルもない。誰かを喜ばせる必要もない。彼女たちは安全な場所にいる。その丁重さは形式的で、心は寸分もこもっていない。知的で物知りではあるものの、何ごとによらず心から興味を抱くことはない。人間がその生存のために生命を、安定のために野心を提供したときにどのように成り果てるかを、彼女たちは具現している。

このデスクの先にはガラスで囲まれた方形のブースがある。それらがいくつも、とても細長い部屋の一方の壁に沿って並んでいる。もう一方の側は待合所になっている。堅い椅子がブースの方に揃って向けられ、一列に並べられている。

椅子の半分ばかりには人が座って待っていた。顔つきからすると、ずいぶん長く待たされているようだ。そしてこれからもたっぷり待たされることを覚悟している。大半はみすぼらしい見かけの人々だった。一人はデニムの囚人服を着て、看守に付き添われていた。看守は白い顔をした若者で、フットボールのタックル向きの体軀、目は病んだように空っぽだ。

並んだ方形のブースの奥にドアがあり、「スーウェル・エンディコット　地方検事」という名札がついていた。私はノックし、広々とした優雅な角部屋に入った。居心地の良さそうな部屋だ。詰め物をした黒い昔風の革椅子、歴代の地方検事と知事の肖像画が壁に並び、四つの窓にかかった網状のカーテンを風が揺らせている。高い棚の上の扇風機が軽い音を立て、ゆるい弧を優雅に描きながら首を振っていた。

スーウェル・エンディコットは暗い色合いの平べったいデスクの前に座り、私が部屋に入ってくるのを見ていた。向かいにある椅子を指さした。私は腰を下ろした。痩せた色黒の長身の男で、髪が黒くもしゃもしゃとして、長く繊細な指を持っていた。

「君がマーロウだね」、声にはソフトな南部訛りが微かに聞き取れる。

とくに返事を求めているとも見えなかったので、私は黙して待った。

「君はまずい立場に立たされている、マーロウ。ただでは済まんぞ。殺人事件捜査に有用な証拠を隠《いん》蔽《ぺい》したかどで捕らえられた。捜査の攪乱《かくらん》。命取りになりかねない」

「どんな証拠を隠蔽したのでしょう?」と私は尋ねた。

彼はデスクから一枚の写真を取り上げ、眉をひそめてそれを見た。私はそこに同席している他の二人を見やった。彼らは並んで椅子に座っていた。一人はメイヴィス・ウェルド、幅広い白いつるのついたサングラスをかけていた。定かではないが、その目は私を見ているようだ。微笑みもせず、ひっそりと椅子に座っていた。

隣りにいるのは淡いグレーの、見事なばかりに美しいフランネル・スーツを着た男だった。襟のカーネーションはダリアほど大きかった。頭文字のついた煙草を吸っており、すぐ傍らにスタンド式灰皿があるのに灰をそのまま床に落としていた。新聞の写真でその顔を見たことがある。リー・ファレル、トラブルを処理することにかけては全米でも指折りの辣腕《らつわん》弁護士だ。白髪だが、目は若者のように眩しく光っている。肌は屋外で気持ち良く焼いた深い褐色だった。握手しただけで千ドルは請求されそうだ。

エンディコットは身体を後ろに反らせ、長い指で椅子の肘をとんとんと叩いていた。彼は丁重な態度でメイヴィス・ウェルドの方を向いた。

「それで、あなたはどの程度スティールグレイブのことをご存じだったのですか、ミス・ウェルド?」

「親しい関係でした。いくつかの点で、彼はとてもチャーミングな人物でした。私にはほとんど信じられません、つまり――」、彼女は言葉を詰まらせ、肩をすくめた。

「証人台に立って証言をなさる用意が、あなたにはあるのですね。その写真が撮られた場所と日時に関して?」、彼は写真を裏返し、彼女に示した。

ファレルが何でもなさそうに言った。「ちょっと待って。それがつまり、ミスタ・マーロウが隠蔽したとされる証拠なのかね?」

「私が質問しているのですよ」とエンディコットは鋭い声で言った。

ファレルは微笑んだ。「さてね、もしそうであるなら、その写真は証拠でもなんでもないということになる」

エンディコットは静かに言った。「質問に答えていただけますか、ミス・ウェルド?」

「いいえ、ミスタ・エンディコット、その写真が撮られた場所と日時について、私は証言できそうにありません。その写真が撮られたことも知りませんでした」

「ただ写真を見て下さるだけでいいんですよ」とエンディコットは誘った。

「私にわかるのは、その写真に見えていることとくらいですわ」と彼女は答えた。

私は笑みを浮かべた。ファレルは私を見てきらりと目を光らせた。エンディコットも視野の端にその笑みを捉えた。「何かおかしいことがあるのかね」と彼はぴしゃりと私に言った。

「一晩眠らなかったせいで、顔にしまりがなくなってしまって」と私は言った。

彼は厳しい目で私を睨み、またメイヴィス・ウェルドの方に向き直った。

「どういうことですか、それは？」

「私はたくさんの写真を撮られています、ミスタ・エンディコット。たくさんの違った場所で、たくさんの違った人たちと一緒に。〈ダンサーズ〉ではスティールグレイブさんと一緒に、あるいは他のいろんな人たちと共に昼食をとり、夕食をとりました。私の口からいったい何をお聞きになりたいのでしょう」

ファレルが如才なく口をはさんだ。「私の理解するところ君は、ミス・ウェルドに証人台に立ってほしいと望んでいる。写真と事件とを結びつける証人として。それはどのような種類の審理なのだろう？」

「それはこちらの問題だ」とエンディコットは簡潔に言った。「スティールグレイブが昨夜誰かに射殺された。犯人は女性だったかもしれない。あえて申せば、それはミス・ウェルドだったかもしれない。失礼な言い方だが、ないこととは言えない」

メイヴィス・ウェルドは自分の両手を見下ろした。指の中で白い手袋をねじった。

「ひとつその審理を推定してみようじゃないか」とファレルは言った。「この写真はそちらの証拠物件になっている。もしそれが証拠として採用されればの話だが、そいつはむずかしいだろう。ミス・

ウェルドには君に協力する意志はないからだ。彼女がその写真について知っているのは、見たままのことでしかない。誰が見てもわかることしか彼女にはわからない。その写真がいつどこでどのように撮影されたか、それを宣誓証言する証人が君には必要だ。さもなければ、もしたまたまそのとき法廷の反対側にいればだが、私は異議を申し立てる。写真は合成だと証言する専門家も用意できる」

「きっとできるだろうね」とエンディコットは乾いた声で言った。

「君のために、その写真に特定の日時や場所を与えられるのは、それを撮った人物のみだ」とファレルは続けた。声には熱意もなく、急いでいる風もなかった。「そして私の理解するところ、彼は既に死亡している。殺害の理由もまさにそこにあるのだろうが」

エンディコットは言った。「写真はそれ自体でひとつの明らかな証拠になる。ある時にある場所にいたということで、スティールグレイブがそのとき収監されていなかったことがわかる。つまりスタイン殺しのアリバイがなくなってしまうわけだ」

ファレルは言った。「もしそれが証拠物件として採用されればだよ、エンディコット。君に法律を説くつもりはむろんない。そんなこと君にはよくわかっているはずだ。悪いことは言わん。その写真は忘れた方がいいぜ。何の証拠にもなりゃしない。そんなものをわざわざ報道する新聞もないし、証拠として採用する判事もいない。事実を裏付ける確かな証人がいないからだ。またもしそれがマーロウが隠蔽した証拠だとされているなら、法律論議上、彼は何の証拠も隠蔽していないことになってしまう」

「スティールグレイブを殺人罪で裁くことは考えていない」とエンディコットは乾いた声で言った。

「しかし誰が彼を殺したかという件には、いささかの関心がある。そして奇遇というべきか、警察も同じ関心を抱いている。我々のそのような関心があなたの気を損ねなければいいのだが」

ファレルは言った。「気を損ねなんかしないとも。だからこうしてここに顔を出しているんじゃないか。スティールグレイブが殺害されたというのは確かなのかね?」

エンディコットは無言で相手の顔を睨んでいた。ファレルは気楽そうに言った。「二丁の銃が発見されたと理解している。どちらもスティールグレイブ所有のものだ」

「その話を誰から聞いた?」とエンディコットはきつい声で尋ねた。彼は眉をひそめ、身体を前に乗り出した。

ファレルは煙草を灰皿に落とし、肩をすくめた。「そういう話は外に洩れるのが相場だよ。一丁はクエスト殺しに使われ、またスタイン殺しにも使用された。もう一丁がスティールグレイブを殺した。これも至近距離から撃たれている。たしかにああいう連中は通常自らの命を絶ったりはしない。しかしまったくないことではなかろう」

エンディコットは重々しい声で言った。「そのとおりだ。御教示を感謝する。この場合的外れではあるが」

ファレルは淡く微笑み、沈黙を守った。エンディコットはゆっくりメイヴィス・ウェルドの方を向いた。

「ミス・ウェルド、検察局には——あるいは少なくとも今の私の指揮下ではということですが——ある種の注目が命取りになりかねない人々を踏みつけにしてまで、世間の注目を求めるつもりはありません。私の職務はこれらの殺人事件のどれかに関して、誰かを裁判にかけるべきかどうかを判断し、もしそうするに足る証拠があれば、彼らを訴追することにあります。あなたが何かの不運によって、あるいは不注意によって、問題ある人物と交際していたという事実を明らかにし、あなたの女優生命を破滅に導くのは我々の求めるところではない。相手は、これまで何かの犯罪に関して有罪判決を受けたこともなく、訴追されたことすらないにせよ、疑いの余地なくいっときは犯罪組織に関与していた人物です。あなたがこの写真に関して腹蔵のない意見を述べられたとは思えないが、しかしこれ以上そのことを追求するつもりはありません。あなたがスティールグレイブを撃ったのですか、と尋ねても詮無いでしょう。しかしあえてお尋ねします。彼を撃ったのが誰か、あるいは誰であったか、それを示唆する何らかの知識をお持ちではありませんか？」

ファレルはすかさず口をはさんだ。「知識です、ミス・ウェルド――単なる推測ではなく」

彼女はまっすぐにエンディコットを見た。「ノー」

彼は立ち上がり、お辞儀をした。「今のところはこれだけです。ご足労でした」

ファレルとメイヴィス・ウェルドは立ち上がった。私は動かなかった。ファレルは言った。「記者会見を開くつもりですか？」

「それはあなたにお任せしよう、ミスタ・ファレル。マスコミを相手にするのはあなたのお得意とするところだ」

ファレルは肯いてドアに向かった。二人は退出した。出ていくとき、彼女は私の方には目もくれなかったようだ。しかし何かが私の首筋にそっと触れた。たぶん偶然なのだろうが、それは彼女の袖だった。

エンディコットはドアが閉まるのを見ていた。そしてデスク越しに私を見た。「ファレルは君の弁護も担当しているのか？　彼に尋ねるのを忘れたが」

「彼を雇うような金はありません。だから私は誰にも護られていない」

彼は薄い笑みを浮かべた。「連中に言いたい放題言わせておいて、そのあと君をいたぶって自尊心を回復させる、そういうことかい？」

「私にはそれを阻止することはできない」

「自分が今回しでかしたことを、まさか得意に思っちゃいるまいね、マーロウ」

「踏み出す足を間違えた。その後はただ、痛い目にあわされ続けていただけです」

「法に対して自分がそれなりの責務を負っているとは思わないのか？」

「法がみんなあなたのようであれば、あるいはそう思うかもしれないが」

彼はほっそりとした青白い指で頑固な髪を梳いた。

「それについてはたくさんの答えを返すことができる」と彼は言った。「どれも同じように聞こえるだろうが。市民こそが法だ。しかしこの国はそれを理解するまで至っていない。人々は法を敵と思っている。警官嫌いの国に私たちは住んでいるんだ」

「状況を変えるには多大な努力が必要とされる」と私は言った。「双方の側に」

彼は前屈みになってブザーを押した。「そのとおりだよ」と彼は静かな声で言った。「簡単なことではない。しかし誰かがそれを始めなくてはならない。ご足労だった」

私が出て行くのと入れ違いに別のドアから、分厚いファイルを手に秘書が入ってきた。

33

髭を剃って二度目の朝食を取り、おかげで猫が子猫たちを入れておくために使うかんな屑を敷いた箱になったような気分はいくぶん薄らいだ。私はオフィスに行ってドアの鍵を開けた。何度も使い回された空気と埃の匂いが鼻孔をついた。窓を開け、隣りのコーヒーショップから立ち上る揚げ物の匂いを胸に吸い込んだ。デスクに向かって腰を下ろし、指で表面の塵を撫でた。パイプに煙草を詰めて火をつけ、後ろに背をもたせかけ、あたりを見回した。

「ハロー」と私は言った。

私が話しかけている相手はオフィスの備品たちだった。三冊の緑色のファイリング・ケース、すり減ったカーペット、向かいに置かれたお客のための椅子、天井の照明（その中には、少なくとも半年前から三匹の蛾の死骸が入っている）。私は粒立ちガラスのパネルに向かって、埃まみれの木彫に向かって、デスクの上のペンセットに向かって、とことん疲れ果てた電話機に向かって話しかけていた。私は一匹のワニの鱗に向かって話しかけていた。そのワニの名前はマーロウという。我らの繁栄するささやかなるコミュニティーで私立探偵業を営んでいる。世界でいちばん頭が切れるというわけではないが、格安だ。最初は格安料金で始め、おしまいにはもっと格安になる。

私は屈み込んで、オールド・フォレスターの瓶を取り、デスクに置いた。瓶には三分の一が残っていた。オールド・フォレスター。なあ、誰からそれをもらったんだ？　グリーン・ラベルの高級品じゃないか。お前には相応《ふさわ》しくないぜ。きっと依頼人からもらったんだろう。昔は私にも依頼人がいたのだ。

それで彼女のことが頭に浮かんだ。そして私の思念はきっと、自分で思っているより強い力を持っているのだろう。なぜならそのときまさに電話が鳴り、妙に小さくて堅苦しい声が聞こえたからだ。最初に電話をかけてきた時と同じ声だ。

「いつもの電話ボックスにいるの」と彼女は言った。「ほかに誰もいないのなら、そこに上がっていくけど」

「ふふん」

「きっと私のこと、すごく頭に来ているんでしょうね」と彼女は言った。

「私は誰に対してもすごく頭に来たりはしない。くたびれているだけだ」

「ええ、そうでしょうね」、彼女の堅い小さな声はそう言った。「でもなんにせよそこに行くわ。頭に来ていたって、そんなの知ったことじゃないから」

彼女は電話を切った。私はオールド・フォレスターのコルクを抜き、匂いを嗅いでみた。身体が震えた。それではっきりした。ウィスキーの匂いを嗅いで身震いをするようなら、私は抜き差しならない状態にある。

私は酒瓶をどかし、立ち上がって待合室との仕切ドアの鍵を開けた。廊下を歩いてくる足音が聞こえた。そのタイトな小さな足音は、たとえどこにいても聞き分けられる。ドアを開けると、彼女は私の方にやってきて、恥ずかしそうに私の顔を見た。

すべてが消え失せていた。つり上がった眼鏡、新しい髪型、小さな洒落た帽子、香水、ちょっとしたおめかし、宝飾品、口紅、とにかく何もかもが姿を消していた。最初の朝ここにやってきたときの姿そのままに戻っていた。前と同じ男仕立ての茶色の服、同じ四角いバッグ、同じ縁のない眼鏡、同じく取り澄ました小さくて狭量な微笑み。

「さて」と彼女は言った。「故郷《くに》に帰ります」

彼女は私のあとをついて、我が熟考用私室に入り、つんと澄ましてそこに腰を下ろした。私はごく普通に腰を下ろし、彼女をじっと見た。

「マンハッタンに帰る」と私は言った。「よくすんなり帰してもらえたものだな」

「またこちらに来なくてはならないかもしれないけれど」

「旅費がかかるよ」

彼女は半ば恥じたように、短く小さく笑った。「費用は向こう持ちよ」。彼女は手を上げ、縁なし眼鏡に触れた。「こういう格好、今となってはあまりそぐわない。流行《はや》りのものの方が気に入ってる。でもザグスミス先生の好みには絶対に合わないわ」、彼女はデスクにバッグを載せ、縁に沿って指先で線を引いた。それも初回とそっくり同じだ。

「よく思い出せないんだが、私はあの二十ドルを君に返したんだっけ、返さなかったんだっけ。何度も行き来していたもので、結局どうなったか忘れちまったよ」

「あなたはそれを私に返してくれた」と彼女は言った。「ご親切に」

「間違いないね？」

「私はお金に関しては間違えません。あなたは大丈夫なの？　痛い目にあわされなかった？」

「警察でかい？　いや。私を痛い目にあわせられなかったことは、彼らにとっては最大の痛恨事のようだったが」

彼女はただ素直にびっくりしたようだった。やがて彼女の目は輝いた。「あなたって常にどこまでも勇敢なのね」と彼女は言った。

「運が良かっただけさ」と私は言った。鉛筆を一本手に取り、先端を確かめた。しっかり鋭く尖っていた。そのまますぐにでもものが書ける。しかし何かを書こうというつもりは私にはなかった。私はそれをデスク越しに伸ばし、彼女のバッグのストラップにかけ、こちらに引き寄せた。

「私のバッグに触らないで」と彼女は素早く言って、それに手を伸ばした。

私はにやりと笑って、それを彼女の手の届かないところまで引いた。「いいとも。でもなかなかキュートな、可愛らしいバッグじゃないか。君にそっくりだ」

彼女は背を後ろにもたせかけた。目の奥には漠然とした不安の色があったが、それでも彼女は微笑んだ。「あなたは私をキュートだと思うの――フィリップ？　私なんて、ありきたりのそのへんの女の子だわ」

「そうは思わないね」

「ほんとうに？」

「そんなことを思うわけがないさ。君くらいありきたりじゃない娘はまたといないぜ」、私はそのストラップを持ってバッグをふらふらと振り、それからデスクの端に置いた。彼女の目はその上にさっと釘付けになった。しかし彼女は唇を舐めながら、私に向かって微笑みを浮かべ続けていた。

「そしてあなたはきっとたくさんの女性をご存じなのでしょうね」と彼女は言った。「どうして――」、彼女は目を下に落とした。それと同時にまたその指がデスクの上に置かれた。「どうしてあなたは結婚しなかったの？」

そういう質問への答え方をひととおり考えた。結婚しようかという気持ちになったすべての女性について考えた。いや、すべてとはいかない。そのうちの何人かだ。

「その質問に答えることはできる」と私は言った。「陳腐な答えしか浮かんでこないけどね。結婚してもいいと思う相手がいても、残念ながら私は彼女たちの必要とするものを持ち合わせていない。それ以外の相手について言えば、あえて結婚するまでもない。ただ口説くだけだ。もし向こうから口説いてこなければ」

彼女はそのくすんだ色合いの髪の根本まで赤くなった。

「ずいぶん下劣な話し方をするのね」

「お上品な人間だっておおむね似たようなものさ」と私は言った。「似たようなものというのは、君の言ったことについてじゃないぜ。私が言ったことについてだ。君だってまんざらその気がなかったわけじゃあるまい」

「変なことを言わないで!」

「ほう、まったくなかったと言うのかい?」

彼女はデスクを見下ろした。「ひとつ教えていただきたいんだけど」と彼女はゆっくりと言った。「オリンの身にいったい何が起こったの? 私にはまだもうひとつよくわからない」

「私は君に言った。彼はあるいは道を踏み外したのかもしれないと。最初に君がここに来たときだ。覚えているかい?」

彼女はゆっくり肯いた。顔にはまだ赤みが差していた。

「まともとは言えない家庭環境」と私は言った。「抑圧されて育った男で、自分には優れたところがあると思いこんでいる。君がくれた写真を見れば、一目でそれがわかる。あまり心理学的なことは持ち出したくないが、いったん頭のたががはずれたら、とことん外れっぱなしになるタイプだよ。そして君の一家に血として流れている、恐ろしいまでの金への渇望。ただ一人を別にすればだが」

彼女は今では私に向けて微笑みかけていた。もし彼女がそれを自分のことと思ったのだとしても、私はべつにかまわない。

「ひとつ君に尋ねたいことがある」と私は言った。「君のお父さんは前に違う相手と結婚していたことがあるのか？」

彼女は肯いた。イエスだ。

「やはりね。リーラは違う母親から生まれたんだ。それで話がわかる。もう少し聞かせてくれないか。なにしろ私は君のために、まったくのゼロというとんでもない格安料金で、ずいぶん身を粉にして働いたんだからね」

「あなたはお金を受け取ったはずよ」と彼女は鋭い声で言った。「たくさんのお金を。リーラから。メイヴィス・ウェルドなんて名前を、私が口にすると思わないでね。とんでもないわ」

「私が報酬を受け取ることになるとは、君にはわからなかった」

「それは――」、長い沈黙があった。そのあいだ彼女の目は再びバッグに釘づけになっていた。「でもとにかくあなたはお金を受け取った」

「その話はまあいい。彼女が誰なのか、なぜ君は教えてはくれなかったんだ？」

「恥ずかしかったからよ。私も母もそのことを恥じていた」

「オリンは恥じていなかったぜ。喜んでいた」

「オリン？」、小ぢんまりとした沈黙があり、そのあいだ彼女はまた自分のバッグに目をやっていた。私はそのバッグに次第に興味を抱き始めていた。「こっちに来て暮らしているあいだに、そういうのに慣れちゃったんでしょう」

「映画界に身を置くのもそんなに悪いことじゃない、と」

「それだけじゃないわ」と彼女はすかさず言った。歯が下唇のいちばん外側を噛んだ。何かが瞳にきらりと光り、それが少しずつ消えていった。私はマッチをもう一本擦って、パイプにあてた。私は感情を表に出すには疲れすぎていた。たとえ感情らしきものを持ち合わせていたとしてもだ。

「それだけじゃない。そのへんの推測はつく。しかしオリンはどうやって、スティールグレイブについて、警察も知らないようなことを知り得たのだろう」

「私は――私にはわからない」と彼女はゆっくりと言った。塀の上の猫のように、自分の口にした言葉の隙間に注意深く歩を進めながら。「その医者から聞いたんじゃないかしら」

「そうだろうとも」、私は大ぶりな温かい微笑みを浮かべて言った。「彼とオリンは親しくならざるを得なかった。先端の尖った器具に対する共通の関心があったから」

彼女は椅子に背中をもたせかけた。彼女の小振りな顔は、今ではぐっと細くなり、角張っていた。目はいかにも怠りなく見えた。

「ずいぶん意地が悪いのね」と彼女は言った。「ことあるごとにひねくれたことを言わないと気がすまないみたい」

「そいつは困ったな」と私は言った。「私だって、一人きりでいれば愛すべき人格を保てるんだが。素敵なバッグだ」。私は手を伸ばしてそれを手元に引き寄せた。そして留め金を外した。

彼女は椅子からとび上がり、私につかみかかろうとした。

「バッグに手を触れないで！」

私は縁なし眼鏡の中の彼女の目をまっすぐ見た。「君はカンザス州マンハッタンに帰りたいんだろう。今日にも。切符なんかは用意できているんだろうね？」

彼女は唇をもぞもぞと動かしていたが、ゆっくりと腰を下ろした。

「オーケー」と私は言った。「引き止めるつもりはない。私が知りたいのは、いったいどれほどの金を、君が今回の取り引きで手に入れたかだ」

彼女は泣き出した。私はバッグを開け、中身を点検した。目当てのものはない。しかし裏側にジッパーのついたポケットがあった。開けて中を探ると、ぱりっと揃った新札の束が入っていた。取り出してぱらぱらと繰ってみた。十枚の百ドル札。一枚一枚が新しく麗しい。端数なしの千ドル。旅費としては申しぶんない。

私は背中を後ろに倒し、その札束の角でデスクをとんとんと叩いた。彼女は今では無言でそこに座ったまま、潤んだ目で私を見つめていた。私は彼女のバッグからハンカチを取りだし、デスク越しに放った。彼女はそれで涙を拭った。そしてハンカチの端から私を見ていた。ときおり訴えかけるように、喉の奥で可愛らしくしゃくり上げた。

「リーラがそのお金をくれたのよ」と彼女は小さな声で言った。

「どんなサイズの鑿《のみ》を君は使ったんだね？」

彼女はただ口を開けていた。涙が頬を伝って落ち、そこに入っていった。

「つまらない真似はよしてくれ」と私は言った。そして札束をバッグの中に落とし、音を立てて蓋を閉め、デスク越しに彼女の方に押しやった。「思うに、君とオリンは似たもの同士だ。自分のやることはすべて間違ってないと、無理にでも正当化する。オリンは自分の姉を脅迫した。二人の小悪党がそれを嗅ぎつけ、彼の手からそのネタを奪い取ろうとすると、連中の背後に忍び寄り、アイスピックを首に突き刺して始末した。おかげで良心が痛んで夜も眠れない、なんてことはなかっただろう。君にだってそれくらいはできるはずだ。その金をくれたのはリーラじゃない。スティールグレイブだ。何のために？」

「あなたは下司なひとでなしよ」と彼女は言った。「よくもそんなひどいことが言えたものね」

「誰が警察に通報したのだろう。ラガーディー医師とクローゼンが知り合いだということを。ラガーディーは私が通報したと思っていた。私はしていない。とすると、君がやったんだ。企みに加わらせてくれない兄をいぶし出すためにね。そのときオリンは既に打つ手を失い、身を隠していた。彼が故郷に書いたという手紙を拝見したいものだね。きっと読みごたえのあるものだろう。オリンの活躍ぶりが目に浮かぶよ。姉を見張り、ライカで彼女のスキャンダル写真を狙い、その背後では善良なるラガーディー医師がこっそり手ぐすね引いて分け前を待っている。君は何のために私を雇ったんだ？」

「わからなかったのよ」と彼女は表情のない声で言った。ハンカチでもう一度涙を拭い、バッグに戻した。そして帰り支度を始めた。「オリンは誰の名前も教えてくれなかった。写真をなくしたことも、私は知らなかった。でも彼がその写真を撮り、それがとても価値のあるものだということは知っていた。私は確かめるために出てきたのよ」

「何を確かめるために？」

「オリンが私をのけものにしないことをよ。あの人、ときどきすごくずるい人間になるの。お金を全部独り占めしてしまうかもしれない」

「どうして彼は殺される前日の夜に、君に電話をかけてきたんだ？」

「オリンは怯えていた。彼を手元に置くことを、ドクター・ラガーディーは快く思わなくなってきた。彼は写真をもう持っていない。誰か別の人間がそれを手に入れた。それが誰なのかオリンにはわからない。でもとにかく兄は怯えていた」

「写真は私が手に入れた。今でも持っているよ」と私は言った。「金庫にある」

彼女はとてもゆっくりと首を曲げて金庫を見た。何かを問いかけるように、唇に指先を這わせた。それからこちらに向き直った。

「あなたの言うことを信じない」。鼠の巣穴を見る猫のような目つきで、彼女は私を見つめた。

「その千ドルを山分けしないか。そうすれば写真を渡すよ」

彼女はそれについて考えた。「もともとあなたのものでもない何かのために、そんなお金払えるものですか」、そう言って微笑んだ。「私にその写真をちょうだい、フィリップ。お願いだから。リーラのもとにその写真は戻るべきだわ」

「それでいくら手に入れるつもりなんだ？」

彼女は傷つけられたように眉をひそめた。

「君のお姉さんは今では私の依頼人だ」と私は言った。「しかし彼女を裏切るというのも、商売としちゃ悪くないな。代価が見合うならね」

「あなたが写真を持っているとは信じられない」

「いいとも」、私は席を立ち、金庫の前に行った。そしてすぐに封筒を持って戻ってきた。プリントとネガをデスクの上に置いた――私の手元近くに。彼女はそれを見下ろし、手を出そうとした。

私は写真とネガを拾い上げ、ひとつにまとめ、彼女がよく見られるように一枚を宙にかざした。彼女がそれに手を伸ばしかけると、私は一歩後ろに下がった。

「こんな遠くからじゃよく見えないわ」と彼女は苦情を言った。

「近くに寄るには金が必要になる」

「あなたがそんなせこい悪党だとは知らなかった」と彼女は偉そうに言った。

私は返事をしなかった。パイプに火をつけただけだ。

「それを警察に渡さなくてはならないようにもできるのよ」と彼女は言った。

「やってみればいい」

出し抜けに彼女は早口でしゃべり出した。「このお金はあなたに渡せない。ほんとにそれはできないの。私たちは――私と母は、父のために借金をして、家の支払いも残ってるし、それに――」

「その千ドルと引き替えに、スティールグレイブに何を与えたんだ？」

ぽかんと口を開けると、彼女は急に醜く見えた。それから唇を閉じ、まっすぐに堅く結んだ。私が目にしているのは、硬く引き締まった小さな顔だった。

「君は売り物をひとつ持っていた」と私は言った。「オリンの居場所だ。スティールグレイブにとっては、千ドルの価値のある情報だ。簡単なことさ。証拠が裏付けられるかどうかの問題になる。君は認めるまいがね。スティールグレイブはそこに出向き、オリンを殺した。そして住所と引き替えにその金を君に支払った」

「リーラが彼に教えたのよ」と彼女は言った。遥か遠くから聞こえる声のようだ。

「自分がスティールグレイブに教えたと、リーラは私に言った」と私は言った。「もし必要とあらば、世界中に向けてそう言うだろう。彼にそれを教えたのは自分だと。また、もしそうしなければ話が収まらないとなれば、スティールグレイブを殺したのは自分だと、世界中に向けて言うだろう。リーラはハリウッドお馴染みの軽薄な、ちゃらちゃらした娘で、モラルだってゆるゆるの代物だ。しかしいざとなれば、腹を据えて苦境に立ち向かう。誰かの首筋にアイスピックを突き立てたりはしない。血に濡れた金を求めたりもしない」

彼女の顔から血の気が引いた。氷のように青白い顔になった。口元がぴくぴくと震えていた。それからぎゅっと硬く引き締まり、小さな結び目のようになった。椅子を後ろに引き、前屈みになって立ち上がろうとした。

「血に塗れた金だ」と私は静かに言った。「実の兄だ。君はその兄が殺されるように仕組んだ。血に塗れた千ドルの金。それで君が幸福になれることを祈っているよ」

彼女は椅子から離れて立った。二歩ばかりあとずさりし、唐突にくすくす笑った。

「誰にそれが証明できて?」、半分悲鳴に近い声だった。「それを証明できる生きた人間はいない。あなたにはできるかな。でもあなたはいったい何様なの? ただの安物の探偵じゃない。ただのかすじゃない」、彼女は鋭い声で哄笑した。「二十ドルで言いなりになるようなやつよ」

私は写真の束をまだ手に持っていた。マッチを擦り、ネガを灰皿に落とした。そして炎が燃え上がるのを見ていた。

彼女ははっと動きを止めた。恐怖に凍りついたようだった。私は写真をびりびりに引き裂いた。そして彼女に向かってにやりと笑った。

「安物の探偵」と私は言った。「さて、君はいったい私に何を期待できるだろう? 私には売り渡せるような兄も姉もいない。だから依頼人を売り渡すのさ」

彼女はそこに立って、ぎらぎらした目で睨みつけていた。私は写真をばらばらにすると、灰皿の中のその紙くずに火をつけた。

「ひとつ残念なことがある」と私は言った。「カンザス州マンハッタンに君が戻って、愛しいお母さんに再会するシーンを目撃できないことだ。その千ドルをどう分け合うかで、君たち二人がつかみ合いをする光景を目にできないことだ。大した見ものだろうに」

私はうまく紙が燃えるように、鉛筆の先でそれをつついた。彼女はゆっくりと一歩一歩、デスクの方にやってきた。その視線は灰皿の中の、小さなくすぶる燃えかすになった写真の断片に注がれていた。

「警察に話すこともできるのよ」と彼女は囁くように言った。「いろんなことを言えるわ。彼らは私の言うことを信じるでしょうね」

「私は、誰がスティールグレイブを撃ったかを、彼らに教えることができる」と私は言った。「なぜなら私は、誰が彼を撃たなかったかを知っているからだ。警察はこちらを信じるかもしれないぜ」

小さな頭がさっと上を向いた。眼鏡がきらりと光った。その奥に瞳は見えなかった。

「心配しなくていい」と私は言った。「誰にも言うつもりはないよ。そんなことをしたところで、私の方は引き合わない。そしてほかの誰かが痛手を負うことになる」

電話のベルが鳴り、彼女は文字通り飛び上がった。私は振り向いて受話器を取り、それを耳に当てた。「もしもし」と私は言った。

「アミーゴ、あなたは大丈夫？」

背後に何か音が聞こえた。さっと振り向くと、ドアがかちりと音を立てて閉まるところだった。部屋には私しかいなかった。

「大丈夫なの、アミーゴ？」

「私は疲れている。一晩眠れなかったし、それとは別に――」

「おちびさん《リトル・ワン》はそちらに電話をかけたかしら？」

「いもうと《リトル・シスター》とのことかい？　彼女ならさっきまでここにいたよ。今は略奪品を手にマンハッタンに戻りつつある」

「略奪品？」

「自分の兄を密告して、スティールグレイブからせしめた小遣い銭のことだよ」

沈黙があった。それから彼女は重々しい声で言った。「本当にそうなのかはわからなくてよ、アミーゴ」

「よくわかるとも。自分が椅子に座って、背中を後ろに傾けて、受話器を握っていることがわかるのと同じくらいに。君の声を耳にしていることがわかるのと同じくらいに。そしてそれほど定かにではないが、かなり十分確かに、私にはわかっている。誰がスティールグレイブを撃ったかもね」

「私にそんなことを言うなんて、あなたもずいぶん愚かしい人ね、アミーゴ。私はさして高潔な人間じゃない。あまり信用しない方がいいんじゃないかしら」

「私は間違いを犯す。でもこれは間違いじゃない。写真は全部焼き捨てた。オーファメイに売りつけようかとも思ったんだが、指し値が低すぎてね」

「ああ、あなたはからかっているのね、アミーゴ」

「私が？　誰を？」

受話器に軽やかな笑い声が聞こえた。「私をランチに連れて行ってくださらない？」

「行ってもいい。家にいるのかい？」

「ええ」

「あと少ししたらそちらに寄るよ」

「素敵だわ」

私は電話を切った。

芝居は終わった。私は無人の劇場に腰を下ろしていた。カーテンは降りたが、そこにはまだ演技の残像がある。それをぼんやり目にすることができる。しかし俳優たちのあるものは既に輪郭を欠いた、非現実のものになりつつある。誰にも増してあのいもうと《リトル・シスター》がそうだ。あと二日もすれば、どんな顔をしていたかも思い出せなくなるだろう。なぜならある意味では、彼女は実に非現実的《アンリアル》だったから。彼女がバッグに大枚千ドルを忍ばせてカンザス州マンハッタンに帰り、愛する母親と再会する場面を私は思い浮かべた。彼女がその金を手に入れるために、何人かの人間が命を落とすことになった。しかしその事実が、彼女をいつまでも悩ませるだろうとは思えない。彼女が朝、医師のオフィスで仕事にかかるところを思い浮かべた。医者はなんていう名前だっけ？　そうだ、ドクター・ザグスミスだ。彼女がやってくる前に彼女は机の上を掃除し、待合室の雑誌を揃えておく。縁なしの眼鏡をかけ、地味なドレスを着て、メーキャップもなし。患者に対する態度はどこまでもきちんとしている。

「なんとかさん、ザグスミス先生がお待ちになっています」

彼女は小さな笑みを浮かべ、なんとかさんのためにドアを開けて押さえるだろう。そしてザグスミス医師はいかにも医者然と白衣に身を包み、聴診器を首から下げ、デスクの奥に座っているのだろう。診療ファイルは彼の前に置かれ、メモ用紙と、処方箋用紙は整然と揃えられている。ザグスミス医師の知らないことは何ひとつない。彼の目を逃れるものは何ひとつない。彼の手にかかればどんなことだって解決する。患者を一目見れば、自分がどんな質問をしてそれに対してどんな答えが返ってくるか、即座にわかる。質問をするのはただ形式のためだ。

彼は受付係のミス・オーファメイ・クエストに目をやる。感じの良い、おとなしい娘だ。医師の診療所に相応しいなりをしている。爪を赤く塗ってもいないし、化粧気もないし、旧弊な患者たちの眉をひそめさせるようなこともない。ミス・クエスト、まったく申し分ない受付係だ。ザグスミス医師は、満足げにその姿を見やる。彼女はその医師がこしらえあげたものだ。医師がそうあるべく求めたものなのだ。

医師が娘にちょっかいを出すようなことは、まだ起こっていないはずだ。小さな町では、人々はおそらくそんな道に外れたことはやらないのだろう。まさかまさか。この私もそんな町で育った。

私は姿勢を変え、腕時計に目をやった。オールド・フォレスターに手を伸ばし、ようやく抽斗から取り出した。匂いを嗅いだ。素敵な匂いだ。たっぷりとそれをグラスに注ぎ、持ち上げて明かりに透かした。

「さて、ドクター・ザグスミス」と私は声に出した。医師がデスクの向こう側に、やはりグラスを手に座っているみたいに。「私はあなたのことをよく知らないし、あなたは私のことをまったく知らない。普通なら私は見ず知らずの相手に忠告を与えたりはしません。しかしミス・オーファメイ・クエストの短期集中講座を受講したものとして、今そのルールを破ろうと思います。もしその娘があなたに何かを求めているとしたら、それを即刻彼女に与えなさい。ぐずぐずしたり、所得税やら諸経費やらのことで文句を言い立てたりしてはいけない。満面の笑みを浮かべ、なんとか捻出することです。何が誰の所有に帰するかというような案件に関して、いかなる論議に巻き込まれてもならない。その娘を常に不満のないようにしておくこと、それが肝要だ。幸運を祈りますよ、ドクター。それからオフィスに尖ったものを置かないようにね」

私はグラスの半分を飲んだ。それが身体を温めてくれるのを待った。身体が温まると、私は残りの半分を飲み干し、酒瓶を抽斗にしまった。

パイプから冷たくなった灰を落とし、革製の貯蔵箱から新しい煙草の葉を出して、そこに詰めた。その貯蔵箱は私を崇拝するある人物から、クリスマス・プレゼントとしてもらったものだ。その人は、きわめて希な偶然だが、私と同姓同名だった。

パイプに煙草を詰め終えると、それに火をつけた。急ぐことなく、注意深く。そして部屋を出て廊下を歩いていった。虎狩の帰路につく英国人のように快活な足取りで。

34

シャトー・バーシーは古い建物だが、化粧直しされていた。ロビーにはフラシ天とインド・ゴムの木が似合いそうだったが、実際にはガラス・ブロックと、コーニス照明と、三角形のガラスのテーブルを与えられ、どちらかといえば、精神病院から仮退院した人物の手で改装されたような雰囲気を漂わせていた。その基本的な色調は胆汁に似た緑であり、亜麻仁《あまに》の湿布に似た茶色であり、歩道のような灰色であり、猿のお尻のような青だった。その温厚静謐《せいひつ》なこと、裂けた唇並みだ。

小さなフロント・デスクは無人だったが、その背後の鏡は向こうからは透明なガラスになったものだ。だから私はこっそりと階段を上がっていくような真似はしなかった。ベルを鳴らすと、大柄のふっくらした男が壁の後ろから出てきて、湿った柔らかな唇に微笑みを浮かべて私を見た。歯は青みがかかったように白く、瞳は不自然なまでに輝いていた。

「ミス・ゴンザレス」と私は言った。「私はマーロウという。彼女を訪ねることになっている」

「かしこまりました」と男は手をひらひらとさせながら言った。「よろしゅうございます。今すぐに電話をかけて確かめます」。その声もやはりひらひらしていた。

彼は受話器をとり、ごそごそと何かを話し、受話器を置いた。

「はい、マーロウ様。ゴンザレス様がお待ちです。四一二号室です」、彼はくすくす笑った。「既にご存じでしょうが」

「今知ったところだ」と私は言った。「ところで君はこの二月にもここにいたのかな？」

「二月？　この二月ですね。ええ、この二月に私はここにおりました」、彼は綴り通りの発音で話した。

「ここの玄関の前でスタインが殺された夜のことを覚えているかな？」

そのふっくらとした顔から微笑みが急速に消えた。「警察の方ですか？」。彼の声は今では薄っぺらでうわずったものになっていた。

「いや。でもズボンのジッパーは閉めておいた方がいいんじゃないかな」

彼は顔に恐怖の色を浮かべて見下ろし、ほとんど震える手でそれを閉めた。

「これはどうも恐れ入ります。これはどうも」、彼は低いデスクの上に前屈みになった。「正確には玄関の前ではありません」と彼は言った。「正確にはそうではありません。ほとんど次のブロックに近いところです」

「彼はここに住んでいた。そうだね？」

「それについてはあまりお話ししたくないのです。それについてあまり語りたくはありません」、彼はいったん口をつぐみ、下唇に小指を這わせた。「どうしてお訊きになるのでしょう？」

「君に話をさせておくためだよ。もっと用心深くならなくてはな、君。なにしろ息が匂うからね」

彼の首の付け根までピンク色が広がった。「私が飲んでいたとおっしゃりたいのなら――」

「お茶を飲んでいたんだろう」と私は言った。「ただしカップからではなく」

私はそこを立ち去った。彼は無言だった。エレベーターまで行くと、私は振り返って見た。彼は両方の手のひらを広げてデスクの上に置き、その首は私を見守るためにぐいと曲げられていた。遠目にも、身体がぶるぶる震えているのが見て取れた。

エレベーターは自動式だった。四階はクールなグレーで統一され、厚いカーペットが敷かれていた。アパートメント四一二のわきにはベルの小さなボタンがあった。それはドアの向こうでソフトなチャイム音を立てた。ドアは間髪を入れず勢いよく開いた。美しく深い漆黒の瞳が私を見て、深紅の唇が私に向かって微笑みかけた。黒いスラックスに、燃え立つような色合いのシャツ。昨夜と同じようだ。

「アミーゴ」と彼女は柔らかな声で言った。そして両腕をこちらに差し出した。私は彼女の両手首をとり、ふたつの手のひらが触れ合うように重ねた。私は彼女としばらく子供の手合わせ遊びをするようなかっこうになった。彼女の瞳の中には気怠さと熱情が同居していた。

私は女の手首を離した。ドアを肘で閉め、彼女のわきをすり抜けた。最初のときとまるで同じだ。

「君はこいつに保険をかけておくべきだな」と私はそのひとつに触れながら言った。それはとても生々しかった。乳首はルビーのように硬かった。

彼女はいかにも楽しそうにひとしきり笑った。私は部屋に足を踏み入れ、中を見回した。フレンチ・グレーとダスティー・ブルー。彼女に合った色合いではないが、とても感じが良い。まがい物の暖炉があり、ガスの出る作り物の薪があった。椅子とテーブルと照明スタンドが不足なく揃っていた。決して多すぎはしない。こぢんまりとした洒落た酒棚が部屋の隅にあった。

「私のささやかなお部屋は気に入ってもらえたかしら、アミーゴ?」

「ささやかなお部屋なんて言わないでくれ。まるで娼婦の言いぐさだ」

私は彼女の方を見なかった。彼女を見たくはなかった。私はソファに座り込み、額を手でごしごしこすった。

「四時間眠って酒を少し飲めば、また詰まらない冗談を言えるようになる」と私は言った。「今は筋の通った話なんてまずできそうにないが、でもしなくてはならない」

彼女は私のそばに寄った。私は首を振った。「そっちにいてくれ。今は真剣な話をしなくちゃならない」

彼女はソファの向かい側に座り、真面目そうな黒い目で私を見ていた。「ええ、いいわよ。何でもあなたの好きなようにするわ。私はあなたのものよ。というか、私は喜んであなたのものになるわ」

「君はクリーブランドのどのへんに住んでいた？」

「クリーブランドで？」、彼女の声はとても柔らかく、優しい囁きに近いものだった。「クリーブランドに住んでたことがあるって、あなたに言ったかしら？」

「そこで彼を知っていたと、君は私に言ったよ」

彼女は思い返し、それから肯いた。「私は当時結婚していたのよ、アミーゴ。それがどうかしたの？」

「君はそのときクリーブランドで暮らしていた」

「そうよ」と彼女は柔らかな声で言った。

「スティールグレイブとはどのようにして知り合ったんだね？」

「その当時はね、ギャングと知り合うのはかっこいいことだったの。逆説的な意味あいでスノッブな行為だったとでも言えばいいのかしら。ギャングたちがやってくるという噂のある場所に行って、もし幸運に恵まれれば、あるいはある夜に――」

「彼にうまく声をかけさせた」

彼女は明るく肯いた。「私が彼を誘ったという方があたっているかも。彼はとても感じのいいおちィーにさえ」


びさんだった。本当にそうだったのよ」

「ご亭主はどうなった？　君のご亭主は。そのことはよく覚えていないのかい？」

　彼女は微笑んだ。「世界の街路は、捨てられた夫たちで舗装されているのよ」

「それは真実なのかな？　そういう人々はいたるところに見受けられるというのは。このベイ・シティーにさえ」

　反応らしきものはなかった。彼女は儀礼的に肩をすくめただけだ。「いたとしても不思議はないでしょうね」

「ソルボンヌ大学の卒業生だった、ということだってあるかもしれない。しけた小さな町で開業医をしながら、鬱々と暮らしているということだってあるかもしれない。希望を捨てず、待ち続けているんだ。こいつはなかなかそそられる偶然の一致だ。そこには詩的な趣さえある」

　丁重な微笑みが、彼女の愛らしい顔に留まり続けていた。

「我々のあいだには遠く距離があいてしまったようだ」と私は言った。「遥かに遠く。というところで我々はしばしば社交性を取り戻す必要がある」

　私は目を落として自分の指を見た。頭が痛んだ。私は本来の自分の四割にも達していない存在だった。彼女は私にクリスタルの煙草ケースを差し出し、私は一本をとった。彼女は別の煙草ケースから、自分のために一本取りだし、金のピンセットにはさんだ。

「君が吸っているのと同じものがいいな」と私は言った。

「でもメキシコ煙草は馴れない人にはきつすぎるわよ」

「煙草であればなんでもいいさ」と私は彼女をじっと見ながら言った。私は心を決めた。「いや、君の言うとおりだ。それはきっと私の好みじゃないだろう」

「話の筋道がよく見えないわ」と彼女は用心深く言った。

「受付の男はマリファナを吸っている」

彼女はゆっくり肯いた。「彼には注意を与えたのよ」と彼女は言った。「何度となく」

「アミーゴ」と私は言った。

「なあに？」

「スペイン語を君はあまり使わないな。ひょっとして、それほど多くのスペイン語を知らないのかもな。アミーゴもいささか食傷した」

「昨日の午後みたいなことにならないといいけれど」、彼女はゆっくりそう言った。

「そうはならないさ。君がメキシコ人らしいところといえば、いくつかのそれ風の単語を使うこと、英語が母国語でないことを示す表現を周到に混ぜること、それくらいだ。たとえばdon'tというところをdo notと言うように。その程度のものだ」

彼女は返事をしなかった。穏やかに煙草をふかせ、微笑みを浮かべていた。

「警察でひどい目にあわされたよ」と私は続けた。「どうやらミス・ウェルドは賢明な判断を下して、すべてをボスであるジュリアス・オッペンハイマーに打ち明けたらしい。そして彼が乗り出してきた。リー・ファレルを弁護につけた。警察は彼女がスティールグレイブを撃ったとは考えていない。しかし誰が彼を撃ったか、私が知っていると踏んでいる。そして私はもう警官たちに愛されてはいない」

「それであなたは誰が彼を撃ったかを知っているのかしら、アミーゴ」

「電話で言ったとおり、それが誰か私は知っている」

彼女はかなり長く、視線をそらさず私を見ていた。「私はそこにいた」。彼女の声は今度だけは乾いた真剣な響きを帯びた。

「とてもおかしな成り行きだったのよ。賭博場を見たいとその小さな娘さんは言った。そんなものを生まれてから目にしたことはないし、新聞では――」

「彼女はここに泊まっていたのか――君と一緒に?」

「このアパートメントにじゃないわ、アミーゴ。彼女のために私がここに用意した部屋によ」

「彼女が宿泊先を教えなかったのももっともだ」と私は言った。「しかし彼女にビジネスのコツを仕込むような暇は、君にはなかったはずだが」

彼女はとても微かに眉をひそめ、茶色の煙草を空中でちょっと動かした。その煙が静止した空気の中に、読みとれない文字を描くのを私は見ていた。

「つまらないことは言わないで。さっきも言ったように、私は彼女をあの家に連れて行った。彼に電話をかけると、連れてきてかまわないと言った。着いたとき彼は酔っぱらっていた。それまで彼が酔っているのを目にしたことはなかった。彼は笑ってオーファメイの身体に手を回し、うまく金を手に入れたものだなと言った。いいものをあげようと言って、ポケットから布に包まれた札束を取りだし、彼女に渡した。彼女が包みを開けると、札束の真ん中には穴があき、その穴には血の染みがついていた」

「趣味が良くないね」と私は言った。「彼らしくない」

「あなたは彼のことをろくに知らない」

「そのとおりだ。続けて」

「オーファメイは札束を手に取り、じっと眺め、それから彼の顔を見た。彼女の小さな白い顔はぴくりとも動かなかった。やがて彼女は礼を言ってバッグを開けた。札束を中に入れるためと私は思ったんだけど、それはたしかにずいぶん変ったことで――」

「悲鳴を上げるところだ」と私は言った。「私ならきっと床に倒れてあえいでいる」

「でもそうするかわりに彼女はバッグから拳銃を取り出した。彼がメイヴィスに与えた銃だったと思う。それはちょうど――」

「その銃のことはよく知っている」と私は言った。「ちょっと使わせてもらったから」

「彼女はさっと振り向き、彼を一発で仕留めた。とても劇的だった」

彼女は茶色の煙草を口にくわえ、私に向かって微笑みかけた。不思議な、距離感のある微笑みだった。彼女はまるでずっと遠くにある何かについて、考えを巡らせているみたいに見えた。

「君はオーファメイに、メイヴィス・ウェルドに向かってそのように告白させたんだな」と私は言った。

彼女は肯いた。

「君の口から言われても、メイヴィスはきっと信じなかっただろうからね」

「そんなリスクを冒すつもりはなかった」

「オーファメイにそう告白しろと言い含めて、あの千ドルを渡したのは君じゃなかったのかい、ダーリン？　彼女に告白させるために？　あの子は千ドルもらえるなら大抵のことはやるからな」

「そんな質問には答えるつもりはないわ」、彼女はつんとしてそう言った。

「だろうな。それで昨夜、私のところに慌てて駆けつけてきたとき、君はスティールグレイブが死んでいることを既に承知していた。何も恐れる必要がないことも知っていた。そして拳銃を持ち出したのはただの寸劇だった」

「私は神様のような役はつとめたくない」と彼女は優しい声で言った。「でも場合が場合だったし、あなたならメイヴィスをなんとか窮地から救い出してくれると思ったの。そんなことをしてくれそうな人はあなたしかいなかった。メイヴィスは自分が責任をかぶるつもりでいたから」

「酒を飲みたくなった」と私は言った。「気持ちが沈んでくる」

彼女はさっと立ち上がり、小さな酒棚に向かった。二つの大きなグラスにスコッチの水割りをつくって持ってきた。私にひとつを渡し、自分のグラスの縁越しに、私がそれに口を付けるのを見ていた。素晴らしい味だった。私は更にもう一口飲んだ。彼女は再び椅子に腰を下ろした。そして金のピンセットに手を伸ばした。

「私は彼女を追い払って帰した」と私はようやく口を開いた。「メイヴィスのことだよ。自分がスティールグレイブを撃ったとメイヴィスは言った。手には拳銃を持っていた。君が私にくれたのとうり二つの銃だ。あの拳銃が発射されていたことを、君はきっと知らなかったんだろうね」

「銃のことはほとんど何も知らないの」と彼女は柔らかな声で言った。

「そうだろうな。私は弾丸を数えてみた。フル装塡していたものとして、二発が撃たれていた。クエストは三二口径オートマチックから二発を食らっていた。あそこの部屋で私はその薬莢を拾い上げたんだ」

「あそこってどこなの、アミーゴ?」

だんだんそれが耳についてきた。アミーゴが多すぎる。あまりにも多すぎる。

「もちろん同じ銃だと断言はできないが、試してみる価値はありそうだ。いずれにせよものごとを少し複雑にすれば、メイヴィスをいくらかでも窮地から遠ざけられるだろう。だから私はスティールグレイブにその拳銃を持たせ、彼が持っていた銃はカウンターの後ろに隠した。黒い三八口径。彼が携行しそうな銃だ。もし拳銃を携行していたとすればだがね。格子模様の銃把にも指紋はいくらか残るかもしれない。しかし象牙の銃把なら、その左側に指紋がひと揃いくっきり残される。スティールグレイブのような男はそんな銃を持ち歩かない」

彼女の目は丸くなった。それは空っぽで、当惑していた。「あなたの言っていることにうまくついていけない」

「そしてもし彼が誰かを殺すなら、完全に息の根を止める。死んだことを最後まで確かめる。ところがこの男は起きあがり、よたよたと歩きまでした」

何かの煌めきが彼女の瞳に浮かび、それから消えた。

「そして何かを口にしたと言いたいところだが」と私は言った。「そうはいかなかった。肺はもう血でいっぱいだった。彼は私の足元で息を引き取った。そこでね」

「そこってどこなのよ？　その場所がどこかあなたはまだ私に――」

「教える必要もあるまい。違うかな？」

彼女はグラスの酒をすすり、微笑んだ。そしてグラスを下に置いた。私は言った。

「オーファメイが彼に、どこに行けばいいか教えたとき、君はその場に居合わせた」

「ええ、そうよ。もちろん」、素晴らしい立ち直りだ。素速く、隙がない。それでも彼女の微笑みは更に少しすり切れたものになった。

「ただしスティールグレイブはそこに行かなかった」と私は言った。

煙草が宙で動きを止めた。ただそれだけ。他には反応はまったくない。それからゆっくりとまた口元に運ばれた。彼女はそれをエレガントにふかせた。

「そいつが話の肝《きも》なんだ」と私は言った。「私はいかにももっともらしく見えるものごとは間に受けないことにしている。スティールグレイブは泣き虫モイヤーだった。そいつは間違いないところだろう」

「疑いの余地なく。そのことは証明できる」

「スティールグレイブは足を洗った男で、羽振りよくやっていた。そこにスタインなる人物が現れて、面倒な具合になった。自分にも一枚かませてくれと言ってきたんだ。ただの推測に過ぎないが、ありそうな話だ。オーケー、スタインには消えてもらうしかない。しかしスティールグレイブとしては、自分の手を汚したくない。これまで殺人容疑でひっぱられたこともない。クリーブランドの警察が乗り出してきて彼を挙げるおそれもない。嫌疑のかかっているような事件もないからな。有力なギャングとつきあいがあったという以外には、何ひとつ汚点はない。しかし彼としてはスタインを始末する必要がある。だから彼は自ら通報して、警察に自分をしょっぴかせた。それから刑務所の医師を買収し、檻の外に出てスタインを始末し、急いで刑務所に戻ってきた。いったん殺人が起これば、彼を檻の外に出した人物はそれが誰であれ、必死に走り回って、彼が刑務所の外に出たという事実が明らかになりそうな記録をすべて処分するだろう。そんなことが露見したら、警察が捜査に乗り出すことは必定だから」

「当然そうなるでしょうね、アミーゴ」

私は彼女の顔に皮肉の影を探し求めたが、そんなものはまだ見あたらなかった。

「そこまではいい。しかしこの男はなかなか頭が働く。どうして自分を十日も監獄に放り込ませたのか？　ひとつの理由はアリバイを手にすることだ。もうひとつの理由は、いずれは彼が泣き虫モイヤーではないかという問題が浮上するだろうと踏んでいたからだ。だから先回りして警察に時間を与え、身元を洗わせた。そうしておけばこの近辺でギャングの誰かが殺されても、スティールグレイブがそのたびにしょっぴかれて、取り調べを受けたりすることもない」

「それがあなたの考えなのね、アミーゴ」

「そのとおり。ひとつこういう風に考えてみようじゃないか。スタインを始末するために、スティールグレイブがうまく監獄から出てきたのだとしたら、どうしてその当日に、わざわざ人目につく場所で昼食をとったりしたのだろう？　そしてたまたまそうしたとして、どうしてそんなに都合良くクエスト青年がそこに居合わせ、彼の写真を撮れたのだろう？　スタインはまだ殺されていないし、そんな写真は何の証拠にもならない。人がラッキーであるのは好ましいことだが、こいつはいくらなんでもラッキーすぎる。もうひとつ、自分の写真が撮られたことを、仮にスティールグレイブが知らなかったとしても、彼はオリン・クエストを知っていた。知っていたに違いない。その男は仕事を失ってから、いやおそらくはその前から、姉に生活費をせびっていた。スティールグレイブは彼女の部屋の鍵を持っていたし、その弟について何かしら知ってはいたはずだ。そう考えていけば、結論は明々白々だ。そんな出来事があった日の夜に、彼が誰かを殺すなんてことはあり得ない。スティールグレイブはスタインを撃ったりしなかったはずだ。たとえそういう計画があったとしてもね」

「とすると、誰がスタインを撃ったのかということになるわね」と彼女は丁重に言った。

「スタインと顔見知りで、彼に近づける誰かだ。写真が撮られたことを知っていて、スティールグレイブの正体を知っていて、メイヴィス・ウェルドがこれから大スターになろうとしていることを知っていて、彼女とスティールグレイブの交際が危険なものであることを知っていて、もしスティールグレイブがスタイン殺しの容疑をかけられたら、その危険性は千倍にも膨らむことを承知している誰かだ。またその誰かはクエストを知っていた。彼はメイヴィス・ウェルドのアパートメントに出入りしていたからね。その誰かは彼にちょっとした仕事を頼んだ。青年は甘い声をかけられると天まで舞い上がってしまうタイプだ。その誰かは、象牙の銃把を持った三二口径のオートマチックが、スティールグレイブ名義で登録されていることを知っていた。しかしスティールグレイブ本人はそんな拳銃を自分では持ち歩かない。女友だち二人ばかりに渡していただけだ。もし自ら拳銃を携行するなら、足のつかない未登録の銃を選んでいただろう。またその誰かは――」

「よして！」、彼女の声には鋭い切っ先のような響きがあった。しかし怯えてはいないし、怒ってさえいなかった。「そこでもうよして。お願い。もうこれ以上一刻も我慢ができない。すぐに帰ってちょうだい」

私は立ち上がった。彼女は背中を後ろにそらせていた。喉元で血管がぴくぴくと引きつっていた。彼女は美しく、髪は黒く、危険そのものだった。何ものも彼女に指一本触れることはないだろう。たとえ司法であれ……。

「なぜクエストを殺したんだ？」と私は彼女に尋ねた。

彼女は立ち上がり、私に近寄った。微笑みがまた顔に浮かんでいた。「その理由はふたつあるのよ、アミーゴ。彼はちょっと頭がいかれているというようなものじゃなかった。きっと最後には私を殺していたでしょうね。もうひとつの理由は、これはお金のためにやったんじゃないということ。お金なんてまったく関係ない。すべて愛のなせることだったの」

私はもう少しで大笑いするところだった。でもそうはしなかった。彼女はどこまでも本気だった。現実を離れてしまっている。

「女はたとえ何人の愛人を持とうと」と彼女はソフトな声で言った。「ほんとうに大事な人は、何があってもほかの女には渡したくないと思う男は、常に一人しかいない。私にはスティールグレイブがそうだった」

私は何も言わずその美しい漆黒の瞳を覗き込んだ。「ああ、信じるよ」、私はやっとそう言った。

「キスして、アミーゴ」

「私が彼を殺した。彼をほかの誰かと分かち合うことなんてできない」

「私には男たちが必要なの、アミーゴ。でも私が愛した男は死んでしまった。私が彼を殺した。彼をほかの誰かと分かち合うことなんてできない」

「ずいぶん長く君は待ったんだな」

「私は辛抱強くなれる。そこに希望がある限り」

「涙がこぼれるね」

　彼女は微笑んだ。自由で、美しくて、どこまでも自然な微笑みだ。「そしてあなたはこの件に関して、まったく身動きがとれないのよ、ダーリン、もし何かしたら、メイヴィス・ウェルドの女優としての生命は完全に、永遠に絶たれてしまう」

「昨夜彼女は、自分自身を進んで破滅させようとさえした」

「それが演技じゃなかったならね」、彼女は鋭い目で私を見て、声を上げて笑った。「そんなこと言われるとつらいでしょう。きっと彼女に恋をしているのね」

　私は静かに言った。「それほど愚かじゃない。暗いところに座って、彼女の手をしばらく握っていることはできる。しかしどれくらい長く？　やがて彼女は輝かしい靄の中に、上等な衣裳の中に、泡と非現実性と弱音器つきのセックスの中にすっと戻っていくだろう。彼女はもう二度と生身の人間にはなれない。サウンドトラックから聞こえる声と、スクリーンに浮かぶ顔でしかなくなる。私にはそれ以上のものが必要だ」

　私はドアに向かったが、彼女には背中を向けなかった。鉛の弾丸を予期したわけではない。私を今のまま生かしておく方が、彼女の好みに合っているはずだ。どうせ私には何ひとつ手出しできないのだから。

ドアを開けるときに振り向いて彼女を見た。ほっそりして浅黒く、美しく、そして微笑んでいた。性的な魅力にむせかえっていた。それはこの世界の——あるいは思いつける限りのすべての世界の——道徳的規範を遥かに凌駕したものだった。

たしかにこんな女は他のどこにもいない。私は静かに退出した。ドアを閉めようとしたときに、どこまでもソフトな声が私の耳に届いた。

「ねえあなた《クエリド》、あなたのことが大好きだったのに。惜しいわね」

私はドアを閉めた。

35

ロビーでエレベーターが開くと、男が一人そこで待っていた。長身の痩せた男で、目が隠れるほど深く帽子をかぶっていた。温かい日だったが、薄手のトップコートを着て、襟を立てていた。顎を終始下に引いていた。

「ドクター・ラガーディー」と私は穏やかな声で言った。

彼は私の顔をちらりと見たが、誰だかわからないようだった。彼はエレベーターに乗り込み、それは上に向かった。

私はロビーを横切ってフロント・デスクに行き、ベルを勢いよく鳴らした。ふわりと太った大男が出てきて、しまりのない口元に苦痛を湛えた笑みを浮かべた。目つきはあまりはっきりしていなかった。

「電話をよこせ」

彼は下に手を伸ばして電話機をとり、デスクの上に置いた。私はマディソンの7911を回した。

「警察です」と相手は言った。緊急受付だ。

「シャトー・バーシー・アパートメント。ハリウッドのフランクリンとジラードの角だ。ドクター・

ヴィンセント・ラガーディーという人物を殺人課が捜している。フレンチ警部補とビーファスの担当だ。その男が四一二号室に向かって上がっていった。私はフィリップ・マーロウ、私立探偵だ」

「フランクリンとジラードの角だね。そこで待ってくれ。銃は持っているか？」

「持っている」

「立ち去ろうとしたらとりおさえてくれ」

私は電話を切り、口元を拭った。ふわりと太った男はカウンターにもたれかかっていた。目のまわりが白っぽかった。


彼らは急いでやってきたが、間に合わなかった。おそらく私が彼を阻止するべきだったのだろう。彼が何をするかおおよそわかっていながら、私はそれをあえて放置したのだ。ときどき気が晴れないとき、話の筋をまとめてみようとする。でも考えるほど、話がもつれてくる。すべてがややこしく絡み合っているのだ。最初から最後まで私には一度として、すんなり自明の行動をとれたことがなかった。私は常に頭がくらくらするくらい智恵をしぼり続けなくてはならなかった。これをやったら、私が何かしら借りを負う誰かにどんな影響が及ぶことになるのかと。


警察がドアを打ち破ったとき、彼はソファに座り、女をしっかり胸に抱きしめていた。男の目は見えなくなり、唇には血の泡が浮かんでいた。舌を噛み切ったのだ。

左の乳房の下に、燃え立つような色合いのシャツにぴったりくっついて、見覚えのあるナイフの銀色の握りが見えた。裸の女のかたちをした握り。ミス・ドロレス・ゴンザレスの目は半ば開き、その唇には挑発的な笑みの名残がかすかに浮かんでいた。

「ヒポクラテスの微笑み（筋肉の痙攣によってもたらされる笑みに似た表情）」と救急車のインターンが言った。そしてため息をついた。「彼女にはよく似合っている」

彼はラガーディー医師の方にちらりと目をやった。顔つきから判断する限り、その男にはもう何も見えず、何も聞こえていないようだった。

「誰かの夢が失われたようだね」とインターンは言った。そして身を屈め、彼女の両目を閉じてやった。

訳者あとがき

この数年の間に『ロング・グッドバイ』『さよなら、愛しい人』とレイモンド・チャンドラーの長篇小説を訳してきて、三冊目には個人的好みで『リトル・シスター』を選ばせていただいた。全部で七冊あるチャンドラーのマーロウものの長篇の中では五作目にあたる。

『大いなる眠り』*The Big Sleep*（1939）
『さよなら、愛しい人（さらば愛しき女よ）』*Farewell, My Lovely*（1940）
『高い窓』*The High Window*（1942）
『湖中の女』*The Lady in the Lake*（1943）
『リトル・シスター（かわいい女）』*The Little Sister*（1949）
『ロング・グッドバイ（長いお別れ）』*The Long Goodbye*（1953）
『プレイバック』*Playback*（1958）

この『リトル・シスター』には、チャンドラーの作品群の中では、比較的世評が高くないという印象があるが、僕にとっては昔から一貫して「愛おしい」作品である。今回じっくり時間をかけて読み返してみて（翻訳するというのは結局のところ究極の熟読のようなものである）、ますますその思いを強くした。

『リトル・シスター』の世間の評価がそれほど高くない理由として、著者のチャンドラー自身がこの作品に対してあまり温かい気持ちを持っていなかったということがひとつあげられるかもしれない。彼はある手紙の中にこう書いている。「これは自分が書いた本の中で唯一、積極的に嫌いなものだ。これは悪い気分のもとに書かれた作品であり、それが端々に滲み出ていると思う」。

チャンドラーがそのとき感じていた「悪い気分」は主に、彼が四年間にわたってハリウッドに身を置いたことから来ている。彼はパラマウント撮影所に所属し、シナリオ・ライターとして働いていた。まわりの評価も高く（ビリー・ワイルダーの監督した『深夜の告白』はアカデミー脚本賞の候補にもなった）、売れっ子のライターだった。給料は良かったが、そのぶん仕事は過酷だった。そのために本業の小説の執筆がしばしば停滞し、それがフラストレーションを彼にもたらすことになった。そんなこんなで彼はこの『リトル・シスター』の執筆にどうしても気持ちを集中することができなかった。チャンドラーのような、文章をひとつひとつ彫琢するタイプの作家にとって、執筆をあちこちで細かく中断させられるのは致命的なことだ。そのせいで彼は一種の鬱的な状況に陥っていったようだ。

その気持ちは僕にもよくわかる。小説を書きたいという気持ちになっているときに、何かの事情があって書けないということがあると、ひどくいらいらする。そういうことが続くと、体内の自発的なリズムが狂わされ、小説を書きたいという気持ちそのものがだんだん損なわれてくる。いったんそれが損なわれてしまうと、気持ちを元通りにすることは至難の業になる。おまけにチャンドラーの場合、そこには「ミッドライフ・クライシス」のようなものも絡んでいたかもしれない。

「私の心はひどく、ひどく疲れています。ものごとがうまく判断できないし、規則正しく執筆をすることができないのです。私はハリウッドのくだらなさにとことんうんざりしています」と彼は編集者にあてた手紙の中に書いている。「私は休息を必要としていますが、それはこの作品（『リトル・シスター』）を仕上げるまでは手に入れることができません。作品が出来上がったとき、それは私自身と同じように疲弊したものになるでしょうし、そのことは人目にもつくでしょう」

おそらくはそんな「悪い気分」のせいだろう。この『リトル・シスター』の中にはハリウッドやロサンジェルスに対するシニカルな見解が、フィリップ・マーロウの独白というかたちをとって頻繁に登場する。しかしそのような辛辣な悪口を並べたてながら、同時にマーロウは自らに対して「もうよせよ。今夜のお前はどうかしているぞ (You're not human tonight)」と自己批判的に語りかける。今夜の私は人間味を失ってしまっている、と。そこにはある種の分裂がある。ハリウッドやロサンジェルスを嘲笑することは容易い。しかしそれはまた部分的に自らを嘲笑することでもある。そういう意味あいでは『リトル・シスター』には、ほかのマーロウものにはないうす暗い雰囲気が漂っているかもしれない。マーロウは前の四作にくらべてより年をとり、より疲れている。人間の温かみを見失いかけている。チャンドラー自身が年をとり、疲弊し、失望し、シニカルになってきたのと同じように。彼はマーロウものをこれでおしまいにしようかとさえ考える。

にもかかわらず、僕はこの『リトル・シスター』という作品に対して、変わることなく愛着を持っている。

それでは僕はこの本のどこが気に入っているのか？

その答えはかなり単純なものになる。まずだいいちにオーファメイ・クエストという女性が素晴らしくうまく書けているからだ。僕はこのオーファメイの出てくるシーンを読むためだけでも、この本を手に取る価値があるとさえ考えている。『ロング・グッドバイ』の解説にも書いたが、チャンドラーの女性登場人物の造形（そしてその描写）は、男性登場人物のそれに比べて、なぜかポテンシャルが落ちる。男たちの姿は本当に生き生きと鮮やかに描写されているのに、女性たちの姿にはどこかみんな「書き割り」みたいな雰囲気がある。ハリウッド映画の女優がスクリーンの上で演じる古典的なキャラクターを、演技の上手下手のいくぶんの差こそあれ、そのまま文章でなぞっているみたいな妙にかちかちしたところがある。彼女たちは、小説的に言うなら、自発的に動いていない。

もちろんそれがチャンドラーの小説の価値を減じているとまで言うつもりはない。何故ならマーロウという物語の中心をなす探偵の存在自体が、虚構を大きな拠り所とし、滋養としているからである。そして虚構を拠り所とし、滋養とした世界の中で、何がリアルで何がリアルではないかという腑分けをすることは、とてもむずかしい作業だし、おそらくはほとんど意味のない作業である。何故なら物語のリアルさが、非リアル因子と非リアル因子との相関関係（絡み合い）によってもたらされるということがあるからだ。つまりそこに書かれている何かが非リアルだから、物語自体がそのまま非リアルになってしまうというものではないのだ。

たとえば『ロング・グッドバイ』のアイリーン・ウェイドやリンダ・ローリングが「リアルではない」として、それが『ロング・グッドバイ』の作品としての価値を損なっているだろうか？　たぶん損なっていないと思う。というか、もしチャンドラーが彼女たちをもっと「リアル」に描いていたら、あるいは小説そのもののバランスが損なわれていたかもしれない。チャンドラーは物語作家として、そのあたりのバランス感覚を天性鋭く備えた人だった。

ただしこの『リトル・シスター』においては、少し様子が違う。オーファメイ・クエストという女性は最初から最後まで実に生き生きと描かれ、独自の存在感を持ち、そのキャラクターがひとつの推進力となって、物語がどんどん前に進んでいくのである。そういうところは、ほかのどんなチャンドラー作品とも異なっており、その点が僕が『リトル・シスター』を個人的に支持するひとつの根拠となっている。本書を翻訳するにあたっても、マーロウと彼女の――あるときにはシュールレアリスティックなまでに――飛びまくった会話を訳すのはとても楽しかった。

もしチャンドラー氏が生きていたら、「チャンドラーさん、そこまでこの作品を毛嫌いする必要はないんじゃないですか。とてもチャーミングに書かれた興味深い作品だし、印象深いシーンや台詞もたくさんあります。僕はこの本を読み返すたびに、いつもわくわくした気持ちになれます。オーファメイという実に興味深い人物像を創り出しただけでも、ひとつの素晴らしい達成ではないですか」と語りかけたいところだが、もちろん残念ながらそんなことは不可能だ。チャンドラー氏は一九五九年三月二十六日にこの世を去っている。

しかし個人的な愛着をとりあえず横に置いて、この作品についてより客観的に論じるなら、そこにはいくつかの欠陥も見受けられる。まずだいいちに――作者自身もわかっていることだが――プロットにいささかの無理がある。チャンドラーの小説においてはしばしば物語の筋の整合性が問題になるが、この『リトル・シスター』ではその傾向がいつもより強くなっている。僕は何度もこの小説を読み返しているし、このように翻訳までしているのだが、結局誰が誰を殺したのかと訊かれると、急には答えられない。「たぶんだいたいこういうことじゃないのかな」としか説明できない。あまりにも話が入り組んでいて、じゅうぶんな説明がなされていない。広がりすぎたプロットが濡れた毛布のように（比喩）我々の頭上にのしかかってくる。

具体的に無理のある部分、筋の通らない部分をここでいくつかあげることもできるが、そんなことをしても読者の興を削いでしまうだけだろう。チャンドラーの小説とはもともとそういうものなのだ、とある程度覚悟して読んでいただくしかない。

ただひとつだけ、勇気を出して実例を書いてしまうと、十五章でマーロウはオーファメイに向かってこう言う、

「君はオリンは家族の中の『黒い羊』ではないと言った。覚えているかい？　そこには何か妙に強調するところがあった。そしてお姉さんのリーラの話になったとき、君はまるで具合の悪い話題が持ち出されたみたいに、すぐに話を変えた」

「私――よく覚えてない。そんな話をしたかしら」、彼女はとてもゆっくりと言った。


しかしそれに先行する章の中ではリーラの名前はいっさい登場しない。どのようにしてマーロウはオーファメイに姉がいて、その名前がリーラであることを知ったのか？　その説明は文中には一切ない。オーファメイだって急にそんなことを言われたら、それは混乱してしまうだろう。本来ならこういう矛盾点は編集者がチェックして指摘するべきなのだが、チャンドラーの小説の編集・校正はかなりあらっぽいことで知られている。

彼はこの原稿を出版社に送るときに「まずい文章と、まずい構成で書かれた七万五千語のおちゃらけ」と書いている。またこんな風にも語っている。「プロットには十分な活気もなくイマジネーションもない。枝葉末節にこだわりすぎて、デコレーション過多になっている」「『リトル・シスター』

において、おそらくその大部分において、私は自分の本来の書き方を見失っているように感じる。すぐ脇道にそれて、気の利いたことを言ったり、悪ふざけをしたり、そんなことにばかりうつつを抜かしている」

たしかに「心ここにあらず」という雰囲気はなくはない。彼が本来の調子を出していれば、もっと緻密な作品ができていたかもしれない。それは僕もある程度認める。しかしそれにもかかわらず、『リトル・シスター』は実に生き生きとした、楽しいマーロウものの読み物として成立しているのだ。「すぐ脇道にそれて、気の利いたことを言ったり、悪ふざけをしたり」するところが、逆にこの作品のひとつの魅力にもなっている。少なくとも僕はそのような部分を翻訳することでずいぶん楽しい時間を過ごせた。「そうだ、こうでなくっちゃ」という気持ちにもなれた。そのへんはもうチャンドラーの「文徳」とでも言う以外にない。そういうところが、僕がこの作品を気に入っているもうひとつの理由である。チャンドラー以外の人にはまず書けないちょっとした細かい描写の集積、鮮やかに目の前に立ち上がる様々な情景、例によってキレの良い会話（ときとして滑ってしまうが）。僕としては読者のみなさんに、僕と同じようにそんな「チャンドラー節」を楽しんでいただけることを望むしかない。

そしてもうひとつ、忘れてはならない事実がある。チャンドラーはこの小説をいったん経過することによって、次のマーロウもの、彼にとっての集大成である『ロング・グッドバイ』の世界に辿り着くことができたのだ。そこでもマーロウはやはり中年の域に差し掛かっており、いささかくたびれてはいる。しかし彼はもうシニカルにも過ぎることはないし、持ち前のガッツを見失ってもいない。そしていくぶんの人間的深みを増しているようにも見える。チャンドラー自身がそうであったのと同じように、マーロウも苦渋の時期を通過し、少し開けた明るい場所に到達することができたのだ。そういう意味において、この『リトル・シスター』という作品は、チャンドラーにとってもマーロウにとっても、くぐり抜けなくてはならないひとつの人生のプロセスだったのだ、と言うこともできるかもしれない。

（ここからあとの部分はネタバレになって、小説を読む楽しみを損なってしまうかもしれないので、まだ作品を全部読み終えていない方は、目を通さないでおくことをお勧めします）

最後にクエスト家の兄弟（姉妹）の構成について説明しておきたい。英語の原文では彼らの関係はbrotherとsisterという言葉だけで記述されている。ところがこれを日本語に訳すときには、通常の場合「兄」とか「妹」とか年齢の上下を明らかにしなくてはならない。しかしチャンドラーはその上下について詳しい具体的な説明をほとんどまったくおこなっていない。オリンが二十八歳であるという以外に、明確になっている事実はない。

既訳においてはオリン、リーラ（メイヴィス）、オーファメイという順番になっている。ところがこれではリーラが父親の連れ子であり、オリンとオーファメイが再婚相手の女性——つまり現在の母親——との間に生まれた子供であるという事実と矛盾してしまうことになる。もちろん母親の方にも連れ子がいたという可能性も考えられなくもないが、それでは話が込み入りすぎてしまうし、作者の側にもそのような事情を説明する責任が生じるはずだ。

僕はやはり論理的に考えて、リーラ、オリン、オーファメイという順番が妥当だし、それ以外の設定には無理があるという立場を取る。問題はそうすると、メイヴィスの年齢がおそらくは三十歳を越えてしまうということだ。売り出し中の若手女優が三十過ぎというのは、イメージとしていささか抵抗があるかもしれない。しかしハリウッドにおけるいくつかの実際の例を考えれば、これは決して無理な設定ではない。また明らかに三十代半ばと思えるドロレスと、それなりに対等の、世慣れた友誼（に似たもの）を結んでいるところを見れば、そのあたりが妥当な年齢だと思えなくもない。中西部の田舎町から徒手空拳で出てきた娘がハリウッドで地歩を築くまでには、短くない歳月も必要であったはずだ。

年齢といえば、メイヴィス（リーラ）はマーロウに向かってこう言う（十二章）。

"I'm free, white and twenty-one," she said.

文字通り訳せば、「私は自由の身で、白人で、二十一よ」ということになる。じゃあ年齢ははっきりしているじゃないかとお考えになるかもしれない。しかしこれは当時流行っていた慣用的表現であって（たとえばある映画の中でジンジャー・ロジャーズが口にしている）、決して彼女が実際に二十一歳であることを示しているわけではない。彼女がマーロウに向かって言いたいのは「自分は若い女として、これまで（おそらくは性的な領域も多分に含んで）自由に気ままに生きてきたのだ」ということである。もちろん最近ではコレクトネスの見地から、このような差別的表現が用いられることはなくなっているわけだが。

そのような理由によって、僕としてはメイヴィスはオリンの姉にあたり、オーファメイはいちばん下の妹であるという設定のもとにこの小説を訳した。既訳に親しんだ方にはいささか違和感があるかもしれないし、また異論のある方もおられるかもしれないが、僕としては（ほぼ）どうしてもこれ以外の可能性が考えられないので、そのようにさせていただいた。チャンドラーがもう少し手がかりとなる記述を残しておいてくれるとわかりやすかったのだが、これはもちろん今さら言って詮のないことだ。

原題の *The Little Sister* はもちろん「妹」という意味であり、それは当然ながらオーファメイを指している。中西部の小さな町からロサンジェルスに出た兄のオリンは、ハリウッドで成功した姉から金を搾り取るべく画策する。おそらくは妹や母親とともに策を練ったのだろう。なにしろ狭量で、金のことしか頭にない一家だ。ところが兄からの連絡がぱったり途絶え、母と娘は兄が金を独り占めしようとしているのではないかと疑い始め、オーファメイがオリンを探しに西海岸に出向く。その地点からこの物語は始まる（もちろんマーロウは最初の段階ではそんな事情をまったく知らない。何か変だなと思うだけだ）。そう、オーファメイこそが本書のタイトル・ロールであり、紛れもなくこの物語の起動力になっているのだ。『かわいい女』という既訳のタイトルはもちろん意訳だろうが、話の本筋からすればいくぶん必然性を欠いているのではないかと、常々感じていた。そんなわけで今回は、原題の響きをいかしてそのまま『リトル・シスター』という訳題にさせていただいた。

ちなみにスティールグレイブのモデルは実在の有名なギャングスター、バグジー・シーゲルだ（彼の生涯はウォーレン・ビーティー主演で映画にもなった）。バグジーはハンサムなやくざで、ハリウッド女優と浮き名を流し、西海岸で派手な生活を送った。彼は服役しているときに、歯科医の治療を受けるという口実で刑務所を出て、外で何日か羽を伸ばし、それは当時ちょっとしたスキャンダルになった。チャンドラーはその実際の事件を題材として取り上げたのだろう。

訳出テキストは基本的に英ペンギン版を用いたが、章立てについては米ヴィンテージ版をとった。翻訳の疑問点については、日本文学研究家であり翻訳者でもあるテッド・グーセン氏にたびたび教示を仰いだ。深く感謝する。

翻訳についていえば、前の二作の場合と同じように、できる限り原文テキストに忠実であることを心懸けた。削除した部分もなく、つけ加えた部分もない。ただいくつかの箇所では（これもまたいつものように）少しだけ遊ばせていただいた。このあともマーロウものの翻訳を更に続けていきたいと思う。

二〇一〇年十一月

村上春樹

リトル・シスター

2010年12月10日　初版印刷
2010年12月15日　初版発行

著者　レイモンド・チャンドラー
訳者　村上春樹《むらかみはるき》
発行者　早川　浩
発行所　株式会社早川書房
東京都千代田区神田多町2－2
電話　03－3252－3111（大代表）
振替　00160－3－47799
http://www.hayakawa-online.co.jp

印刷所　中央精版印刷株式会社
製本所　中央精版印刷株式会社
Printed and bound in Japan
ISBN978-4-15-209178-9 C0097
乱丁・落丁本は小社制作部宛お送り下さい。
送料小社負担にてお取りかえいたします。

ハヤカワ・ミステリ文庫

ロング・グッドバイ

The Long Goodbye

レイモンド・チャンドラー

村上春樹訳

文庫判

私立探偵フィリップ・マーロウは、億万長者の娘シルヴィアの夫テリー・レノックスと知り合う。あり余る富に囲まれていながら、男はどこか暗い蔭を宿していた。何度か会って杯を重ねるうち、互いに友情を覚えはじめた二人。しかし、やがてレノックスは妻殺しの容疑をかけられ自殺を遂げてしまう。その裏には哀しくも奥深い真相が隠されていた。新時代の『長いお別れ』が文庫で登場

早川書房の文芸書

夜想曲集

音楽と夕暮れをめぐる五つの物語

Nocturnes: Five Stories of Music and Nightfall

カズオ・イシグロ

土屋政雄訳

46判上製

ベネチアのサンマルコ広場を舞台に、流しのギタリストとアメリカのベテラン大物シンガーの奇妙な邂逅を描いた「老歌手」。芽の出ない天才中年サックス奏者が、図らずも一流ホテルの秘密階でセレブリティと共に過ごした数夜の顚末をユーモラスに回想する「夜想曲」を含む、連作五篇を収録。人生の黄昏を、若き日の野心を、才能の神秘を、叶えられなかった夢を描く、著者初の短篇集